미국의 수필폭풍

# 미국의 수필폭풍

2017년 9월 5일 1판 1쇄 인쇄 / 2017년 9월 15일 1판 1쇄 발행

지은이 박덕규(엮음)
　　　강정실 공순해 김동찬 김윤선 감학천 박봉진 박인애
　　　성민희 이현숙 정종진 정찬열 지희선 하정아
펴낸이 임은주 / 펴낸곳 도서출판 청동거울 / 출판등록 1998년 5월 14일 제406-2002-000128호
주소 (10881) 경기도 파주시 문발로 115 (파주출판도시, 세종출판벤처타운) 201호
전화 031) 955-1816(관리부) 031) 955-1817(편집부) / 팩스 031) 955-1819
전자우편 cheong1998@hanmail.net / 네이버블로그 청동거울출판사

ISBN 978-89-5749-198-0　(03810)

이 도서의 국립중앙도서관 출판시도서목록(CIP)은 서지정보유통지원시스템 홈페이지
(http://seoji.nl.go.kr)와 국가자료공동목록시스템(http://www.nl.go.kr/kolisnet)에서
이용하실 수 있습니다. (CIP제어번호: CIP2017022898)

# 미국의 수필폭풍

박덕규 엮음

강정실 공순해 김동찬 김윤선 감학천 박봉진 박인애
성민희 이현숙 정종진 정찬열 지희선 하정아

# 미국에 한국문학의 수필폭풍이 불고 있습니다

　『미국의 수필폭풍』은 미국에서 활동하고 있는 한인 작가 13인들의 글 중에서 의미 있는 수필들을 가리고 뽑은 책이다. '미국의 수필폭풍'이라는 이름을 달았지만 실제로는 미국에서 영어로 글을 쓰는 미국인 전문 작가들의 글을 모은 건 아니다. 정확하게 말하면 미국에 거주하고 있는 이민 1세대 한인으로서 한국어로 글을 쓰는 작가들의 수필을 의도에 맞게 선정해 엮은 책이다.

　현재 미국에는 200만 명이 넘는 한인들이 살고 있다. 한인들이 밀집된 지역마다 문학도 활발하고 문학매체와 문학단체도 많다. 한인 인구가 적은 곳에서도 모국어로 외롭게 문학을 하고 있는 사람들이 있을 것이다. 이들의 문학 장르도 시, 소설, 수필, 아동문학 등 다양하다. 그중에 수필은 국내에서와는 달리 매우 중요하게 취급되는 장르이다.

　근대 들어 한국문학은 시와 소설을 중심으로 뚜렷한 맥을 이어왔다. 여기에 상대적으로 소외된 문학 장르가 희곡과 수필이다. 희곡은 공연으로 이어져야 효력이 발생되는 장르이니까 논외로 치더라도 한국문학에서 수필의 소외는 보다 특별하게 인식할 필요가 있다. 한국 근대문학에 많은 영향을 준 서양문학에서도 수필의 소외는 심하지 않았고, 한국의 전통에서도 근대문학의 형성기까지 수필 형식은 그 지위가 결코 낮지 않았다. 그러나 이즈음 국내의 수필은 엄청난 양적 팽창에도 불구하고 그 위상이 크게 격하돼 있다.

수필이 국내에서 소외된 것에 비해 미국의 한인사회에서는 결코 그렇지 않다는 사실이 알려진 것은 그리 오래 되지 않은 듯하다. 이제 창작 인구로만 쳐도 수필은 소설을 뛰어넘지 않나 생각된다. 또한 양적 생산에 비해 영향력이 크지 않은 국내와는 다르게 질적인 면에서나 문화적 영향력 면에서 소설과 같은 픽션 장르를 능가할 정도이다. 소재의 다양함과 체험의 깊이 면에서 이른바 '서정수필'의 범주를 맴돌아온 한국수필의 영역을 크게 넓히는 데도 기여할 수 있다고 생각된다.

미국에서 한인 수필이 이런 수준에까지 도달하게 된 이유를 몇 가지 들 수 있다. 이들 수필은 무엇보다 체험 내용이 풍부하다. 그 점에서 당장 읽을거리로서 국내 수필에 비해 큰 장점이 있다. 또한 그들 체험에 중심에 놓이는 '이주 한인'이라는 문제를 직접적으로 서술하면서 개인성과 역사성을 동시에 말하는 인식 수준을 보여주는 데까지 나아갔다. 시, 소설 등은 국내에서 쌓아온 문학적 높이가 너무 높아 해외 한인문학이 별도로 특별한 영역을 얻는 일은 참으로 어렵지만 수필의 양상은 그와 다르다. 미국의 한인 수필은 국내 수필에 수렴되거나 애써 견주지 않고도 그 자체로 특별하고 새로운 영역을 차지해 가고 있다. 모국을 떠나면 타국에서 명맥을 유지하면서 모국으로부터 수혈을 갈망하는 '변방'의 문학이 아니라 이제 그 자체로 하나의 '중심'의 문학이 되고 있다고 판단된다.

　물론 아직은 아쉽고 미진한 것도 많다. 한인문학은 모국을 떠나 살게 되면서 모국어의 현장 에서 멀어진 데서 오는 한국어 표현력의 한계, 이주 정착 과정에서 미국과 한국 두 나라로부터 인문학적 자양을 충분히 끌어오지 못한 데서 오는 빈약한 세계인식 등이 문제가 되어 왔다. 이 점은 어쩌면 미국 외 전 세계에 퍼져 나가 있는 한인문학 모두의 한계일 것이다. 미국의 한인 수필 또한 예외일 수 없다. 그러나 이제 미국에서의 한인문학 모두를 포함해 전 세계 재외동포 문학이 겪고 있는 이러한 문제점을 그 누구보다 앞에서 극복해 나가고 있는 중이라고 생각한다.

　한국문학의 현 단계에서 말하는 수필은 대개 일상의 체험과 사색으로부터 얻는 감동을 중심으로 하는 이른바 서정수필(抒情隨筆, lyrical essay)을 일컫지만 넓게는 생활문, 감상문, 논설문, 칼럼 등의 논픽션 에세이(nonfiction essay) 모두를 아우르기도 한다. 미국의 한인 수필 또한 이러한 범주 혼란에서 자유롭지 않다. 다른 장르의 사정도 마찬가지이긴 하지만 한인 수필의 발표지면은 소수의 문예지 외에 지역의 한인신문이나 소식지 같은 대중매체가 전부이다. 그런 지면에 실리는 여러 유형의 논픽션 에세이들이 모두 수필로 수용되고 있는 형국이다. 이렇듯 수필이라는 장르 자체가 가지는 범주의 모호성과 미국의 한인 수필이 처한 환경은 이 책을 엮는 데도 주요한 참고사항이 되었다.

이 책으로써 다음 세 가지를 보여주려 했다.

우선은 무엇보다 한인 수필의 높은 수준을 보여주려 했다. 이 책에 실리는 모든 작품이 그렇다고 말하기는 어렵지만 모르긴 해도 다수 작품은 한 편의 문학작품으로 손색이 없고 따라서 국내 수필계에도 신선한 자극을 주는 수준이라고 생각한다.

다음은 한인 수필이 개인의 이민 체험에서부터 넓게는 역사문화적 상황을 확보하는 데까지 나아가고 있다는 점을 보여주고 싶었다. 한국수필이 '소소한 체험과 소박한 성찰'을 드러내는 데 그치고 있다는 끊임없는 비판에 대해 숙고하는 '문학적 계기'를 이들 수필을 읽으며 함께 가져 보려 한다.

마지막으로 한인 수필의 장르적 범주에 대한 고민을 그대로 드러냈다. 서정수필류 외에 양산되고 있는 칼럼이나 생활문, 감상문 등의 산문도 수필 범주에서 이해되고 있다는 특징을 보여주려 했다. 또한 수필 외장르를 아우르는 작가의 주목할 만한 산문도 같은 이유에서 수렴했다.

전체를 4장으로 나누었다. 우선 수록 필자의 이름 가나다 순으로 반을 나누어 제1장과 제3장에 각각 배치했다. 여기에 각 수필가마다 지상 인터뷰를 보태 작가들이 어떻게 살면서 어떤 수필을 쓰고 있는지도 알수 있게 해보았다. 제2장은 오늘날 미국 한인문학 특히 수필문학이 형성되는 배경을 해설하면서 미국 한인문단 개척기에 활동한 작가들의 수필 여러 편을 함께 소개했다. 제4장은 1장과 3장에 수록한 작품에 대한 비평적인 해설로 오늘날 미주 한인 수필의 내용과 경향을 설명하고 앞으로 나아갈 세계를 가늠해 보았다.

그러니까 이 책은 미국에서 활동하는 한인 작가 13인의 각 2편씩의 수필 총 26편을 수록한 수필 모음집이자 그것을 중심으로 미주 한인 수필문학의 어제와 오늘을 설명한 수필문학 해설서이다. 작품도 읽을 수 있고 그 작품의 배경도 함께 이해할 수 있게 엮은 책이라 그동안 보아온 수필 모음과는 아주 다른 느낌을 맛볼 수 있으리라 자부한다. 한 권으로 부족하지만 이 책으로 미주 한인 수필이 국내와 세계 한민족 전체에 조금이라도 알려져 한국수필이 더 넓어지고 깊어지는 계기가 되면 좋겠다. 또한 문학 장르로서의 수필의 범주에 대해 재고하는 시간을 함께 가져 본다는 제안의 의미도 있다. 더욱 좋은 수필을 쓰는 작가들이 꽤 있을 것임에도 그것을 찾아내는 노력을 게을리한 것, 미주 전역 한인 문학을 대상으로 하지 못한 것 등 부족한 점을 만회할 기회가 있었으면 좋겠다.

한때 미국 대학생들의 '문화 바이블'로 일컬어지던 리차드 브라우티건(Richard Brautigan, 1935~1984)의 『미국의 송어낚시(Trout Fishing in America)』(1967)라는 소설이 있다. 이 책 '미국의 수필폭풍'이라는 제목은 산업화 과정에서 더 이상 옛 시절의 송어낚시를 못하게 된 미국의 파괴된 생태 환경을 풍자한 이 에세이풍 소설의 '싱싱함'이 미국 한인들의 수필에서 느껴져서 흉내를 낸 것이다. 국내 수필계와 독자들에게 좀 더 뚜렷한 느낌으로 다가가기 위해 소박한 어감의 '낚시'보다 좀 더 거센 질감이 나는 '폭풍'을 택했다.

까다로운 주문에도 불구하고 어렵게 써 온 글을 다시 다듬어 보내 주시고 지상 인터뷰에도 기꺼이 응해 주신 수록 작가 여러분께 감사의 뜻을 전해 드린다. 오랜 세월 '작가의 집'에 갈무리해 오신 자료를 기꺼이 제공해 주신 시인 김문희 선생님, 여러 수필가들에게 취지를 설명하고 원고를 모으는 일을 도와준 수필가 하정아 선생님, 그리고 어려운 여건에도 오래된 인연의 끈을 놓지 않고 출간을 맡아 준 청동거울의 동화작가 조태봉 선생님에게도 고마움을 표한다.

2017년 9월
엮은이 씀

**강정실**

**봄비** #살던 곳이 물 많은 곳이라, 비 오는 날을 유난히 좋아했다. 이곳 LA 지역에 살면서 가끔 비가 그리우면……. #2010년『에세이문학』여름호(통권 110호)에 발표한 글이고, 수필집『어머니의 강』에 수록되어 있다.

**요강 화분** #건너편 집 앞 잔디밭에 가라지세일(garage sale)이라는 팻말을 팻말을 보게 된다. 잔디밭에 40~50여 가지 사용하던 물건이……. #2012년『지구문학』가을호(통권 59호)에 발표한 글이고, 수필집『요강 화분』에 수록되어 있다.

강정실(姜正實, Gilbert Khang)『수필시대』(2005. 수필),『에세이문학』(2008. 수필),『에세이포레』(2012. 문학평론) 등으로 등단. 수필집『등대지기』『요강 화분』『어머니의 강』『렌즈를 통해 본 디지털 노마드』 등이 있다.

# 봄비

누군가가 창을 두드리는 작은 소리에 잠이 깼다. 부스스한 눈에 귀를 세우고 창밖으로 향했다. 빗소리였다. 창문을 열었다. 가로등에 비치는 길거리의 연둣빛 잔디는 빗물에 윤기가 반들거리고 있었다. 아! 봄의 전령, 그토록 오매불망 기다리던 생명수와 같은 축복의 봄비가 내리고 있다.

아열대성 사막인 이곳 남쪽 캘리포니아에서는, '봄이 왔구나!' 감탄사를 남발하기도 전에 여름은 와 있다. 매년 봄이면 자카란다(jacaranda) 나무에서 보랏빛 꽃이 핀다. 이 꽃이 벚꽃처럼 이내 떨어지고 나무 주변에 보라색 카펫을 만들기 시작하면서 여름은 시작된다. 비는 12월부터 2월 중순 사이에 서너 차례 볼 수 있을 뿐이다. 이 기간을 우기라 부르고, 각 방송국에서는 산사태 경보, 노면 조심, 차 조심 등으로 호들갑을 떤다. 그만큼 남쪽 캘리포니아는 비에 익숙지 않은 곳이다.

시계는 새벽 세 시를 가리키고 있었다. 누워서 어기적거릴 때가 아니었다. 그동안 빗소리가 듣고 싶을 때면, 그날의 기분에 따라 샤워기의 강약을 조절하여 낙숫물에서부터 장대비까지 욕조에서 만들어냈다. 그러고는 달 밝은 창가에 앉아 빗소리의 정서를 귀로 담아내던 내가 아니었던가. 주섬주섬 옷을 입고는 차에 시동을 걸었다. 영화 속의 비 내리는 멋진 거리를 생각하며 할리우드를 선택했다. 그곳 주변을 서너 차례 돌면서 문 닫힌 가게와 빗속에서도 화려한 밤을 뿜내는 조명을 구경하다가 5번 북쪽 프리웨이를 탔다. 차창을 타고 흐르는 빗줄기와 함께하다 보니 99번 국도 입구 표지판이 눈에 띄었다. 대략 100마일을 달려온 것이다. 동서로 뻗어 있는 휠러리지의 구릉지가 생각났다. 99번으로 차선을 돌렸다.

그새 비는 멎었다. 어둠은 구릉이 겹치는 곳을 심하게 에워싸고 있다. 안개까지 끼어 있었다. 맞은편에서 달려오는 차의 헤드라이트는 눈과 머릿속의 현실감을 잃게 했다. 아니나 다를까, 10년 전에 잃어버린 다솜(강아지)이가 잿빛 커튼 뒤에서 뛰어오는 것처럼 보였다. 나에게 달려오는가 싶더니 언제 그랬냐는 듯 구릉 아랫길로 꼬리를 남기고 사라졌다. 그 뒤를 이어 크고 작은 다솜이의 친구들도 일정한 간격으로 뛰어왔다가 획획 사라졌다. 차가 떠난 아스팔트 위에는 외가 뒷마당 굴뚝 틈새로 빠져나온 장작개비의 매캐한 연기 속에서 하롱하롱 춤추는 어린 내가 보였다.

어느덧 몇 개의 구릉을 지나고 있었다. 구릉 속에도 작은 마을의 불빛이 안개 사이로 흐릿하게 보였다. 오크벨리(Oak Valley)라는 표지판 아래 조그마한 개울이 흐르고 그 옆으로 집들이 아담스럽게 서 있다. 개울가에 잠시 차를 세웠다. 차의 헤드라이트는 켠 상태로 엔진을 끄고 유리창을 열었다. 서너 마리의 개 짖는 소리가 메아리 되어 구릉을 넘나들고 있다. 물줄기는 힘차게 콸콸 소리를 내면서 흘러내리고 있다. 그 옆으로 개구리들이 눈에 띄었다. 이놈들도 나처럼 봄비를 맞고 있다고 생각하니 반가웠다.

안개가 걷히면서 다시 비가 내리기 시작했다. 구릉 꼭대기를 향해 운전했다. 여기부터는 길 위로 온갖 잡풀이 솟아나 있어 정을 느끼게 하는 자갈길이다. 위로는 마을이 없기에 산책을 겸한 길을 자갈로 만들었을 게다. 20분이 지나자 비바람이 부는 구릉 꼭대기에 도착했다. 안개는 없었다. 모든 구릉은 나무 한 포기 없이 맨몸을 들풀로 가리고 있다. 비가 오지 않으니 나무는 자랄 수가 없기에 밤이슬을 먹고 자라는 들풀뿐이다. 모든 것이 자연 그대로의 모습뿐, 어떤 욕망이나 일체의 허영이 배제된 자리이다. 집착과 추구욕(追求慾)에서 벗어난 도솔천이 아닐까 싶다.

조금씩 주변이 밝아지면서 빗속에 드러난 겹겹의 구릉은 잔잔하게 일렁이는 파도처럼 다가왔다. 하늘과 맞닿아 있는 천지는 노란색 꽃과 청포도 빛이 감도는 꽃들로 덮여 있다. 그리고 양쪽으로 뻗친 연녹색의 풀잎과 꽃잎 끝으로 청명한 진주알들이 방울방울 떨어지고 있다. 진한 감동으로 울컥 목이 멘다. 이곳 구릉지는 이미 봄이 시작되었고, 겨울이 떠나면서 선물로 주는 해갈의 기쁨을 맛보고 있었다. 환호성이 절로 터져 나온다. 이곳에 마냥 있고 싶고, 묻혀 살고 싶어진다는 욕망이 생긴다. 바람과 비 그리고 빗소리가 싱그럽기 그지없다.

차 밖으로 나왔다. 마파람은 빗발이 귀찮은 듯 구시렁대고 있다. 구릉 아래를 내려다보았다. 멀리 보이는 밭뙈기가 듬성듬성 이웃해 있고, 넓은 해변과 바다가 눈에 들어왔다. 구릉에서 내려다보는 경관은 한 편의 시 같기도 하고 청자색과 초록을 합친 고향 앞바다를 보는 것 같았다. 하지만 아무리 아름답다 해도 내 고향바다만 할까. 그곳에는 이보다 더 아름다운 산과 바다가 있고, 몇 개의 섬들과 깎아지른 기암절벽들이 줄을 잇고 있다. 거기다가 긴 해안가, 크고 작은 바위에 부서지는 파도가 있기에 말이다.

하늘에서 짧고 굵은 은빛 번갯불이 아래로 선을 긋는다. 가랑비는 어느덧 작달비로 바뀌었다. 따다닥거리며 콩 볶듯 차 위를 두드리는 음향은 가히 낭만적이다. 두 팔을 벌리며 얼굴은 하늘로 향했다. 얼굴을 때리는 봄비의 감촉이 그럴 수 없이 상큼하다. 빗물이 밴 옷은 살에 붙어 철떡 댄다. 답답하던 가슴속이 말갛게 헹궈지는 느낌이 든다.

고향을 곱게 접어둔 내 마음에 잔인한 봄이 또 시작되려나 보다.

# 요강 화분

　오후 늦게 집 주변을 산책하려고 대문을 나섰다. 창고세일(garage sale)이라는 안내종이가 붙어 있는 건넛집 마당에 눈이 갔다. 사용하던 단순한 물건 사오십여 가지가 소꿉장난이라도 벌인 듯 잔디밭 위에 펼쳐져 있다. 서녘 햇살이 눈부시게 반사되는 그릇 하나에 무심히 눈이 갔다. 순백색에 무슨 그림이 그려진, 눈에 익은 사기그릇이다. 호기심이 발동하여 그릇을 집어 들고 살펴보았다. 흠집 하나 없고 호박 줄기 같은 손잡이가 달린 뚜껑까지 있다.

　돌아가신 할아버지가 각종 영수증이나 담뱃갑을 넣어 두던 그릇이라고, 그 집 손자가 설명한다. 그릇에 코를 대어 보니 과연 담배냄새가 훅 끼쳐 온다. 왠지 낯익은 물건 같아서 대뜸 몇 푼 건네주고 샀다. 중국인 할아버지의 흔적과 담배냄새를 지우려고 몇 번이나 비눗물로 씻어낸 후 차고 선반에 올려놓았다.

　이튿날 아침, 그 그릇을 자세히 들여다보았다. 먹빛 대나무 두 줄기에 청자색 구름이 한데 어우러진 백기단지는 요강이 틀림없다. 몇 년 전, 북경의 한 박물관에서 황후가 사용했다는 순금 요강을 본 적이 있고, 또 어릴 때 요강을 사용한 경험이 있기에 요강임을 확실히 알 수 있었다.

요강이라는 게 확인되는 순간, 1950~60년대 어린 시절 화장실과 얽힌 달걀귀신, 몽달귀신 등 무서운 귀신 이야기가 떠돌던 때가 떠올랐다. 어린이에겐 밤을 더욱 두렵게 하는 귀신이다 보니 한밤중 바깥에 외따로 있는 화장실에 가기가 정말 무서웠다. 그때에 요강은 어머니의 품처럼 편안한 변기였다. 밑이 둥글넓적하고 배가 볼록하여 넘어질 염려가 없는 요강. 낮에는 마루 한구석에 놓았다가 밤엔 방의 구석지에 들여놓고서야 비로소 잠자리에 들었다.

예닐곱 살 때쯤까지 방에서 소변을 볼 때엔 언제나 요강에 궁둥이를 대고 앉았다. 직업상 아버지는 일주일에 한 번 귀가하시고 어머니와 우리 형제들은 한방에서 잠을 잤다. 세 살 터울의 형과 네다섯 살 터울의 남동생, 여동생과 함께 옹기종기 살았는데 나는 유난스레 어머니의 치마폭을 쥐고 살았다. 그래선지 습관적으로 어머니처럼 요강을 사용했을 성싶다. 이러다 보니 초등학교 4학년 때까지도 어머니와 함께 공중목욕탕 여탕에 다녔다. 그러던 어느 날, 어쩌자고 같은 반 여학생을 둘 다 알몸으로 욕탕 안에서 덜컥 부닥뜨리는 일이 생겼다. 그 뒤부터 여탕 출입을 삼갔다. 아마도 그 여학생에게 부끄러움을 느끼지 않았다면 초등학교 졸업 때까지도 어머니와 함께 여탕을 이용했을지 모른다. 요새 같으면 쯧쯧쯧, 혀를 차고도 남을 일이 아닌가. 여하튼 그 이후부터 요강에 궁둥이를 대는 방법은 사용 안 한 것 같다.

출퇴근할 때마다 차고 선반에 놓인 요강에 눈이 갔다. 저 용기를 활용할 방법이 없으려나.

어느 날 몇몇 친구를 만나기 위해 외출했다가 난화(蘭花)를 파는 꽃집 앞을 지나갔다. 순간 요강이 생각났다. 요강에 난초를 앉혀도 괜찮겠다 싶었다. 여러 종류의 난을 대충 훑어보다가 자주색 꽃망울과 꽃송이가 다닥다닥 달린 게발선인장에 시선이 꽂혔다. 아, 저 꽃. 어머니가 좋아하시던 꽃. 젊은 어머니의 모습이 겹쳐 보였다.

어머니는 유독 이 선인장에만큼은 햇빛과 온도에 신경을 쓰셨다. 아버지가 술주정이 심한 날, 어머니는 선인장 잎 하나하나를 물걸레로 천천히 닦으며 화를 삭이는 듯했다. 철없는 어린 자식들과 아낙의 속마음을 나누기는 불가능하니, 아버지의 술버릇에 대한 원망을 이 선인장과 침묵의 대화로 나누셨을 것이다. 화를 삭이는 인내심도 닦으며 이 꽃들에서 위로를 받으셨을 것이다. 어머니의 정성만큼 꽃이 환하게 피어나곤 했다. 까마득하게 잊고 있던 유년의 기억이 허물 벗어지듯 하나씩 되살아났다. 그리운 어머니를 대한 듯, 게발선인장 화분을 덥석 움켜잡았다.

집에 도착하자마자 게발선인장을 요강에 심었다. 요강에 그려진 먹빛 대나무와 청잣빛 구름 위로 선인장의 줄기가 자연스레 늘어졌다. 저만치 놓고 완상하는 즐거움이 그만이다. 나이가 들면 추억을 먹고 산다더니, 진짜 맛있는 추억거리를 한 군데에 꿍쳐 둔 기분이다.

잠에 쉬이 들지 않는 밤이다. 달빛이 환하게 들이비치는 마룻바닥 한가운데에 촛불을 켜고 게발선인장이 담긴 요강 화분을 옮겨 놓는다. 촛불이 숨을 고르며 따뜻하게 타오르면, 어린 내가 요강에 앉아 어머니를 바라보고 있는 듯한 환영이 아롱거린다.

젊고 강한 척해도 나이가 들긴 드나 보다. 이렇게 과거의 추억에 애착하는 하는 걸 보면 미국에서 이방인으로 살아가는 일이 상당히 버거웠나 싶기도 하다. 혈기왕성할 때엔 동분서주하며 현실을 움켜쥐려고 뛰어다니느라 과거를 반추해 볼 새도 없었는데, 이건 확실히 나이 드는 징조다 싶다. 저 요강 화분 속에서 어머니를 향한 그리움이 새움처럼 돋아난다.

나는, 밤을 잊고 요강에 담긴 게발선인장을 애정 어린 눈으로 바라보고 있다. 행복감이 나를 감싼다.

오늘도 찬물로 깨끗이 씻은 행주로 내가 소유할 수 있는 추억을 고이 간직하고 싶은 듯, 포근한 마음으로 선인장 잎과 허리가 볼록한 그릇을 조심스럽게 닦는다.

**강정실**(姜正實. Gilbert Khang)은 1950년 부산에서 출생했다. 부산에서 대학을 졸업한 뒤 중·고등학교에서 1년간 교사생활을 하다가 1976년 서울로 이주해 대학원에서 공부하며 제약회사 출판부에 근무했다. 이후 강원도 모 대학에서 3년간 교편생활을 하다가 1979년 독일로 유학 갔다. 1985년 귀국 후 경남 양산에 있는 육가공 회사에서 근무하다가 1995년 캐나다 밴쿠버에 가족이민을 선택했다. 그해 다시 미국 워싱턴주 웨스트레이크(West Lake)에 정착해 웨스트레이크와 패스코(Pasco)에서 모텔 사업을 시작했다.

글쓰기는 웨스트레이크에 생활할 때부터 타코마에서 한인이 운영하는『기독신문』을 중심으로 초창기 문인들과의 교류가 시작되면서 시와 수필 쓰기로 재개되었다. 이후 아들의 대학원 진학이 캘리포니아로 결정되면서, 2005년부터 지금까지 LA 지역에 살고 있다. 『수필시대』(2005년 7/8월호: 수필), 『에세이문학』(2008년 봄호: 수필), 『에세이포레』(2012년 여름호: 문학평론) 등으로 등단하고 수필집은『등대지기』(2008, 이레미디어)『요강화분』(2012, 맘샘)『어머니의 강』(2013, 맘샘)『렌즈를 통해 본 디지털 노마드』(2016, 지식과공감)이 있다.

## 00. 수필 두 편에 대해

「봄비」는 2010년 『에세이문학』 여름호(통권 110호)에 발표한 글이고, 수필집 『어머니의 강』에 수록되어 있다. 살던 곳이 물 많은 곳이라, 비 오는 날을 유난히 좋아했다. 이곳 LA 지역에 살면서 가끔 비가 그리우면 샤워기를 틀어 수돗물의 강약을 조정하며 빗소리의 정서를 맛보곤 했다. 2017년 올해는 평상적인 기후가 아니었지만, 아열대성 사막인 이곳 남쪽 캘리포니아에는 비가 12월부터 2월 중순 사이에 서너 차례 올 뿐이다. 그러니 항상 덥고 건조하다.

하루는 창문을 두드리는 빗소리에 새벽잠이 깨이고, 누구를 만나기 위한 것도 아니면서 불현듯 자동차로 비 내리는 새벽 LA 거리를 달리다가, 100여 마일을 프리웨이를 이용해 옥크벨리에 있는 구릉지 위까지 달려간다. 그리곤 비가 쏟아지는 아침을 온몸으로 느끼며 고향을 그리는 수필이다.

「요강 화분」은 2012년 『지구문학』 가을호(통권 59호)에 발표한 글이고, 수필집 『요강 화분』에 수록되어 있다. 건너편 집 앞 잔디밭에 가라지세일(garage sale)이라는 팻말을 보게 된다. 잔디밭에 40~50여 가지 사용하던 물건이 옹기종기 놓여 있다. 그 중 돌아가신 할아버지의 영수증과 담뱃갑을 넣어 두었다던 백자단지를 보며 구입하게 된다.

다음날 차고에 있던 이 백자단지가 요강임을 확인하며, 어릴 때 요강과의 인연을 생각한다. 그러다 친구를 만나기 위해 밖으로 나갔다가 꽃

가게 앞에서, 요강에 꽃을 심으면 어떨까를 생각한다. 평소 어머니가 좋아하시던 꽃, 연분홍 꽃과 꽃망울이 다닥다닥 달린 게발선인장(schlumbergera)을 구입해 집에 도착하자마자 요강에 옮겨 심는다. 그리고는 마룻바닥에 옮겨 놓은 게발선인장과 요강을 보며 과거를 회상하는 수필이다.


## 00. 수필을 만나고

이곳에서 수필 쓰기는 대학 4학년 때, 1975년 교지에 수필 「최후의 만찬」이 당선된 게 계기가 된다. 수필은 다른 장르와는 다르게 자신과의 내면적 소통에 안락함을 준다. 인간 본연이 가지고 있는 오감(五感)과 함께 세상만사, 생로병사를 자신의 수필그릇에 온전히 담을 수 있는, 길지도 아니하고 짧지도 아니한 장르라는 강한 느낌을 받는다. 그리하여 LA 지역에서는 온전히 수필을 쓰고 있고, 그 깊이를 분석하며 윤활유가 되는 문학평론까지 쓰고 있다. 그리고 이 문학평론을 쓰게 된 이유는, 이곳 LA 지역에서 수필 강의를 10여 년을 하며, 제자들의 수필집을 발간을 도와주기 위해, 수필의 구성과 내용을 서로 수정하며 의논하기에 자연스럽게 수필 서평을 쓰게 되었다. 이게 인연이 되어 지금은 시, 소설의 평론도 함께 쓰고 있다.

## 00. 미국에서 수필을 쓴다는 것

1995년 워싱턴 주 웨스트레이크에 도착한 후, 조그마한 모텔 사업을 시작했다. 시간이 지나자 패스코에 별도의 미국식 식당이 딸린 큰 모텔을 다시 운영하게 되었다. 경제적으로 불편함은 없었으나 가끔 새벽에 손님이 들면 잠이 달아나 쉽게 잠들 수 없는 문제가 발생했다. 이때부터 컴퓨터에 앉아 글을 쓰기 시작했고, 어렸을 때부터 쓰던 시와 수필 중 시를 중심으로 『기독신문』(시애틀에서 유일한 발표 지면)에 발표하며 간혹 수필도 발표했다. 그러면서 가까운 곳을 중심으로 여러 곳에 카메라를 들고 다녔다.

LA 지역에 온 후, 한 가지 놀라운 현상을 알게 되었다. 워싱턴 주와는 달리 LA에는 미등단자를 무시하는 경향이 심했다. 당연한 이야기다. 하지만 그 당시 불쾌했던 기억이 새삼 떠오른다. 그러다 보니 당장 한국문단 상황을 모르는 미등단자는 기성문인의 협조(?)로 등단할 수밖에 없다. 이후 '이게 아니다'면서 본인이 원하는 문단지에 재등단하는 일이 왕왕 발생한다. 지금도 자신의 의지보다는 기성문인이 선호하는 문학지에 등단하는 일이 발생하고 있다.

## 00. 한국 수필에 바란다

한국에는 수필을 다루고 있는 문학지가 많다. 이중 어떤 문학지에서는 아예 미등단자를 찾고 있다. 운영을 위해서라지만 이건 아니다 싶다. 다는 아니지만, 이런 장사(?) 탓에 준비가 안 된 자가 신인상을 받고 문인으로 활동하는 일이 발생한다. 이러한 사실은 이곳 미주에 있는 신문에 떡 하니 얼굴을 내면서 알게 된다. 분명한 사실은 신인으로 등단한 문인이나 추천한 기성문인은 그 그릇의 크기를 알고 있다.

미등단한 모 문인단체의 회장은 "돈만 주면 등단하는 것, 등단할 필요 없다."면서 내부에 분란을 일으켜 등단자와 미등단자 간에의 불협화음이 지금도 일어나고 있다. 이에 내가 지회장으로 있는 한국문인협회 미주지회 웹사이트(www.kwaus. org) 공지사항에는 '국내문예지에 대한 등급 및 등단 기준' '우리나라 문학잡지 발간현황' '문학작가 지망생을 위한 내용(한국 문학상과 고료 및 신인상 제도와 독서)'을 옮겨다 놓았다.

부디 준비된 수필가가 신인상을 당당하게 받게 되는 날이 오기를 고대한다.

# 공순해

**그림** #백 원짜리 동전 한 개 크기에 세 송이를 넣어도 자리가 남을 만큼 저는 작습니다. 그렇게 작은 것이 개나리도 진달래도 피기 전, 아무도 보아 주지 않는 깊은 산 속에서 홀로 하얀 꽃을 피워……. #수필집 『빛으로 짠 그물』에 처음 실었다.

**낙원 부근** #주위는 다시 금세 풀이 죽었다. 우유를 구하러 또 헤매고 다녀야 할 피곤들이 벌써부터 역력히 드러났다. 한시도 떼어 놓을 수 없는 짐 같은 삶……. #한국문인협회 워싱턴 주 지부의 협회지 『시애틀문학』 5집 (2012년)에 처음 발표했다.

**공순해** 1986년 '뉴욕한국일보' 신춘문예에 수필 입상. 2009년 제2회 시애틀문학상에 수필 대상, 『수필문학』에서 추천 완료되어 등단. 수필집 『빛으로 짠 그물』 등이 있다.

# 그림

제 고향은 서울 도봉산입니다. 사실 북한산인지도 모릅니다. 제 주인은 등산길에서 저를 만났다고 했죠. 그 날 주인은 우이동 도선사 쪽으로 올라가 등반을 시작했다고 합니다. 그리고 도봉산 무수(無愁)골 코스로 하산했기에 그 길 중 어디에서 저를 만났는지는 분명치 않다고 했습니다. 인수봉을 거쳐 우이암을 옆에 두고 만장봉까지 갔다가 무수골로 빠졌다고 하니까 아마 그 길 어디쯤이겠죠.

하긴 만난 장소가 뭐 그리 중요하겠습니까. 만남 그 자체가 요체이지요. 주인은 저를 보는 순간 머리를 얻어맞은 듯 멍했다고 합니다. 보통 꽃은 장미, 백합, 해바라기, 함박꽃, 목련, 벚꽃 등등과 같이 탐스러운 꽃송이들을 달고 있죠. 또 조촐하게 보이는 꽃들, 가령 민들레, 데이지, 도라지꽃, 심지어 나팔꽃까지도 저에 비해 꽃송이들이 커서 저보단 탐스럽게 보이죠. 하지만 저는 그보다도 크기가 훨씬 작습니다. 그도 그럴 것이 제가 꽃을 피우는 시기는 이른 봄입니다. 추운 겨우내 땅속 깊이 뿌리를 박아 힘겹게 물을 끌어 올려야 하고, 마른 나뭇가지에 걸려 더욱 엷어진 해를 더 많이 받느라 목을 빼, 다른 꽃들보다 백 배는 더 노력을 해야 합니다. 작다고 쉽게 꽃을 피울 수는 없었어요. 그러니까 비록 작지만 죽을힘을 다해 피워 올린 꽃입니다.

백 원짜리 동전 한 개 크기에 세 송이를 넣어도 자리가 남을 만큼 저는 작습니다. 그렇게 작은 것이 개나리도 진달래도 피기 전, 아무도 보아주지 않는 깊은 산 속에서 홀로 하얀 꽃을 피워 한세상을 이루고 있는 모습이 놀라웠다고 훗날 주인은 말했습니다. 아직 나무들이 삭정이로 보이는 이른 철에 흰 무더기 꽃판과 맞닥뜨린 순간 그 생명이 타오르는 소리를 들었다네요. 존재에 대한 충격이 오래 남았다고 했습니다.

생활과 마찰을 일으킬 때마다 등반을 하던 주인은 몇 년 뒤, 거처를 뉴욕으로 옮겼습니다. 소위 이민을 한 거죠. 식물도 자리를 옮기면 뿌리가 땅에 적응하느라 몸살을 앓죠? 하물며 사람이 삶의 둥지를 옮겼는데, 얼마나 충격이 컸겠습니까. 통하지 않는 언어, 낯선 문화, 몸살을 앓을 때마다 주인은 제가 생각났답니다. 손님과 싸우다, 차이니스는 차이니스 나라로 돌아가라는 말을 들을 때, 차이니스여서 냄새가 난다는 말을 들을 때, 폭력에 맞닥뜨렸을 때, 가게 임대 재계약을 거절당했을 때, 주인은 저를 가슴에서 불러내곤 했습니다. 저를 처음 만나던 순간 벼락을 뒤집어쓴 듯했던 그 체험, 즉 감동을 되살려, 보잘 것 없이 작은 야생의 풀도 제 자리를 찾아 아름다운 꽃을 피워 존재를 알리는데, 사람이 되어 존재를 확보하지 못한다면 말이 안 된다고 각오를 새롭게 했다죠.

그런 주인은 고향이 도봉산 무수골이라 합니다. 도봉산 기슭 태생이기에 세상과의 불화를 산행으로 이겨냈나 봅니다. 그랬기에 이역 생활을 하면서도 낯익은 것이 사무칠 때, 머리 파묻고 울고 싶을 때, 두고 온 땅이 그리울 때, 무엇보다도 도봉산에 오르고 싶을 때, 주인은 머릿속에 기억으로 남아 있는 저를 불러냈겠죠. 그러니까 말하자면 저도 주인도 함께 이민을 온 겁니다.

주인은 여기서 27년을 살았습니다. 그러니 저도 이민 27년째라 할까요? 말하자면 제가 주인의 심상(心象)에 들어와 함께 기거하며 27년을 산 거랍니다. 오로지 하늘만 바라보며 산속 공기를 호흡하던 제가 주인의 가슴에 들어와 수명(壽命)을 얻은 거죠. 저는 하나의 존재가 되었습니다. 그리고 우리는 서로 도봉산을 그리워하며 27년을 보냈습니다.

그러기에 주인은 지금도 고국에 대한, 젊은 날에 대한 그리움이 물안개처럼 피어오르면 저를 불러내 말을 걸며 심사를 다독이곤 합니다. 그리움을 마음속에 그려 보는 것, 그리워서 그림일까요? 그것을 마음속에 그려 보아서 그림일까요? 어쨌거나 변하지 않는 것은 별이 됩니다. 27년이 지난 지금, 마침내 저는 주인의 별이 되었습니다. 먼 밤하늘의 깜빡이는 별처럼 명멸하는 그리움. 영원한 그리움의 별. 그러지 않아도 제 이름은 지상(地上)의 별, 별꽃입니다.

# 낙원 부근

오전에 미스 정이 앤터니 엄마와 대판 싸움을 벌였다. 생판 처음 보는 사람들처럼. 앤터니 엄마는 성정이 급한 여자였다. 그녀는 물건들을 집어던지듯 후다닥 계산대에 쌓아 올려놓았다. 그 중엔 어린 앤터니가 뜯어 먹고 올려놓은 도넛도 한 통 있었다. 미스 정은 그걸 미처 보지 못하고 다른 물건과 함께 끌어당기다 그만 바닥에 쏟고 말았다. 그러자 앤터니 엄마는 조심스럽게 물건을 다루라고 신경질을 부렸다. 그게 못마땅했던지 미스 정은, 지불 전엔 물건을 개봉하는 것이 아니라고 맞섰다. 두 사람의 싸움은 주저없이 타오르는 불처럼 급속하게 전개되었다.

"손님에 대한 예의도 모르는 넌 동물이야. 동물은 동물의 나라로 돌아가!"

"잘못의 시작은 너야! 상식에 어긋나는 짓을 먼저 해놓고, 오히려 윽박지르며 명령하니, 그런 몰상식한 사람이 동물이지 누가 더 동물이냐?"

그건 미스 정의 말이 맞다. 어떤 경우건 여기 손님들은 미안이란 말을 입에 올리지 않는다. 자신이 최선이다. 특히 동양인에게는. 두 여자는 한 수(數)도 무를 수 없다는 듯 상대에게 좀 더 심한 상처를 입히기 위해 서로 기를 썼다.

"이 씨팔년이 노란둥이 주제에 누구더러 동물이래? 닥치지 못해!"

"내가 동물이면 너도 틀림없는 동물이야. 두말하면 잔소리지."

존중이 결여된 사회에 상식이 통할까? 앤터니 네 일행, 친구와 자매들까지 미스 정을 공격했다.

"우린 여기 손님야. 파는 입장인 것이 좀 친절하게 하면 안 되니?"

"넌 왜 맨날 쌈질이니? 지면 좀 안 돼? 그러단 손님 다 잃어."

"이 거지발싸개 같은 가게, 다시 안 오면 돼. 그뿐야!"

다혈질의 이탈리안인 그들은 뚱뚱한 덩치를 들이밀며 미스 정을 깔아뭉갤 기세였다. 그러나 그 위협적인 분위기에도 미스 정은 한 치도 양보하지 않았다. 열렬한 전사처럼 전의에 가득차 올라.

"가게 안에 들어오면 일단 가게 안의 규칙을 지켜야 해. 실수는 너희가 먼저 했어. 그리고 미스 정은 물건을 좀 더 조심스럽게 다루어야 했지. 오늘은 둘 다 실수했어. 서로 사과하고 끝내자."

남편을 눈으로 찾았지만 그는 보이지 않았다. 소요를 가라앉힐 길이 없어진 나는 드디어 입을 열었다. 그리고 전철이 머리 꼭대기에서 모두를 부숴 버리듯 지나갔기에 큰 소리로 말을 이었다.

"망설임 없이 싸울 수 있는 미스 정이 부러워. 그래, 여기선 그렇게 삶을 쟁취해야 해. 하지만 먼저, 미스 정은 이 가게가 불매 대상에 포함돼 있다는 걸 눈치 챘어야 해. 앞쪽 백인 계산대에선 아무 말썽이 없는데, 왜 자신만 종일 싸워야 하는지 생각해 봤어? 지금 우린 그들의 적이야. 하니까 그들이 우릴 이용하기 위해 여기 오는 만큼, 우리도 최선을 다해 그들을 이용해야지. 그 방법은 그들에게 친절하게 대해, 가능한 한 많은 돈을 그들로부터 벌어들이는 거야. 이 도시에서 돈이 무엇을 의미하는가 생각할 수 있다면 앞으론 싸우지 마. 우리가 여기에 온 목적 잊지 않았겠지?"

좀체로 한국말을 사용하지 않는 나의 긴 한국말은 모두를 어리둥절하게 만들었고, 나중에는 분위기를 가라앉히는 효과를 가져왔다.

"그러니까 손님들에게 친절하게 해야 해. 알았지?"

영어로 말한 내 마지막 당부에 상황은 정리되었다. 미스 정의 얼굴은 경악으로 바래갔다. 그러나 더 충격을 받은 것은 나였다. 말로 드러내 놓고 나니까 이 생활이 진정 더 혐오스럽고 생소했다.

"오케이! 영 레이디. 내 빵 좀 체크해줘."

하지만 여기선 그런 감정을 가질 틈조차 없다. 나는 재빨리 토마스 잉글리시 머핀 장수에게로 가서 청구서를 받아들고 그가 가져온 빵의 숫자를 함께 세었다.

"오늘은 왜 이렇게 빵이 적어?"

"잔치는 끝났어."

"무슨 말이야? 스트라이크가 끝났어?"

"다음 월요일이면 그들이 돌아올 거야."

우리 대화에 직원들과 손님들이 환성을 올렸다. 엄동설한에 낙수(落水)를 본 듯 기뻐했다. 그동안 일부 제빵회사들의 파업에 일용할 양식을 구할 수 없었던 그들은 얼마나 진저리를 쳤던가.

"좋아하긴 일러. 다음 주부턴 우유가 스트라이크야. 전부들 미쳤어. 서로 요구만 해대. 사는 거에 지치는 기분야. 듣는 귀는 다 어디다 놓아두고, 말할 줄 아는 입만 갖고 다니니."

주위는 다시 금세 풀이 죽었다. 우유를 구하러 또 헤매고 다녀야 할 피곤들이 벌써부터 역력히 드러났다. 한시도 떼어 놓을 수 없는 짐 같은 삶. 그러나 좀 전의 험악했던 분위기도, 풀 죽은 분위기도 금세 지나갔다. 금시 잊을 수 없는 사람들은 그 자리에 남아 있어야 할 우리들뿐이었다.

더 생소한 일은 오후에 일어났다. 흑인 시위대들이 몰려들었던 것이다. 얼마 전 타지역 흑인 소년이 백인 여자 친구 생일에 왔다가, 이 거리 소년들에게 총을 맞고 절명한 것에 대한 항의였다. 그러나 이 거리 백인들 또한 만만치 않았다. 더 이상 우릴 침범하지 마. 우릴 지키고 싶어. 니그로 고 홈! 시위대와 주민들의 뒤섞인 말의 공방은 끝날 줄 몰랐다. 경찰은 주민과 시위대가 섞이지 않게 경찰선을 유지했다. 폭도로 변한 시위대는 도로에 폭탄을 던졌다. 포장도로가 순식간에 가라앉았다. 생생하게 생채기를 드러낸 도로는 뒤채이는 검은 뱀의 몸처럼 슬퍼 보였다.

우리는 서둘러 점포 문을 내리고 사태를 지켜보았다. 대량 투입된 경찰 병력이 흉흉한 시위대를 해산시키고 도로를 차단한 뒤 거리마다 순시하고 다녔다. 우리 가게에도 사복형사 둘이 왔다.

"시장(市長)이 점포 순시 강화의 특별 명령을 내렸소. 주민들에게서 특별한 반응이 있었소? 우리는 내일부터 일정 기간, 다섯 시 이후 매일 올 거요."

그들이 순시 상황을 적고 돌아간 뒤, 살벌하도록 빈 거리로 나온 우리는 각자 최선의 방법을 강구해 집으로 돌아갔다. 길을 걸으며 참았던 말을 쏟아 내려던 나는 남편과 눈길이 마주치자, 순간 속으로 말을 삼키고 어색한 미소를 만들어 보였다. 이리로 올 때 꿈꾸었던 곳, 여기 정말 맞아? 그 답은 아마, 예전에 이발소 귀퉁이 벽에서 만났던 칼 붓세 씨가 주겠지? 말 대신 입가에 삐뚤어진 미소를 걸치던 찰라, 전철이 머리통 위로 세상을 조각내 부수듯 소리내며 그쪽으로 달려갔다.

**공순해** 서울 출생. 서울 시내 공립중학교 국어 교사로 13년 봉직. 1985년 가족이민으로 뉴욕에 도착해 자영업을 하며 23년간 지내다, 2008년 말 시애틀 근교 이사콰로 이주. 현재 시애틀 근교 벨뷰에 거주하며, 한국문인협회 워싱턴 주 지부 회원으로 활동 중.

1986년 '뉴욕한국일보' 신춘문예에 수필 「이상한 사람들」로 입상하여, 그 수상자들이 중심이 된 동인지 『신대륙』에 참여하다. 그 신춘문예의 심사위원이셨던 이계향 선생님이 서울의 지면에 등단을 준비하자고 하셨는데, 그때까지 수필에 관심이 없었다. 이듬해 같은 신춘문예에 단편소설 「미안하다」(심사위원: 김은국)가 당선작 없는 가작에 뽑혔다. 시애틀로 이주 후 2009년 제2회 시애틀문학상에 수필 「이슬」로 대상을 받고, 같은해 4월 같은 작품으로 수필 월간지 『수필문학』에서 1회로 추천 완료되어 등단하게 되다.

2007년 수필과 소설을 함께 담은 『손바닥에 고인 바다』를 내다. 2014년 수필집 『빛으로 짠 그물』(Little Teddy Books 간행)을 내다.

## 00. 수필 두 편에 대해

타국에서의 생활은 각 문화권에 따라 형태는 다를지 모르지만, 생활 감정은 비슷하지 않을까 한다. 즐겁고 기쁜 일보다 문득문득 솟구치는 갈등이나 분노로 어쩔 줄 몰라 할 때가 많았다. 문화가 서로 다르다는 걸 인정하기까지 오랜 시간이 걸렸다. 그런 갈등을 독자와 나눠 볼 수 있지 않나 해서 이 작품들을 썼다. 치유하고 봉합하기엔 글만 한 것이 없다는 생각이다.

내 고향은 도봉산 기슭이다. 이곳에서 조상 대대로 500년을 살았다.

서울 시내에서 살 때도 수시로 거기 갔다. 뉴욕으로 간 뒤 도봉산이 그리웠다. 산이 많은 시애틀로 오고 보니 도봉산이 더욱 그리웠다. 어느 날, 그리워서 그림일까, 그림이 되고 만 고향이기에 더한 그리움이 되는 걸까, 하는 생각이 떠올랐다. 참기 어려운 생활이 반복될 때마다 도봉산을 그리워하는 마음으로 어려움을 달랬기 때문일 것이다. 그래서 이런 마음을 영원한 그리움을 간직하고 있는 별꽃에 이입시켜 쓴 수필이 「그림」이다. 수필집 『빛으로 짠 그물』에 처음 실었다.

「낙원 부근」은 뉴욕 생활에서 소재를 얻은 작품이다. 거기는 갈등, 절망, 이국인과의 부대낌, 낯선 곳에서 이루어지는 치열한 삶, 그야말로 소설 같은 생활이 날마다 벌어지는 곳이다. 바로 그곳이 우리가 꿈으로 그리며 찾아온 곳이니, 누구에게 불평할 수도 없는 노릇. 그렇게 참고 견디며 버텨낸 생활도 시간이 지나니 작품으로 스케치가 되는 날이 왔다. 이 작품은 한국문인협회 워싱턴주 지부의 협회지 『시애틀문학』 5집(2012년)에 처음 발표했다.

「낙원 부근」은 너무 급작스럽게 마무리된 것이 아닌가, 또한 종반부에 '칼 붓세'와 시 「산 너머 저쪽」, 그리고 달리는 전철이 향하는 '그곳'에 대해 설명을 보태는 편이 좋지 않을까 하는 질의를 받았다. 답변하자면 그것은 문학작품으로서 남겨 둔 독자의 자리라고 이해해 주면 좋겠다. 이 점이 바로 수필과 소설의 차이니까. 이 작품은 작품 「발효」와 함께 제3회 한미문단 문학상 수상작이기도 하다.

「낙원 부근」의 미스 정이 참 보고 싶다. 우리는 전우(戰友)였다. 하지만 시애틀 이주 후에 이 글을 썼기에 그는 내가 수필가가 됐다는 사실을 모른다. 미스 정은 그 가게를 그만둔 뒤 맨해튼에서 패들러 생활을 하면서 뉴저지에 대저택을 구입할 정도로 부를 축적했다. 그 과정에서 연락이 끊어졌다. 언젠간 만날 수 있으리라는 또 다른 꿈 - 그리움이 생긴 셈이다.

## 00. 미국에서 수필을 쓴다는 것

무엇을 해도 채워지지 않던 상실감. 뉴욕은 참 생소한 곳이었다. 낯선 속에서 실종되는 자아를 찾고 지켜내려 글을 썼다. 내 첫사랑은 소설이었다. 신춘문예 수상을 했으니 가능성이 없는 건 아니었지만 체력이 달리고, 시간이 없어 그 사랑을 지키지 못했다. 생계가 우선이었다. 그 생계로부터 책임을 벗어나(이 말은 은퇴했다는 뜻, 62세에 은퇴를 감행했다.) 23년 뉴욕 생활을 접고 2008년 11월에 시애틀로 이주했고, 이후 수필가로 활동하게 됐다. 시애틀에 온 지 9년 됐다.

지역을 막론하고 글을 쓴다는 행위 자체가 일종의 자기 구제 행위가 아닐까 한다. 와해되고 해체당하는 자신을 재구축하는 행위. 글쓰기는 매일 매 순간 지리멸렬하게 낡아 가는 자신을 일으켜 세우고, 세워서 견디게 하는 기둥 같은 거라 할까, 삶을 새롭고 건강하게 일으켜 주는 수단 같은 거라 할까. 하기에 글쓰기란 기둥 하나 붙잡고 평생 살아왔다. 그러다 보니, 이전과 달라진 점은 내 글의 독자를 만났을 때, 매우 조심스럽고 민망하다. 그들의 엄숙해야 할 삶에 혹시 허튼소리 늘어놓은 건 아닌가 해서.

## 00. 나만의 수필창작법

고향 얘기나 우려먹는 게 수필이란 대접을 받는 현실에서 나만의 쓰기 방법은 매우 중요하다. 문학이 예술이요, 예술이 창작이라면, 수필도 마땅히 '창작'돼야 하기 때문이다. 새로운 시각, 새로운 관점만으론 부족하기에 구성 창작에 많은 힘을 쏟는다. 이런 점에서 아무래도 소매치기가 손맛을 못 버리듯, 소설 기법을 자주 응용한다. 삶을 한 붓에 훑듯이 스케치하는 데는 소설 기법만 한 게 없다. 아주 가끔 시의 형식도 차용하기도 한다. 또 아직 실험 단계이긴 하지만, 기사문 스크랩 기법도 사용해 본다. 피카소의 콜라주 기법을 언어로도 응용해 볼 수 있지 않을까 해서. 하지만 어느 기법도 완숙하게 이뤄내진 못했다. 계속 시도 중이다.

## 00. 한국 수필에 바란다

해외 거주자인 만큼 우리 작업이 한국문학으로 편입될 수 있나, 매우 궁금하다. 해외에서 한글로 작업하는 사람들에게 야박한 곳이 한국문단인 듯해서다. 핑계라 지탄받을 수도 있겠지만, 1985년 뉴욕에 도착하던 해 읽은 한 줄의 글로 해서 나는 20여 년을 허송했다. 한 고명한 문학비평가께서 한국출판문화상을 받으신 저서를 통해 하신 말씀은 다음과 같다. 한국을 떠나 살면, 살고 있는 나라 말로 글을 쓰는 것이 정신 건강에 좋다. 한글로 글을 쓸 때마다 쓰기를 주저하게 한 이 한 말씀은 지금도 간혹 칼이 되어 내 가슴을 겨눈다. 30여 년이 지난 지금, 확실한 바깥 거주자이기에 그곳 관행에 대해, 관습에 대해 서툰 점 인정하지만, 서로 다르다는 점을 인정받지 못할 때 서운한 마음 드는 게 솔직한 심정이다. 서로 발전을 도모하기 위해 관용과 관심이 필요하지 않을까 한다.

김동찬

**아버지의 유산** #대부분의 우리 부모님들이 그랬던 것처럼 아버지도 자녀들을 키우느라 자신의 모든 것을 다 바친 그런 분이었다……. #'미주중앙일보' 2001년 2월 2일 자에 발표한 글이다.

**10년 세월이 지우지 못한 기억** #미국 정부가 진정으로 부끄러워해야 할 점은 보상은커녕 명백한 피해자였던 한국계 피해자들에게 은근히 폭동의 책임을 전가했다는 점이다……. #1992년 LA에서 있었던 4·29 폭동을 기억하는 특집호(2002년 『글마루』 통권 제10호)에 게재한 글이다. 산문집 『LA에서 온 편지, 심심한 당신에게』에 수록돼 있다.

**김동찬**(Tony Kim) 1993년 '미주한국일보' 문예공모 입상. 산문집 『LA에서 온 편지, 심심한 당신에게』, 시조집 『신문 읽어주는 예수』, 시집 『봄날의 텃밭』, 시 해설집 『시스토리』 등이 있다.

# 아버지의 유산

　비가 자주 오는 전형적인 남가주의 겨울 날씨가 이어지고 있다. 작년 11월에 돌아가신 아버지의 옷 중에 입을 만한 것이 있나 들여다보았다. 옷걸이에 걸린 두툼한 재킷이 하나 눈에 띄었다. 때깔을 보니 한 번도 입지 않은 새 옷임이 분명했다.

　아버지는 좀처럼 새 옷을 꺼내 입지 않으셨다. 구순을 몇 해 앞두고 몇 차례 심장질환으로 병원을 들락거리게 된 후, 갑자기 찾아올지도 모를 불행한 일을 대비하면서 생긴 습관이었다. "죽은 사람이 입던 옷은 사람들이 잘 안 입으려 해서 버리게 된다"는 게 아버지의 생각이었다. 새것으로 남겨 두면 누군가가 기분 좋게 입을 수 있을 것이라며 한사코 낡은 옷을 입고 또 입으셨다.

　그 재킷을 옷걸이에서 내려 입어 보려고 하니 옷의 앞섶에 손바닥 크기의 쪽지가 하나 핀으로 꽂혀 있었다. 그 종이쪽지에는 낯익은 아버지의 필체로 '한 번도 안 입은 새것이다'라고 씌어 있었다. 혹시 내가 그 재킷을 버려 버릴까 봐 내 주의를 환기하기 위한 아버지의 꼼꼼한 조치였다. 그 글을 쓰고 계시는 아버지의 모습이 와락 느껴졌다.

헌 노끈 하나도 버리지 않을 정도로 물건을 아끼는 아버지를 이해할 수 있는 일화가 하나 있다. 아내가 〈육 남매〉라는 한국 텔레비전 연속극 비디오테이프를 몇 개 빌려드린 적이 있다. 아버지는 그것을 보면서 많은 눈물을 흘리셨다. 그러고 나서는 그 연속극의 후속편들을 더는 빌려오지 말라고 하셨다. 남편을 잃고 온갖 고생을 하면서 자식들을 키우는 연속극의 여자 주인공이, 청상에 홀로 어린 두 아들을 키우시던 당신의 어머니를 못 견디게 생각나게 한다는 것이 그 이유였다.

경술국치 후 목포가 요샛말로 붐 타운으로 주목받고 있을 때, 서울에서 아내와 두 어린 자식을 데리고 내려가셨던 할아버지가 지병으로 덜컥 돌아가시고 말았다. 낯선 타향에서 홀로된 할머니는 삯바느질로 연명하셨다. 할머니의 일감이 떨어지지 않고 바빠야만 겨우 방세 내고 자식들 입에 풀칠할 수 있었다.

아버지가 초등학교 다닐 때였다고 한다. 다시 양식이 떨어진 어느 날 아침이었다. 굶은 채로 학교를 보낼 수가 없었던 할머니가 아버지더러 먼 친척뻘 되는 분의 집에 가서 아침을 얻어먹고 오라고 보냈다. 철이 난 후였고 숫기가 없었던 아버지는 아침 식사를 끝낸 그 집에서 차마 밥 얘기를 꺼내지 못했다. 학교에 갈 시간에 놀러 왔으니 눈치 빠른 사람 같았으면 그 허기진 배를 헤아려 주었을 텐데 불행히도 그 친척분은 그렇지 못했다. 어린 아버지가 "그냥 놀러 왔다"고 한 말을 그대로 믿어 버리고 말았다. 아니면 너나없이 어려울 때라 어쩔 수 없이 모른 척했는지도 모르겠다.

학교도 못 가고 동생과 함께 친척 집에서 어슬렁거리다 돌아온 아버지에게 할머니가 물어보셨다. "그래 아침은 주더냐?" 아버지는 힘없이 고개를 가로저었다. 자식들이 너무나 측은해 보이고 당신의 처지가 처량하게 느껴져 할머니는 두 자식을 부둥켜안고 함께 긴 울음을 터뜨리셨다고 한다.

그런 아픈 기억을 가진 때문인지 아버지는 88세로 돌아가실 때까지 평생 술, 담배, 노름 같은 데에 시간과 돈을 허비한 적이 없었다. 성경을 하루 세 장씩 읽고 일기를 썼으며 신문의 유익한 정보를 스크랩하셨다. 사업하는 머리를 갖지 못했던 아버지에게 근검절약이야말로 가장 믿을 만한 자산이었다. 지방에서 의사로 계시면서 일곱 자녀를 대학 교육까지 하는 일은 쉬운 일은 아니었다. 자녀들의 등록금이 마련될 때까지는 반찬을 세 가지 이상 상에 올리지 못하게 하셨다.

대부분의 우리 부모님들이 그랬던 것처럼 아버지도 자녀들을 키우느라 자신의 모든 것을 다 바친 그런 분이었다. 돌아가실 때까지 일종의 장례 보험 같은 성격의 상조회비를 '나성 영락 상조회'에 8년 동안이나 거르지 않고 냈다. "아버지, 자식들이 장례비 없을까 봐 그것 부으세요?" 하고 만류하면, "내가 할 수 있는데 왜 안 하냐? 놔둬라. 내가 하고 싶어서 하는 일이다."라고 말씀하시곤 했다. 아버지는 돌아가신 후까지도 자식들에게 조금이라도 짐이 되는 것을 원치 않으셨다.

재킷 일만 해도 그렇다. 평생을 절약하며 살아온 습관 때문이기도 하겠지만, 자식들에게 무어라도 깨끗하고 쓸 만한 것을 하나라도 남겨 주고 싶어 하신 우리 아버지식 자식 사랑법이기도 하다. 그러나 아버지의 생각과는 달리 이 아들놈은 아버지가 입던 구멍난 트레이닝복은 버리지 않고 입으면서도 그 새 재킷은 쪽지까지 단 채로 곱게 모셔 두고 있다. 아버지가 평생 지녀온 근검절약과 자식 사랑의 마음이 담긴 값진 유산으로 그 재킷을 간직했다가 내 아들에게 물려주고 싶다.

# 10년의 세월이 지우지 못한 기억

상처는 아물게 마련인가 보다. 결코 잊힐 것 같지 않던 4·29 'LA폭동'
도 올해로 만 10년을 맞으며 희미해져 가고 있다. 한인타운은 언제 그런
일이 있었냐는 듯, 불타 버린 건물의 흔적을 찾을 수 없다. 그러나 상처
는 아물어도 흉터가 남는 것처럼 선명하게 남아 있는 몇 가지 기억은 좀
처럼 지워지지 않는다.

나는 당시에 도매상을 운영하고 있었고, 아내는 인도어 스왑밋(Indoor
Swap Meet)에서 소매를 하고 있었다. 내 삶의 희망이었던 그 도매 가게가
약탈당하는 광경이 텔레비전에 비치자 아내는 울음을 터뜨렸다. 광란의
물결이 무사히 비켜 지나가 주길 바랐던 나도 허탈감에 주저앉고 말았다.

다음날 나가 보니 폭동이 지나간 현장은 생각했던 것보다도 더욱 비
참한 몰골로 나를 맞았다. 폭도들은 그 많던 상품을 훔쳐간 것은 물론이
고 계산기를 부수고 남아 있던 잔돈을 꺼내 갔고 화장실의 거울까지도
떼어 갔으며 그것도 모자라 불까지 질렀다. 가게 앞쪽으로 온통 시커멓
게 타다 만 자국과 소방서 차가 출동해서 불을 끄기 위해 끼얹은 물로
참담한 광경이었다. 이민 와서 열심히 일하고 살아온 죄밖에 없는 내가

왜 이런 벌을 받아야 하는지 도무지 이해할 수 없었다. 남들이 보기에는 작은 탑 하나가 무너진 것에 불과할지 모르지만, 나에게는 빈손으로 이민 와서 지금까지 살아온 모든 시간과 노력이 와르르 무너지는 순간이었다.

나와 내 아내는 경험도 없고 밑천도 없어 1,650달러를 주고 산, 더는 낡을 수도 없는 중고 포드 밴에 물건을 싣고, 이곳저곳을 떠돌아다니는 스왑밋 장사를 시작했다. 돈을 충분히 벌지 못하는 우리 식구가 살아가기 위해서는 근검절약하는 수밖에 없었다. 아내가 둘째아이를 낳은 날도 나는 장사하러 밴을 몰고 스왑밋으로 향해야만 했다. 몇백 달러씩 주고 새 가구를 사는 일은 없었다. 우리 집에 있는 침대, 식탁, 책상 등 모든 가구는 이민 초기에 얻은 중고 가구이거나 거라지 세일(Garage Sale)에서 산 물건들이었다. 응접실에는 소파 대신 아내가 천을 씌워 만든 낡은 매트리스를 놓았다. 방 두 개짜리 아파트에 방 하나는 부모님이 쓰고, 남은 방에 우리 부부와 어린 두 아이가 기거했다. 그러다 아내가 인도어 스왑밋에 자리를 얻어 들어간 후 조금 여유가 생겨 내 집을 마련했고 친구와 함께 도매상도 하나 열게 된 것이었다.

우리 집을 방문한 한국에서 온 셋째형이 텔레비전을 사 준다며 나가자고 한 적이 있다. 형에 앞서 우리 집에 다녀간 한국의 큰누나가 셋째형에게 돈을 주면서 "세상에, 아직 흑백 텔레비전을 보고 있는 집은 한국에서도 없다"며 "칼라로 바꿔 주고 오라"고 했단다. (사실은 친구 이삿짐을 날라 주러 갔다가 텔레비전이 고장 나 흑백으로만 나온다며 버리겠다고 하는 걸 얻어 와 쓰고 있던 것이었다.) 나는 셋째형에게 "돈으로 주면 천천히 내가 맘에 드는 거로 사겠다"고 했다. 그랬더니 셋째형은 한마디로 안 된다고 했다. 돈으로 주면 틀림없이 텔레비전을 안 살 테니 절대 그렇게 하지 말라고 큰누나로부터 당부를 받았다는 거였다.

그렇게 경제적으로 여유가 없었지만, 떠돌이 행상을 하면서 나 자신이 불행하다고 생각한 적은 없었다. 오늘보다 늘 내일이 나을 거라는 희망에 즐거웠고, 낯선 미국 땅에서 부모님을 모시고 처자식을 굶기지 않고 오순도순 살아갈 수 있다는 사실만으로도 감사했다. 아파트에 살던 시절에도 응접실까지 물건이 쌓여 있어 발 디딜 틈이 없었지만, 마지막 남은 공간인 부엌으로 친구들이 하루가 멀다고 찾아들곤 했다. 미국에서 살아가는 햇수가 늘어날수록 장사도 규모가 커졌고 형편도 조금씩 나아졌다.

그러나 1 더하기 1은 항상 2가 되지 않고 때로는 0도 되고 -1도 된다는 세상의 물정을 폭동은 나에게 가르쳐 주었다. 세상은 거꾸로도 가고, 날벼락으로 일구고 있던 삶의 터전을 송두리째 날려 버리기도 한다.

나에게 한동안 무력감과 절망감을 안겨 준 4·29폭동은 누구나 알고 있듯이 로드니킹을 무차별 구타한 백인 경관들이 무죄 평결을 받았기 때문에 흑인들이 묵은 분노를 터뜨린 것이었다. 그러나 미국의 주류 언론은 연일 한인 상인들과 흑인 고객들 간의 불화가 폭동의 주된 요인 중 하나인 것처럼 보도했다. 그것은 미국의 주류사회가 얼마나 비겁했는지 반증하는 사례다. 흑인들의 분노를 희석할 희생양으로 한인이 선택되었다는 사실을 나는 폭동 피해자로서 증언할 수 있다.

내 가게 앞에 이중으로 달아 놓은 덧문을 부수고 상자째 물건을 훔쳐 나르고 있던 사람들이 촬영된 텔레비전 화면 속에 흑인은 한 사람도 없었다. 전부 라티노(Latino)들이었다. 내 고객은 흑인이 거의 없다시피 했다. 그러니 나와 흑인 고객과의 불화는 있을 수도 없었다. 한인타운 일부를 휩쓸고 지나간 폭도들의 대부분도 마찬가지로 히스패닉 계통의 사람들이었다. 이것을 어떻게 설명할 것인가. 말하기 좋아하는 사람들이 한인 상인과 라티노의 갈등이 폭동의 원인이었다고 해석할까 봐 두렵다.

바로 군대를 동원했으면 폭동은 그날 밤으로 진압되었을 것이다. 그러나 흑인들의 분노가 너무 커서 어느 정도 불길이 약해질 시간이 필요했다. 화재가 크게 나면 불길이 번지는 걸 막기 위해 멀쩡한 옆집을 부숴 버리는 것과 마찬가지로 흑인 밀집 지역과 가까운 한인타운이 희생되는 걸 미국 정부는 내버려 뒀다. 그것을 감지한 한인타운과 흑인 밀집 지역에 사는 비양심적인 주민들이 덩달아 범법 행위를 저질렀다는 사실은 4·29의 진실을 찾는 과정에서 간과해서는 안 될 중요한 부분이다.

모든 텔레비전 방송국에서 생중계했던 폭동의 현장 중에는 나에게 잊히지 않는 장면들이 많다. 한 폭도가 전자상점에서 커다란 텔레비전을 훔쳐 나와 너무 무거운 나머지 차에 옮겨 싣지 못하자 경찰이 함께 들어주는 모습을 보고 나는 경악을 금치 못했다. 물론 물건을 훔치는 걸 어차피 막지 못할 바에는 교통이라도 소통시키자는, '민중의 지팡이'가 가졌던 소박한 사명감을 이해해 줄 수도 있다. 그러나 그것은 그렇게 가볍게 보아 넘길 일이 아니다. 공권력이 폭동에 어떤 자세로 대치했던가를 보여주는 대단히 상징적인 사건이다. 그 순간, 그 혼란 속에서 일어났던 모든 범죄는 면죄부를 받았다고 나는 생각한다. 아니면 공권력은 폭동의 공범으로 비난받아야만 한다.

비슷한 예가 또 하나 있다. 어느 옷가게에서 한 폭도가 옷을 한 아름 안고 나오고 있었다. 여성 리포터가 마이크를 들어대며 어리석은 질문을 했다. "이 옷들을 왜 가지고 나오고 있습니까?" 그 폭도는 현명한 대답을 했다. "왜, 안 돼요? 공짠데요(Why not? It's free)." 세상이 무법천지가 되었다는 걸 당신은 아직도 모르고 있었단 말인가 하고 그 폭도가 묻는 것처럼 보였다. 당당한 불법 앞에서, 그 옷들을 팔아 식구들과 새 가구를 사고, 여행을 가고, 가족과 함께 맛있는 외식을 하려고 했던 한 소매상이 눈물을 흘리며 겪고 있을 좌절은 무시되었다. 세계의 경찰이라고 자부하던 USA는 뒷짐을 지고 있었고, 그래서 선량한 시민이 믿고 있었던 정의는 구겨지고 버려졌다.

'베벌리 힐스(Beverly Hills)나 다른 백인들이 많이 사는 지역까지 불길이 번지지 않도록 흑인 밀집 지역이나 한인타운을 포함한 인근 지역을 방패막이로 사용했다'는 미국 정부의 고백까지는 바라지 않는다. 그러나 더 많은 희생을 줄이기 위해서 불가피하게 폭동의 진압을 늦추었으며 불법 난동을 방치했다는 진실을 미국의 경찰이나 미국 정부는 밝혀야 한다. 그리고 미국 정부가 지키지 못한, 아니 '지키지 않은' 폭동으로 인한 인명과 재산 피해는 원금에 이자까지 갚아야 하는 융자가 아니라 당연히 보상으로 마무리되었어야 한다.

미국 정부가 진정으로 부끄러워해야 할 점은 보상은커녕 명백한 피해자였던 한국계 피해자들에게 은근히 폭동의 책임을 전가했다는 점이다. 흑인 밀접 지역의 상가들은 인종에 상관없이 피해를 보았고 상당 부분의 난동은 흑인이 아닌 다른 인종들이 저질렀음에도 불구하고, 흔히 있을 수 있는 한인 상인과 흑인과의 사소한 갈등을 크게 부각하고, 신문과 라디오 등에서는 한인이 가진 문화적 차이에 관해 토론하고 비난하는 행태를 일삼았다. 도대체 한국계 폭동 피해자들이 가해자인지 피해자인지 잘 모를 지경이었다. 세계의 인권과 정의를 지키기 위해 파병까지도 서슴지 않는 대국인 미국의 행동으로는 너무나 비열해서 실망스럽기 짝이 없었다.

나는 상실감과 절망감에 빠져 당황했지만, 시간이 좀 지나고 나서 돌아보니 생각보다도 많은 것을 여전히 잃지 않고 있었다. 사람이 다치고 죽기까지 한, 억장이 무너지는 피해자도 있었던 그 난리 통에서 내 가족과 집이 무사했고, 아내가 하던 인도어 스왑밋 가게도 불타지 않았다. 교회, 이웃, 친구, 조국의 동포 등 각지에서 보내 주는 성금도 나를 감격하게 하고 다시 일어나게 하는 힘이 되었다. 나는 재산보다도 더욱더 귀한 것들이 무엇인지를 깨닫게 되었다. 재산은 금방이라도 신기루처럼 사라져 버릴 수 있지만, 가족이나 친구, 이웃 등과 나누는 정이야말로 그렇지 않다는 것도 알게 되었다.

폭동이 나를 단련시켰다. 만일 일찍 그러한 일을 겪지 않았다면 나는 작은 추위에도 견디지 못하는 온실 속의 화초가 되었을 뻔했다. 내가 사는 미국에 대한 환상이 깨어졌지만, 미국을 더 잘 이해하게 되었고, 무엇보다도 우리가 안전하다고 믿고 있는 세상의 질서와 규범이 어떻게 무너질 수 있는지를 알게 되었다. 또 미국은 복잡한 이해관계를 가진 다양한 구성원들로 이루어진 나라라는 사실을 다시 한 번 실감했다. 미국에 이민 와서 산다는 건 그 구성원 중의 하나가 된다는 것을 의미한다. 우리의 고객이고, 우리의 이웃이고, 우리의 동료가 되는 그들과 어떻게 조화를 이루고 살아야 하는지 구체적으로 생각해 보게 되었다.

내 개인적으로는, 미국 정부가 그나마 신속하게 저리 융자를 해주어 다시 도매상을 시작했고, 폭동의 후유증에서 벗어나 4·29 전보다 몇 십 배 더 큰 규모의 업체로 성장시켰다. 이제 4·29폭동은 과거의 일로 잊혀 가고 있다. 하지만 분명히 4·29는 미국에 사는 우리 한인들에게 일어났고 어떤 식으로든지 우리들의 삶에 영향을 끼쳤다. 미주 이민 100주년을 앞둔 지금 사탕수수 하와이 이민 선조들의 애환이 관심의 대상이 되는 것처럼, 후일에 4·29를 겪은 한 개인의 생생한 증언을 누군가 듣고 싶어 할 때가 꼭 있으리라 믿는다. 그래서 비록 '장님 코끼리 만지기' 식으로, 4·29의 일면에 불과하겠지만, 내가 보고 느낀 4·29를 그를 위해 남긴다.

**김동찬**(Tony Kim)은 1958년 목포에서 태어났다. 대학을 졸업한 뒤 은행에서 2년간 근무하다 1985년 가족이민으로 미국으로 이주했다. 캘리포니아의 LA 지역에 살면서 스왑밋(Swap Meet)에서 장사를 하며 생계를 유지했다. SOLO라는 청바지 브랜드를 정착시키며 의류업을 해오다 지금은 반 은퇴한 상태다. 수필을 쓰게 된 것은 이주 초기의 어려운 시간이 지난 뒤부터다. 정착하고 어느 정도 여유가 생기자 글을 쓰고 싶은 욕구가 다시 생겼고 1993년 '미주한국일보' 문예공모에 입상을 하고 고원 작가가 지도하던 글마루에 나가 창작을 배우면서 보다 본격적으로 문학을 하게 되었다. 지금까지 산문집 『LA에서 온 편지, 심심한 당신에게』 (2002, 고요아침), 시조집 『신문 읽어주는 예수』(2003, 태학사), 시집 『봄날의 텃밭』(2004, 고요아침), 시 해설집 『시스토리』(2016, 고요아침) 등을 냈다.

## 00. 수필 두 편에 대해

「아버지의 유산」은 '미주중앙일보' 2001년 2월 2일자에 발표한 글이다. 「10년의 세월이 지우지 못한 기억」은 1992년 LA에서 있었던 4·29 폭동을 기억하는 특집호(2002년 『글마루』 통권 제10호)에 게재한 글이다. 이 수필은 산문집 『LA에서 온 편지, 심심한 당신에게』에 수록돼 있다. 견디기 어려운 시간, 짧고도 허무하게 느껴지는 순간들을 견디게 해주는 것은 그래도 사람이며 그 사람들과 나누는 사랑이라고 생각한다. 돌아가신 사람들, 떠나간 사람들, 지나간 시간이 내 마음속에 나무가 되어 뿌리를 내리고 나와 함께 숨을 쉬고 있는 것을 수필을 쓰면서 새삼 느낀다.

## 00.이민과 나

주택은행 사무개발부에서 2년여를 근무하다 1985년 가족이민으로 미국에 왔다. 벌써 30년이 넘었다. 만일 미국에 이민 오지 않고 한국에 계속 살았으면 아마 은행 지점장으로 은퇴하는 무난한 삶을 살았을지도 모른다. 그러나 그런 안정된 직장을 포기한 대가로 다인종 국가인 미국에서 보다 다양한 사람들과 부대끼며 살아 보고, LA폭동도 겪어 보고, 사업의 실패와 성공이란 것도 맛보았다. 한 번 살다가는 인생인데 그런 다양한 경험을 제 인생에 넣어 볼 수 있었던 것은 이민이 내게 선물한 고마운 일이라 생각한다.

한국에 있을 때 문학에 관심이 있는 편이긴 했지만 '스왑밋'이라는 장돌뱅이 생활로 고단한 생활을 할 때는 문학을 할 마음의 여유가 없었다. 그러다가 이민 초기의 어려운 시절이 지나가고 미국생활에 적응해 나가면서 내 삶을 글로 표현해 보고 싶은 욕구가 다시 생겨났다. 1993년 '미주한국일보' 문예 공모에 입상하면서 문학을 다시 시작하는 계기가 됐고 이후 고원 선생님이 지도하시던 문학교실인 '글마루'에 나가 창작의 기본을 다졌다. 미주한국문인협회를 통해 미주 한국 문인들과 교류하며 소위 문단 활동이라는 것도 열심히 했다. 그동안 산문집, 시조집, 시집, 시 해설집, 모두 네 권을 출간했다.

## 00.미국에서 수필을 쓴다는 것은

미국에서 모국어로 수필 쓰기란, 열심히 살았지만 이민지에 뿌리내리지 못하고 떠도는, 이 땅의 손님인 것만 같은 느낌, 내가 아닌 남으로 살고 있다는 생각으로부터 내 자신을 찾아가는 일인 듯하다. 단지 떠돌다가는 부초로서가 아니라, 이민의 현장에 뿌리내린 우리의 행복과 슬픔의 주체가 바로 나 자신이라는 사실을 자각하는 일이 아닐까. 그러나 아직 나만의 수필창작법이라고 감히 말할 수 있는 주제는 되지 못하였다. 다만 마음대로 잘 되지는 않지만, 울지 않고 웃으면서 글을 쓰려고 노력한다. 그동안 한국 수필을 보며 생각한 게 있다면 수필이 어떠해야 된다는 도식화나 강박관념에서 벗어나 좀 더 자유로운 형식과 생각을 담는 그릇이 됐으면 좋겠다는 것 정도다.

# 김윤선

**시애틀의 비** #비의 종류도 재미있다. 안개인 듯 실비인 듯한 는개, 갈까 말까 망설이는 가랑비, 수줍음을 타는 보슬비, 꽃망울을 터뜨리는 꽃비, 뜬금없이 내려와 수다를 떨고 가는 여우비…… . #2012년 6월 9일 '미주 한국일보'(시애틀 지사)의 『삶과 생각』에 게재했고 수필집 『무인카메라』에 수록했다.

**날개** #마루 끝에 앉아서 하릴없이 잠자리를 눈으로 좇고 있으려니 나도 모르게 팔이…… . #수필집 『무인카메라』에 수록했다.

**김윤선**(GANG YUN SUN) 1999년 『에세이문학』 봄호에 「다리」로 등단. 수필집 『무인카메라』를 출간했다.

# 시애틀의 비

그새 마당엔 햇빛이 한가득이다. 꽃잎마다 방울방울 물방울을 달고도 햇빛에 드러난 말간 얼굴들이 시침을 뚝 떼고 있다. 파란 하늘이 거짓말처럼 눈부시다. 저기, 걸음을 재촉하는 저 회색구름만 없다면 비 온 뒤의 날씨라곤 아무도 믿지 않겠다.

시애틀의 비는 변덕이 심하다. 그쳤는가 싶으면 어느새 돌아와 흩뿌리고, 오고 있나 싶으면 저쯤에선 벌써 돌아갈 채비를 하고 있다. 그 바람에 어렵사리 따온 고사리를 비 맞힌 게 한두 번이 아니다. 따는 일보다 말리는 일에 더 발목이 잡힌다. 방금 헹궈낸 손빨래를 들고 집안에 널어야 할지, 바깥바람에 말려야 할지 머뭇거리고 있다. 부화뇌동하는 게 저들이라고 달라 보이지 않는다.

비의 종류도 재미있다. 안개인 듯 실비인 듯한 는개, 갈까 말까 망설이는 가랑비, 수줍음을 타는 보슬비, 꽃망울을 터뜨리는 꽃비, 뜬금없이 내려와 수다를 떨고 가는 여우비, 한 번 시작하면 좀체 그치지 않는 장맛비, 무작정 쏟아놓고 보자는 소낙비, 굵고 세찬 장대비, 가뭄 끝에 내리는 단비 등 표정이 갖가지다.

비에 적응되면 시애틀에 적응한 것이라던 누군가의 말이 허튼소리가 아니다. 그러고 보면 비 올 때마다 퉁명스런 대꾸를 하는 나는 아직도 이곳 사람이 아닌가? 그래도 엊그제 심어 놓은 고추며, 오이, 호박의 모종을 생각하니 때맞춰 내린 비가 반갑다. 내겐 모처럼의 약비다.

　서너 개의 빨래를 빨래걸이에 널어놓고 잠시 이층에 올라간 사이 후드득, 바람 소리까지 더하더니 주룩주룩, 비 내리는 소리가 들린다. 그러면 그렇지, 잠시 전엔 웃비였나 보다. 그런데 이번엔 주룩비다. 강우량이 심상찮다. 도로엔 이내 빗물이 흘러내리고 나뭇잎은 하늘을 치닫는다. 도로에도, 마당에도, 비는 장소를 가리지 않는다. 온통 그들 세상이다. 그러고 보니 내게만 좀 더 나눠달라고 보챌 필요가 없다. 고루고루 나눠주는 빗물이 세상의 공평함을 몸소 내보이고 있으니 말이다. 주둥이가 좁은 유리병이나 넓은 유리병이나 같은 높이의 비를 담는 걸 보면, 세상의 공평함이 얼마나 기분 좋은 일인가를 알게 한다.

　비를 좋아한 적이 별로 없었다. 특히 이른 봄에 내리는 봄비는 더더욱 싫었다. 학년이 바뀌어 낯선 교실만도 버거운데 축축한 운동화와 교복이 하루 종일 기분을 언짢게 해서다. 거기에 빛바랜 우산에 대한 궁색함이 비를 더 싫어하게 된 이유였는지 모르겠다. 하지만 어느 날, 어머니가 내게만 살짝 내민 두 단짜리 접이우산, 그런 특혜를 받고 나자 은근히 비를 기다리게 됐다. 불현듯 대단한 부잣집 막내딸이나 공주라도 된 듯한 설렘, 그러고 보면 삶의 한 귀퉁이에 비밀 하나쯤 숨겨놓는 일이 그다지 나쁜 일만은 아닌 것 같다. 세상을 또 다른 상상으로 꽃 피우는 즐거움을 갖는 일일 테니.

　예전에는 비를 계절의 전령쯤으로 여겼다. 입춘이 지나고 우수와 경칩을 지나는 사이 잦아진 비로 시나브로 봄이 모습을 드러냈다. 꽃샘추위로 오슬오슬한 한기를 품고 있던 찬비가 봄의 길을 막는다고 여겼는데 실은 봄을 지필 마중물이었음에랴. 뿐이랴, 웃자란 더위의 기를 꺾느라 한 달여 간이나 비가 내렸는데, 사람들은 이를 장맛비라 불렀다. 장맛비는 긴 여름을 여는 서막이었다. 처서와 백로를 지나며 지척대는 비는 가을을 불러왔고, 시베리아의 얼음 냄새를 옮겨온 비는 세상을 마침내 긴 동면에 들게 했다. 비는 그렇게 계절을 앞서 왔다.

시애틀의 겨울은 비의 계절이다. 어쩜 겨울이 장마의 계절이라니, 낯섦의 절정이다. 눅눅하고 무더운 여름 대신, 화창하면서도 해맑은 여름 공기가 겨울 장마로 인한 것임을 인정한 건 불과 얼마 전이다. 같은 세상도 얼마나 마음을 주고 애정을 가지고 바라보느냐에 따라 전혀 다른 세상을 보는 눈이 생기는 모양이다. 그동안 못 본 척, 모르는 척했던 건 어떤 마음에서였을까. 어쨌든 비를 바라보는 눈에 다름을 인정하는, 그리고 그 다름을 사랑할지도 모를 지금에 이르고 나니, 어젯밤의 비가 내겐 모처럼의 단비로 느껴지는 것이다.

유리창 너머 밖을 내다본다. 본격적인 여름 마중물이다. 나뭇잎은 저마다 활짝 날개를 펼치고 있다. 아니, 비상한다. 그 아래, 호박과 오이 모종이 제법 날갯짓을 하고 있다. 터를 잡았다는 품새다. 이 비로 모종의 키가 한 치는 더 클 것 같다. 바람 속에서 비의 굵기가 점차로 더 굵어지고 있다. 작달비다.

# 날개

가을 마당에 날아든 고추잠자리 한 마리가 고향의 체취를 전하고 있다. 이곳저곳 눈도장을 찍으며 한가롭게 마당을 헤집고 다니는 게 아무래도 때늦은 가을 소식을 전하는가 보다. 그런데 가만히 보니 한국의 고추잠자리보다 크기가 작고 색깔도 선명하지 못하다. 아니면 어때, 나는 놈을 고추잠자리라고 불렀다.

과연 이름을 얻은 때문인지 놈은 좀체 뒷마당에서 떠날 생각을 하지 않는다. 게다가 어느 시인의 노래처럼 저를 부르는 소리에 꽃처럼 다가와 내 눈앞에서 맴돌고 있다. 처음엔 그냥 맴돈다고만 여겼다. 그런데 춤사위가 꼭 살풀이춤을 닮았다. 투명한 날개를 쫙 벌려서 수평을 이루다가 곤두박질하듯 아래로 고꾸라지는가 하면, 어느 순간 획하니 방향을 틀어 위로 솟구친다. 그러다가 언제 그랬냐는 듯 제 자리를 맴돌고 있다.

북경 올림픽 개막전에서 공연된 천수천안관음무(千手千眼觀音舞)는 관세음보살의 천수천안을 형상화한 것이다. 중생의 고통을 쓰다듬을 천 개의 손과 그 끝에 달린 천 개의 눈, 그것들이 저마다의 날개를 달았음은 말할 나위가 없다. 중생이 부르는 곳이면 어디든 달려간다는 관세음보

살, 무용수들의 가볍고 날렵한 춤사위가 날개만큼이나 가벼워 보이는 건 이 때문일까. 더구나 감동적인 건 무용수들이 모두 청각장애인들이라는 것이다. 들을 수 없는 그들이 이루어낸 춤의 조화, 반야심경에서 이르는 세상의 존재라는 게 실은 그 실체가 없음을 그들의 몸짓으로 내보인 게 아닌가 싶다. 듣지 않고도 들을 수 있는, 아니 들을 것이 없기에 들을 필요가 없는 반야의 세계. 얻을 것이 없기에 마음에 걸림이 없는 세상, 날개에 무게가 실리지 않음은 물론이다.

살다 보면 삶에 날개를 달 때가 있다. 안 그래도 잘 나가는데 때아닌 행운이 겹칠 때 우리는 그 일에 날개를 달았다고 한다. 삶의 무게가 한결 가벼워지면서 탄탄한 미래를 보장받는 때이기도 하다. 하지만 교만과 욕심이 앞을 가리는 때이기도 하다. 그 때문에 날개는 자칫 정점에서 제 날갯죽지를 찢기곤 한다. 추락하는 건 늘 한순간의 일이다. 십 년 세도 없고, 부자가 삼 대를 가지 않는다는 속설이 이를 말한다.

생각해 보면 나도 어지간히 상상의 날갯짓을 즐겼던 것 같다. 백설 공주가 되고, 잔 다르크가 되고, 버지니아 울프가 되고 싶었던 바람 말이다. 상상이란 게 원래 밀랍 아니던가. 태양 가까이 가지 말라는 아버지의 명을 거역해 바다에 떨어져 죽은 이카루스, 그의 날개, 밀랍 말이다. 오늘 내가 생면부지의 이국땅에서 살고 있는 것도 실은 그런 상상의 날갯짓 때문이 아닐까. 지구의 반대쪽, 아침과 밤이 뒤바뀐 그곳에는 어떤 세상이 펼쳐지고 있을까에 대한 상상과 자유로움에 대한 기대, 인연은 그런 날갯짓 속에서 이뤄지는 모양이다.

마루 끝에 앉아서 하릴없이 잠자리를 눈으로 좇고 있으려니 나도 모르게 팔이 들썩인다. 처음엔 손이 움찔거리더니 팔꿈치가 올라가고 어깨마저 들썩이고, 어느 새 너울너울 춤을 추고 있다. 살짝 무릎을 굽히고 한 바퀴 빙 돌기도 하고, 제법 추임새까지 넣는다. 겨드랑이에 날개가 돋친 듯 몸동작이 가볍다. 설상가상, 훌쩍 공중으로 날아올라 날갯짓을 하고 있다. 길게 팔을 내뻗기도 하고 살짝 오그리기도 하는 게 꽤 기품 있다. 내친김에 두 팔을 활짝 벌려서 한 바퀴를 더 돌았다.

그때였다. 어딘가에 설핏 팔 닿는 느낌이 들었다. 화들짝 눈을 떴다. 문 언저리에 팔이 닿아 있다. 아, 그새 깜박 졸았던 모양이다. 햇빛이 놀리듯 내 눈을 쏘고 있다. 고추잠자리도 춤사위가 끝났는지 숨고르기를 하고 있다. 멋쩍은 마음에 두 팔을 등 뒤에 감춘다.

훌쩍 다가온 고추잠자리가 잠시 날 빤히 쳐다보더니 횅하니 몸을 돌려 멀리 햇빛 속으로 날아간다. 재빠른 날갯짓이 하마 인연이 끝났음을 말하려는 것일까. 저쯤 사라지는 놈의 날개에 부딪친 햇빛 한 조각이 언뜻 빛으로 남더니 이내 소멸한다.

마당은 텅 비고, 놈이 떠난 빈자리엔 가을 햇빛이 재여 있다.

**김윤선**(GANG YUN SUN) 남편의 성을 따라 미국 이름은 강윤선이다. 이민 오기 전에 한국에서 문학 활동을 해서 작가로서의 이름은 김윤선을 그대로 쓴다. 1954년에 출생했고 부산에서 성장했다. 대학 졸업 후 교사를 했고 이후 방송 일을 하다가 2003년 12월에 워싱턴 주 시애틀에 이민 왔다. 시댁 식구들이 일찌감치 미국에 이민 와 있어서 수순을 밟은 셈이다. 늦게 이민 왔기 때문에 미국에서 치열하게 산 게 아니어서 미국 사회를 온전히 경험하지 못했다. 아시아나 항공사와 그로서리 등에서 파트타임으로 일했다. 아시아나 항공사에서는 customer servicer에서 일했는데 영어에 서툰 한국인들의 입국 수속을 도우는 일이었다.

한국에 있을 때인 1999년 『에세이문학』 봄호에 「다리」로 등단했다. 이후 2007년 2월에 한국문인협회 워싱턴주 지부를 발족하는 데 한몫을 했다. 설립 목적은 한글의 올바른 사용과 문학으로 이민의 삶을 위로하기 위해서였다. 시애틀문학상 제정과 『시애틀문학』 발간으로 시애틀 지역에 한국문학을 뿌리내렸다는 자긍심을 갖고 있다. 2011년부터 '시애틀 미주한국일보'에 에세이를 집필중이다. 시애틀형제교회 실버대학에서 수필창작 강의를 했다. 2015년 부산문화재단에서 지원금을 받아 『무인카메라』를 출간했다.

## 00.수필 두 편에 대해

「시애틀의 비」는 시애틀의 잦은 비에서 느끼는 정서를 표현했다. 2012년 6월 9일 자 '시애틀 미주한국일보'에 게재했고 수필집『무인카메라』에 수록했다.

시애틀의 기후 특성상 겨울 우기가 긴 것이 여름 장마에 길들여져 있던 한국인들에게는 무척 견디기 어렵다. 축축한 습기와 함께 냉기 때문에 몸은 물론 마음을 우울하게 해서 더욱 고국을 그리워하는 이유가 되기도 한다. 시애틀이 커피의 고장이요, 음악의 도시, 물의 도시라고 불리는 이유가 다 비에서 연유됐다고 해도 과언이 아니다. 그런데 이 글을 쓴 이후 비에 대한 볼멘소리가 줄었다.

「날개」는 주변에서 쉽게 볼 수 있는 흔하고 작은 소재에 문학적 상상력을 표현 기법으로 가미한 작품으로 수필집『무인카메라』에 수록했다. 모처럼 한가한 마음으로 뒷마당에 나가 앉았다가 하릴없이 찾아온 잠자리에 마음을 뺏겼다. 잠자리의 춤사위를 보고 상상력을 덧붙여 쓴 글이다. 때마침 북경에서 열린 올림픽의 전야제에서 공연된 천수천안관음무를 보고 춤으로 표현되고 있는 불교의 뜻을 날개와 연결해서 표현해 보았다.

## 00.미국에서 수필을 쓴다는 것은

미국에서 수필 쓰기의 특별한 의미는 무엇보다 자신의 정체성을 찾는 데 의미가 있다고 생각한다. 언어가 다르고 문화가 다른 나라에서 느끼는 자아 상실감이 크다. 자신을 추스르고 이민자로서 살아가는 힘을 얻는 게 내 수필 쓰기의 이유이다.

## 00.나만의 수필창작법

무슨 이야기를 쓸 것인가, 하는 건 글 쓰는 이의 끝없는 숙제다. 그 때문에 주변의 모든 것에 관심과 애정을 가지려고 노력한다. 신문의 기사나 친구들과의 대화에서도 소재를 찾을 기회가 많기 때문에 소홀히 하거나 흘려듣지 않으려고 애쓴다.

소재를 찾거나 주제를 정하고 나면 반은 쓴 것이나 다름없다. 주제를 먼저 정하고 소재를 찾는 일도 있지만 불현듯 만나는 소재가 실은 더 많은 이야기를 들려준다. 소재와 주제를 동시에 만날 땐 날개가 돋는다.

소재는 주변에서 많이 찾는 편이다 특별한 여행지에서의 경험이 좋은 소재가 되지만 익숙한 것들에게서 더 많은 얘기를 들을 수 있기 때문이다. 작고 허접한 것들일수록 세심히 들여다보면 독특한 표정과 깊은 사색의 세계를 만날 수 있다. 소재에 자신을 덧씌워서 함께 생각하는 것도 재미있다. 사물의 내면 천착이 수필의 본질이며, 읽을 수 없는 사물의 내부를 찾아 읽는 탐구자가 수필가인 까닭이라고 말한 글을 생각하는 까닭이다.

머릿속으로 첫 문단이 대충 정해지면 컴퓨터 앞에서 생각을 이어 간다. 무엇보다. 수필이 문학이라는 사실을 잊지 않으려고 한다. 낯설게 생각하기, 새롭게 표현하기 등 문학적 상상력을 고민한다.


### 00.한국 수필에 바란다

해외에서 활동하는 작가들의 문학작품 중 특히 수필에 대해서 관심 가져 주셔서 감사하다. 그런데 최근에 한국문단에서 해외작가들의 작품을 이민문학으로 분류하려는 움직임이 있다 보니 삶의 현장에서 겪는 얘기들을 중심으로 정체성을 이어 가는 내용들을 요구하는 사례가 늘었다.

사실 이민의 삶이라는 게 남의 땅에서 남의 언어로 살아가야 하는 것인 만큼 서러움이 많다. 낯선 문화와 다른 언어, 그리고 다른 피부 색깔, 어찌 삶의 회한이 없겠는가. 그러나 십여 년을 그렇게 살다 보면 낯선 문화에도 적응되면서 삶이 점차 안정되어 간다. 그리고 마침내 고국이나 이민의 땅이나 사람 사는 건 다 마찬가지라는 결론을 얻게 된다. 삶의 소용돌이를 거친 뒤에 맞는 평온함, 마음은 관대해지고 글은 깊어 갈 것이다.

한국수필계에 바란다면 해외작가들의 작품이 정체성을 담은 이민문학이라는 이름 아래 수필이 수기가 되지 않게 도와주었으면 한다. 해외작가들의 특별한 경험이 수기가 아니라 문학작품으로 승화될 수 있도록 말이다.

해외에 살다 보면 모국어를 잊어 가는 건 어쩔 수 없는 과정이다. 변명에 지나지 않겠지만 이민자들의 숨길 수 없는 현실이다. 고국은 이민자들에게 늘 어머니 같은 존재이다. 그런 따뜻한 품이었으면 좋겠다.

# 김학천

**워싱턴 Dot Com** #그럼에도 불구하고 이러한 초강국 미국이 마음속 깊이 가장 아쉬워하는 것이 있으니…….

**미국 판 용비어천가** #제퍼슨은 자신의 영지에 손수 몬테첼로 저택을 지어 오늘날 니켈(5센트짜리 동전) 뒷면에 올리는 실력을 과시했는가 하면 자신의 묘비명도 스스로……. #캘리포니아에 사는 대학 후배들의 웹사이트에 2010년부터 연재한 '미국 이야기' 중 2편.

**김학천**(金學天, Hak-Cheon Kim)  2008년 『한맥문학』 신인상으로 등단. '미주중앙일보' '코리아타운 데일리' 등에 고정칼럼을 쓰고 '낭만 인문 산책' 강의 등으로 동포들과 만나고 있다.

# 워싱턴 Dot Com

미국이 독립하고 얼마 안 되어서 독립선언서를 작성하는 데 문제가 생겼다. 나라 이름을 무엇으로 해야 할까 하는 거였다. 한 의원이 아이디어를 내었다. 먼 동방의 나라 조선에 가면 세종대왕이라는 분이 글을 만드는 데 천재라고 하니 이분한테 문의해 보면 어떻겠냐는 것이었다.

사절단을 친히 만나신 세종께서는 '아무렇게나 해라'고 하시니 '아메리카'가 되었다. 그러자 미국 위쪽에 사는 사람들이 자기네들도 아쉽다며 사신을 보냈더니 대왕께서 이르시길 '너흰 가나다순으로 해라' 하시거늘 '카나다'가 됐다는 얘기다. 누군가가 우스갯소리로 만들어낸 말이겠지만 한글과 세종대왕을 통해 우리의 우수성을 나타내고 싶은 발로였을 게다.

허나 사실 '아메리카'는 미국만을 가리키는 말이 아니다. 멕시코에 가서 어느 나라 사람이냐고 물으면 그들도 당연히 아메리칸이라고 한다. 북미, 중미, 남미 대륙에 있는 모든 사람이 아메리칸임엔 틀림이 없기 때문이다. 해서 우리가 사는 이곳을 아메리카라고 하지만 엄밀히 말하자면 'US 아메리카'이어야 함을 모두 알 게다. 마치 서울대학교 신문의 이름이 '대학신문'이다 보니 다른 대학들의 심사가 편치 않은 것처럼 전 아메리카 대륙인들의 기분은 몹시 언짢지 않을까? 그럼에도 미국은 마치 자신들만의 점유물인 양 그냥 아메리카라고 한다.

허긴 미국 건국 초기에 신대륙을 발견한 컬럼버스의 이름을 따라 국명을 '컬럼비아'로 하려는 움직임이 있었었기는 하지만 성사되지 않았고 결국 남미에 콜롬비아라는 국가가 생기면서 미국은 헛기침만 할 수밖에 없는 처지가 되어서 그런 건 아닐는지. 그럼에도 어쨌거나 아직도 미련이 많이 남아서인지 그 이름 여기저기 자취를 남겼는데 아무래도 그 대표적인 것이 미국의 수도 '워싱턴 DC'가 아니겠는가? DC는 '컬럼비아 자치구'라는 뜻인데 그건 '장학퀴즈' 문제의 정답 꼴이고 실은 200여 년 후에 나타날 IT산업으로 세계를 휘어잡을 Dot Com이 아니었던가 싶다. 그 이름 '워싱턴.com!' 다른 나라들은 모두 웹 주소 dot 뒤에 각자 나라 이름 등을 복잡하게 붙이게 하면서 자기네만은 깔끔하게 닷 컴(.com)으로만 처리하고 그 거드름 피는 모습이란 얄밉기도 하지만 부럽기도 하다.

아무튼 한마디로 미국이라는 나라는 이미 그 오래 전에 세계를 제패하려는 야심이 있었는지 아니면 선견지명이 있었는지 수도 이름 하나는 잘 지은 셈이다. 세계를 하나로 묶는 역할을 톡톡히 하고 있으니 말이다.

그럼에도 불구하고 이러한 초강국 미국이 마음속 깊이 가장 아쉬워하는 것이 있으니 그건 다른 나라와 달리 역사적 문화적 전설의 고향이 없다는 것이다. 바로 신화의 결여다. 세계의 모든 나라에는 나름대로의 이러쿵저러쿵 신화가 있다. 이는 조상전래의 공동유산으로 한 집단을 묶어 주는 접착제이자 과거와 현재 그리고 미래를 꿰뚫어 연결해 주는 고리라 말할 수 있는데 미국은 바로 이러한 유산이 없는 거다. 유구한 역사가 없기 때문이다.

그러니 이들에게도 무언가 일리아드와 오딧세이 혹은 플루타르크 같은 영웅전이 필요했겠지. 해서 온 정성을 들여 만든 것이 조부들의 영웅담이 아니었겠나. 그리곤 인정하긴 싫었겠지만 인디언들의 구비문학이나 전설 등을 바탕으로 저네들의 문학과 역사에 덧입혀 스며든 삶의 일부분으로 알게 모르게 뿌리내린 이야기들 또한 필요했을 거고.

해서 토착민을 모조리 쓸어내면서 시작된 영웅담과 함께 '정복 기질'은 루이지애나 대구역을 사들임으로써 땅을 곱절로 늘리면서 본색을 드러냈다. 이는 어쩔 수 없는 당연한 '명백한 운명(MD)'이라고 명명하고 저네끼리 정당화하면서 박차를 가한 거다. 그리하여 루이스-클라크 팀에 의해 서부탐험의 기치와 함께 전쟁을 통한 정복으로 점점 땅을 넓혀나가더니 어느 새인가 '뉴 프론티어' 정신이란 더 그럴 듯한 말로 탈바꿈시켰다.

그래서 그런가? 미국인들이 야구보다도 더 열광하는 미식축구가 꼭 이러한 선조들의 땅 따먹기를 닮았다. 이 경기에서 그들의 조상들이 대륙을 정복한 개척의 기질이 생생히 살아 숨쉬고 있음을 느낄 수 있기 때문일 것이다. 그리곤 땅 투기에 등장하는 내기 배팅까지. '명백한 운명'이라는 가면 뒤에 숨겨 있는 본심의 숨결이 오늘 그들 후손들에 의해 재현되고 있음이다.

전설의 고향 이야기는 할리우드 산업에서도 활발해서 신화를 만들려는 의지를 보여준 존 포드 감독의 서부 개척물 영화로부터 포카혼타스를 통한 아스라한 옛이야기의 주인공들을 神話 아닌 新話 족보에 올려 넣기도 했다. 시간적으로 앞뒤가 맞지 않은 이런 이야기들조차 논리가 강한 그들에게 체면불구하고 꼭 필요한 이유가 있었다면 그것은 옛날 호랑이 담배 먹던 시절의 할머니 이야기에 너무나도 목말라 있음이리라.

헌데 이러한 주제들은 언제나 정복 아닌 개척의 이름으로 원주민 땅에 홀로 들어간 백인들의 영웅담이다. 그리고 이들은 모두가 예외 없이 자신에게 반한 여인의 도움으로 낙랑공주와 호동왕자 같은 아기자기한 전개의 이야기를 넘어 토착민 부족을 구하거나 섬멸하는 정복과 인류애를 그리는 양면성의 틀을 가진다.

허긴 DC는 Devil과 Christianity의 두 가지 의미를 갖기도 하니 이중성의 특성은 당근이 아닐는지. 그러더니 급기야 '늑대와 춤을'로 발전한 이런 얘기들은 현대판 '아바타'에 이르러서도 변함이 없다. 테크놀로지만이 눈부시게 놀라울 뿐 늑대이야기에 '매트릭스'와 하야오의 '천공의 섬'을 섞어 만든 판박이 자기네 편 영웅이야기이다. 몇 개 더 참가하자면 '터미네이터'와 '미션 임파서블' 그리고 '라스트 사무라이'까지 합친 비빔밥이라고나 할까?

이미 세계는 한 사람의 인기인이나 영웅이 선망의 대상이 되는 스타시대를 지나 너와 나 모두가 반짝반짝 빛나는 집단스타인 '은하수시대'가 된 지 오래되었음에도 미국은 모든 분야에서는 앞서가면서도 왠지 아직도 일인 영웅 만들기에 여념이 없다. 그것은 아마도 바로 이러한 훌륭한 선조 족보를 만들고 싶어 하는 남모를 결여의식의 심리에서 나오는 것이 아닐까?

아무튼 그들의 영웅 만들기는 변함이 없으면서도 세계를 정복하고픈— 좋은 의미로 말해 공존하고 리드해 가려는— 야망은 이미 오래 전에 시작이 되었음을 DC와 함께 미화 1달러짜리 지폐에서도 찾아볼 수 있다.

그곳에 숨어 있는 많은 코드와 숫자 그리고 글귀들이 프리메이슨과 연결이 있다는 속설은 차치하고라도 우선 앞면의 워싱턴의 초상화에서도 알 수 있다. 원래 워싱턴의 얼굴은 신경질적이고 사나운 인상이다. 마지막 남은 치아 하나를 뺀 후 홀쭉하진 양 볼을 살리기 위해 담당 초상화가의 기지로 솜을 물고 그린 모습이 지금의 모습인데 혹자는 워싱턴의 얼굴이 너무 그랜드마마 같은 부드럽기만 한 인상을 준다고 혹평하기도 한다.

사실 그의 눈은 매섭게 생겨서 지폐 뒷면의 미완성된 피라미드에 있는 진리의 눈이라는 스파이적인 외눈과 닮았다. 오늘날 세계를 도청으로 감시한다는 에셜론(ECHELON) 동맹국의 '5개의 눈'의 시발점인 셈이다. 바로 이 정복 기질과 함께 인류애의 이중성은 달러 지폐 앞과 뒤가 서로 다른 녹색과 검정의 두 칼라로 인쇄된 바로 이 점과도 통한다면 지나친 이야기일는지.

잠깐 얘기를 쉬어 가자면 미화 2달러짜리에 대한 귀여운 돈 이야기가 있다. 서부시대에 미지의 세계를 찾아 떠났던 사람들이 긴 여정의 두려움과 외로움을 달래기 위해서 둘을 의미하는 2자를 좋아했기 때문에 낭만적인 달러가 되었다고 한다. 특히 영화 '상류사회'에서 그레이스 켈리가 프랑크 시나트라로부터 2달러짜리를 선물 받은 후 모나코의 왕비가 되자 행운의 의미로 되었다고 하니 더 그럴 듯해 보이지 않는가.

아무튼 이제 세계의 중심에 서 있는 미국은 바로 워싱턴 DC에서 전쟁(D)과 구호(C)로 큰형님 역할에 바쁘고, 한편으론 Dot Com으로 글로벌을 좌지우지하고 있으니 건국 조부들의 비전이었든 야망이었든 간에 이제 더 나아가 앞으로는 디지털(D)과 통섭(C)의 시대로 향해 달려가고 있으니 '워싱턴 Dot Com 만세!'라고 해야 하나?

# 미국 판 용비어천가

'해동 육룡(海東六龍)이 나라샤 일마다 천복(天福)이시니, 고성(古聖)이 동부(同符)하시니.' 용비어천가 제1장의 노래이다. 조선을 세운 이성계와 그 윗대를 거슬러 조부 넷(목조, 익조, 도조와 환조) 그리고 다섯째 아들 이방원까지 여섯 대 선조를 여섯 마리의 용에 빗대고 중국의 옛 성군들과 견주어 찬양한 노래이다.

이를 미국 건국에 대입해 보면 어떨까? '대륙구취(大陸九鷲)가 나라샤 일마다 대박이시니, 고제(古帝)가 부동부(不同符)하시니.' 조지 워싱턴이 대통령으로 취임하기 이전에 있던 7명의 대통령과 토머스 제퍼슨까지 9명의 백두독수리가 날아오르며 옛 대영제국의 제왕과는 결연하고 새로운 체제의 국가로 나래를 펼치었으니 그 칭송의 노래 '취비통천가(鷲飛統天歌)' 제1장인 셈이다.

그들은 왕정이나 귀족정치에 진절머리를 내었기 때문에 미국을 건국하면서 '모든 인간은 평등권, 생득권, 독립권을 갖고 모든 권력은 국민으로부터 나온다'라는 버지니아 권리선언까지 만들었다.

그러고는 새 헌법에 따라 조지 워싱턴을 국가 원수로 뽑았다. 이로써 그가 공식적인 초대 대통령으로 기록된 것이니 가히 대륙국의 제1대 위태조라 할 만하다. 더구나 워싱턴은 델라웨어 도강에 성공함으로 독립으로 이어질 수 있었으니 위화도에서 압록강을 건너 회군해 조선을 일으킬 수 있었던 이성계와 유사하다고 하면 지나친 비유일는지.

토머스 제퍼슨은 7개 국어에 능통하고 건축가이자 문학적 재능도 우수하고 독립선언문의 기초를 맡는 등 그야말로 건국 기초를 다지는 데 대활약을 담당했다. 이는 새나라 조선이 세워진 후 정적들을 물리치고 새로운 국가 틀의 기초를 다졌다는 데서 이방원을 닮았으니 의당 제3대제 방원 태종일 것이다.

제퍼슨은 자신의 영지에 손수 몬테첼로 저택을 지어 오늘날 니켈(5센트짜리 동전) 뒷면에 올리는 실력을 과시했는가 하면 자신의 묘비명도 스스로 썼다. '독립선언문의 기초자, 버지니아 종교자유법 작성자, 버지니아대학 설립자인 토마스 제퍼슨이 여기에 묻히다'라고. 그리곤 유족들에게는 '단 한 단어도 첨가하지 말라'고 유언했다. 대통령이라는 경력을 묘비에 쓰지 말라는 거였다.

이후 미국 대통령은 오늘날까지 44명의 인물이 45대까지 이어져 오고 있는데 미국은 연임을 해도 그냥 같은 대(代)로 머물지만 22대와 24대의 그로브 클리블랜드가 한 사람 건너 중임을 했기 때문에 대(代)수가 하나 더 계산되었다. 클리블랜드가 나온 김에 먼저 말해 보자면 그는 개혁가였고 때마침 미국 건립 100주년 기념으로 프랑스로부터 자유의 여신상을 기증받는 행운을 맞았다.

다시 돌아가 7대 앤드류 잭슨은 천애고아로 자수성가를 했는데 그 당시 뉴잉글랜드나 버지니아 출신이 아니면서도 통치자에 오른 것을 보면 강화도령 철종이 떠오른다. 9대 윌리암 해리슨은 미국 역사상 가장 거친 선거를 통해 당선되었지만 임기 중 사망함으로써 최단기의 보좌에 머물

렀으니 가히 인종을 닮았다. 15대 제임스 부커넌은 남과 북의 대립을 해결하는데 성공하지는 못했으나 애를 무던히 썼던 점으로 봐서 탕평책으로 고심했던 영조가 아닐까 한다. 그의 후임 에이브러햄 링컨에 이르러 남북을 통합하고, 변화와 일치를 추구하며 평등을 꿈꾸다 암살을 당했으니 가히 대왕 정조 리컨(이산, 링컨)이라 할 만하겠다(참고로 22대 정조가 등극할 때가 미국이 독립한 1776년이다).

17대 앤드류 존슨은 노예해방 후 흑인 시민권을 둘러싼 주요 법안에 대한 대통령의 거부권이 미국 역사상 최초로 의회에서 무효화되는 굴욕을 당한 것으로 보아 조선 최고의 예송논쟁으로 정치적 갈등에 휘말렸던 현종이라면 어떨까? 그래도 그는 '얼음덩어리 냉장고'에 불과하다는 알래스카를 720만 달러에 사들여 '거저 주운 황금'으로 바꾸어 놓았다. 오늘날 알래스카는 미국의 부(富)는 물론 군사요충지 역할까지 하는 큰 효자가 되었으니 작금의 구 소련이 얼마나 땅을 치고 통곡할 노릇이겠는가?

술꾼인 18대 율리시스 그랜트는 링컨 때 북군의 수장으로 임명되어 남북전쟁을 성공적으로 끝낸 덕분에 대통령이 되기는 했으나 별로 신통치는 못했다. 재임 기간 중 정부 각료들의 공공연한 뇌물사건 등으로 전쟁영웅으로서의 이미지는 퇴색하고 인기는 바닥을 쳤을 뿐만 아니라 퇴임 후에는 파산까지 했으니 말이다. 헌데 조선에 신미양요가 일어난 것이 이때의 일이고 보면 그는 전쟁군인임에는 틀림이 없는 것 같다.

25대 윌리엄 맥킨리가 주도한 스페인과의 전쟁영웅으로 그의 후임자가 된 데오도르 루즈벨트는 최연소로 26대 대통령으로 당선이 되었다. 그는 재벌개혁을 통해서 미국 경제를 일으켜 세웠으며 파나마 운하를 건설하고 미국 대통령 처음으로 노벨상을 받은 다섯 손가락 안에 꼽는 훌륭한 인물이었다. 하지만 데오도르 루즈벨트는 자신의 후임으로 태프트를 27대에 당선시켜 자신과 같은 노선을 걷게 하려 했다. 그러나 태프트가 자신의 뜻과는 다른 방향으로 가자 격분하고 다투는 바람에 당을 쇠락시킨 인물이기도 하다. 더욱이 테프트－가스라 밀약으로 일본의 조선 침략을 묵인했으니 테프트 본인은 물론 그를 내세운 루즈벨트까지 두 사람 모두 우리에겐 곱게 보일 리가 없다.

'Keep cool with Coolidge'라는 공약으로 30대에 당선된 캘빈 쿨리지는 바르고 말이 적은 인물이었는데 이때 마침 미키 마우스가 세상에 태어난 것을 보면 그를 대신해서 세상에 대고 떠들기 주기 위해 나타난 것이 아닐는지.

31대 허버트 후버는 제1차 세계대전 후 미국을 구해 내서 상무장관을 거쳐 최고 권좌에 앉게 되었으나 불운하게도 대공황을 맞게 되고, 그 다음의 FDR로 유명한 프랭클린 루즈벨트가 뉴딜정책으로 미국을 건져 냈다. 유일하게 4선까지 한 그는 데오도르 루즈벨트의 조카로 명문중의 명문가 출신이다.

허나 신사년(辛巳年)에 일본이 하와이 진주만에 쳐들어와 임진왜란 아닌 신사왜란을 일으키니 선조의 꼴이 되고 말았고 해리 트루먼에 와서야 전쟁을 끝내게 된다. 헌데 다행히 그들에게도 충무공이 있었으니 그가 바로 니미츠 장군 즉 니순신이다. 니미츠도 '각하, 제게는 아직 12척의 함대가 있습니다'라고 했을까?

'I like Ike'로 유명한 드와이트 아이젠하워는 전쟁영웅의 마지막 대통령이다. 노르망디에서 사상 최대상륙작전을 승리로 이끌고 대통령에 당선된 그. 맥아더가 육사를 1등으로 졸업할 때 61등으로 졸업하고 그의 부관으로 일했으며 맥아더가 이미 대장이었을 때 고작 중령에 머물렀다. 그러던 그가 마침내는 맥아더와 나란히 원수로 진급해 말 많고 고집 센 다국적 장성들을 이끌고 전쟁에 승리한 것을 보면 그는 은근과 인내를 지닌 비범한 인물이었음에 틀림없다. 또한 그는 비록 휴전이긴 하지만 한국전을 종식시켰다.

제35대 존 F. 케네디는 젊은 이미지와 매스컴을 잘 이용한 덕에 닉슨을 누르고 당선되어 쿠바위기에서 용기와 배짱을 보여 후르시초프 소련 서기장의 간담을 서늘케 한 최초의 가톨릭 출신의 인물이었다. '뉴 프론티어' 정신을 내걸고 우주개발을 발전시키는 한편 마릴린 먼로와의 관계, 멋쟁이부인 재키 등으로 유명세를 치른 젊고 매력적인 인물이었기는 했지만 암살로 유명을 달리한 비운의 대통령이 되었다. 절대권력 그리고 최고의 미녀를 곁에 두었던 금수저 출신이라는 점에서 숙종에 비견될 수 있을지.

그 뒤를 이은 LBJ 존슨은 케네디 암살사건과 관련된 석연치 않은 많은 의혹 속에 베트남 전쟁 발발, 마틴 루터 킹의 사망, 로버트 케네디 사망 등으로 많은 인물들이 죽음을 맞게 된 것으로 봐서 아마도 왕위를 찬탈하고 손에 피를 묻힌 세조가 어울릴 듯싶다. 그러나 그는 뉴욕의 한 가정집 전화번호가 백악관의 전화번호와 같은 우연으로 가끔 혼선을 빚는 일이 생기자 '백악관으로 와야 할 전화를 잘 받아 주면, 우리도 당신네한테 갈 전화를 잘 도와주겠다'고 했다니 또 다른 면이 엿보이기도 했다.

Ike의 부통령을 지냈던 37대 리처드 닉슨은 베트남을 종식시키고 모택동과의 역사적 만남으로 중국과 국교를 수립해서 위대한 거인의 이름을 얻었음에도 水門사건(워터게이트)으로 사임을 한 치욕스런 명예를 안은 인물이 되었다.

'부적절한 관계'라는 말을 퍼트리게 한 장본인인 42대 빌 클린턴은 경제를 잘 다스린 대통령으로 평가를 받았는데 숱한 여성과의 스캔들로 TV 앞에서까지 증언을 해야 하는 수모를 겪으면서도 끈질기게 버틴 닉살 좋은 인물이다. 여러 여자들과의 스캔들 때문에 바지 '지퍼 게이트'

라는 말까지 나올 정도였으니 왕비와 후궁이 가장 많았던 성종에 어울리지 않을까?

조지 부시는 아버지와 아들이 대통령이 되는 영광을 안은 가문으로 루즈벨트나 케네디 가문에 이어 명문가(家)에 오르게 되었는데 아직 막내가 남아 있어 그 계승의 가능성이 끊어지지 않고 남아 있다.

비록 미국이 '왕족과 귀족과는 먼 정치'로 시작을 했지만 이렇듯 루즈벨트나 케네디, 부시 등이 소위 명문가문 – 계승정치를 보이면서 일종의 왕조(Dynasty) 정치문화를 낳는 게 아니냐는 비난의 목소리가 나오고 있다. 허긴 흑인 최초로 국무장관을 지낸 콜린 파워도 어느 모임의 기조연설자로 나와서는 자신도 따지고 보면 '영국 여왕의 먼 팔촌쯤 된다'고 하면서 주먹을 불끈 쥐고 'Yes!' 하는 모습을 보면 미국인들의 마음속에도 왕조에 대한 부러움이나 귀족가문을 은근히 부러워하는 속내를 보는 듯하다.

어쨌거나 이러한 미국도 어언 240여 년이 되다 보니 대통령에 대한 여러 징크스나 속설 같은 이야기가 떠돈다. 마치 구소련의 통치자에 대한 속설엔 법칙 아닌 법칙이 있어서 머리숱이 있는 자와 민머리인 자가 번갈아 가며 나타난다는 것 말이다. 레닌으로부터 예외 없이 머리숱과 민머리의 교대근무가 되었는데 오늘의 푸틴도 영락없이 민머리로 그 규칙 같은 차례를 잇고 있다.

반면에 미국은 머리카락이 아닌 수염에 변화가 있었다. 1대부터 15대까지는 수염이 없다가 16대 링컨부터 27대까지는 수염이 있고 그후로는 말끔히 밀어버린 모습인데 이는 속설의 법칙이라기보다는 시대의 유행에 따른 변화 때문일 게다.

하지만 정말 무시 못할 징크스는 이른바 '테쿰세의 저주'다. 제9대 대통령 윌리엄 해리슨은 인디언들을 무자비하게 토벌한 지휘관이었다. 이러한 백인의 횡포에 맞서기 위해서 인디언 동맹군을 이끌고 싸우다가 티피커누 강 전투에서 살해된 쇼니 족 추장 테쿰세가 한 말이다. 자신이 죽은 뒤 20년마다 '0'자가 붙은 해에 당선된 미국 대통령은 임기 중에 죽는다는 내용이었다. 그 말이 맞기라도 하듯 1840년에 당선된 해리슨 당사자가 폐렴으로 죽고 1860년에 당선된 에이브러햄 링컨은 암살됐으며 1880년에 당선된 20대 제임스 가필드도 총탄에 생을 마감했다. 1900년에 재선된 25대 윌리엄 매킨리 또한 총에 맞아 죽고 1920년에 당선된 29대 워렌 하딩은 병사했으며, 1940년에 3선에 오른 FDR 루즈벨트는 병으로 사망했다.

1960년에 당선된 JFK도 암살되었다. 1980년에 당선된 로널드 레이건은 총탄을 맞았으나 구사일생으로 목숨을 건졌다. 2000년에 당선된 조지 W. 부시도 이라크 방문 시 기자회견 도중 갑자기 신발이 투척되는 봉변을 당한 것은 물론 911사태도 그 저주 때문이라는 말이 나오는 것을 보면 그냥 무시하고 넘어가기엔 무언가 께름칙하고 섬뜩하지 않은가? 이제 2020년은 어떨까 심히 우려되는 바이다.

미국도 언젠가는 쇠망의 길로 들어서겠지만 역사적으로 대개 한 왕조가 500여 년을 주기로 흥망하는 것을 볼 때 아마도 600년이 되지 않을까 점쳐진다. 조선은 건국 후 왕들의 위패를 모시는 종묘를 세우고 정문을 창엽문(蒼葉門)이라 했다. 헌데 재미난 것은 창(蒼)자를 파자해 보면 [十十, 八, 君], 즉 二十八명의 임금이 나와 28명으로 이어진다는 운명을 예견할 수가 있다는 풀이가 있다. 과연 27대 순종 다음의 영친왕까지 계산해 보면 28명의 왕으로 조선은 운명을 다하게 되었지 않았던가. 이로 미루어 순진한 적용을 해서 '워싱턴 닷컴(DC)'도 달리 풀어 보자면 '워싱턴 600'이 될 것이란 얘기다(DC는 로마자 숫자로 600이므로).

허나 이나마 그만큼이라도 존속하기 위해선 미국도 오만과 과욕을 버리고 용비어천가 마지막 125장 구절에 귀를 잘 기울여야 할 것이다. '성군(聖君)이 니샤도 경천근민(敬天勤民)하샤 더욱 구드시리이다(훌륭한 왕이 대를 이어도 경천근민해야 국가가 더욱 굳건해질 것이다).'

**김학천**(金學天, Hak-Cheon Kim, DDS, JD. 세례명 Rapheal Kim)은 1951년 인천에서 태어나 성장했고 서울대학교 치과대학을 졸업한 뒤 미국에서 유학 생활로 USC 치과대학, Lincoln 법과대학을 졸업했다. 이후 미국 캘리포니아주 Diamond Bar에 살면서 개인 치과 의원을 운영하고 있다. 20여 년 간 USC 치과대학 임상교수와 해외치과의사 교과과정인 ISP 프로그램 Course Director를 맡았다. 미주 한인치과의사협회 회장을 역임했다. 2008년 『한맥문학』 신인상으로 수필가가 됐다. '중앙일보' '코리아타운 데일리' 등에 고정칼럼을 쓰고 '낭만 인문 산책' 강의 등으로 동포들과 만나고 있다. YTN US FM News Radio 방송위원과 패널리스트로도 일하고 있다.

## 00. 수필 두 편에 대해

2010년 이곳 남 캘리포니아에서 서울대학교 후배들의 모임이 생겼다. 서울대학교가 관악산 기슭으로 옮겨진 후 입학한 동아리들의 모임인데 이들을 중심으로 웹 사이트가 마련되었다. 말하자면 일종의 사랑방 친교의 장을 마련한 거였다. 편집장을 맡았던 후배 부탁으로 이런저런 글들을 실었다. 일반 수필에서 기고문, 전문 분야 등 여러 가지였다. 그러던 어느 날 '미국에 대한 이야기'를 써 달라는 제안이 왔다. 주제가 너무 광범위하고 시간의 여유도 그렇고 해서 망설였다. 그러자 후배는 부담 갖지 말고 동문들 사이에서 노변정담을 하는 것과 같은 기분으로 써 달라고 재촉했다. 그렇게 시작한 이야기 '미국 이야기' 시리즈 20여 개 중 두 편을 골라낸 것이다.

이 시리즈 글들을 통해서 미국인들의 역사와 문화를 나름대로 들여다보고 이들의 사고와 행동이 왜 어떻게 형성되었는지를 알아보고 싶었다. 그러면서 이들이 오늘날 세계를 제패하는 힘은 어디서 나오고 그러기 위해 애쓰는 관점은 또 무엇이며 이를 지키기 위해서 갖춰야 하는 정신이 무엇인가를 찾아내 보고 싶었다. 물론 민주주의가 가장 발달했다는 미국은 아직도 인종갈등이라는 커다란 미완의 숙제를 안고 있다. 숙명적으로 주어진 자신들의 삶의 조건을 뛰어넘어 여러 인종이 모여 더 큰 하나를 이루어 나가는 것을 허락한 이 나라가 저지른 많은 잘못 중 하나가 인종차별이라 해도 과언은 아니다. 그러나 짧은 역사임에도 불구하고 진리와 양심에 어긋나는 잘못을 깨닫고 급회전하여 신성(神性)을 닮으려는 고매한 정신으로 평등과 자유, 사랑과 평화의 이념을 세계 속에 심어 놓는 숭고한 노력을 해왔음도 알아야 할 것이다. 로버트 케네디가 "민주주의는 완전하지 않다. 그러나 우리는 공산주의와 달리 계속적으로 향상시키려고 노력하는 것이 다른 점이다"라고 한 말이 이를 시사하는 게 아닐까 한다. 결국 선진 시민이 되려는 선택과 끊임없는 노력은 각자 자신들 안에 부여된 '자유권의 선물'에서 오는 것이라 믿는다.

## 00.미국에 오다

나는 아주 어렸을 때 미국에 있던 큰형님이 어머님에게 보내 주던 약을 찾으러 종종 인천세관에 가곤 했다. 그러나 어린 내 눈에 비친 세관 공무원들의 모습은 매우 실망스러웠다. 시간을 지키지 않는 것도 그렇지만 무슨 큰 위세나 떠는 듯 군림하는 자세도 싫었는데 남의 물건을 함부로 다루는 태도는 더욱 그랬다.

한 번은 바로 내 앞에서 차례가 된 미국인에게 온 선물꾸러미가 있었다. 누군가 정성스럽게 포장하고 예쁜 리본까지 달았다. 허나 담당 세관원은 가위로 무자비하게 그 리본을 자르고 포장지도 아무렇게나 찢더니 속을 열어 보았다. 초콜릿과 캔디였다. 무례하게도 세관원은 옆에 있는 사람들과 하나씩 먹어 보더니 관세를 매기고는 흐트러진 선물 상자를 던지듯 내주었다. 이에 놀라 황급히 이를 정리하는 그 미국인 앞에서 어린 나는 몹시 부끄러웠다. 그러던 중 큰형님이 보낸 디즈니랜드의 미키마우스 카드는 내게 미국을 다시 한 번 동경하게 했다. 당시 한국은 모든 게 흑백이었고 엽서 한 장도 질이 안 좋은 종이를 쓸 때였다. 헌데 미키 마우스 카드는 컬러였고 더욱이 표면이 유리처럼 매끈한 두꺼운 엽서였다.

그때 나는 미국에 가야겠다고 생각했다. 그러나 도미(渡美)하기 위해서는 학업은 물론 군 병역까지 다 마치고 나서도 얼마를 더 기다려야 했다. 세월이 흘러 나이 들어 이곳에 오게 됐지만 난 아직도 내 결정에 후회가 없다. 미국 사회의 시스템이 좋아서다. 매사에 화낼 필요도 없고 다투지 않아도 되는 분위기, 남녀노소 구별 없이 사람 하나하나의 인격을 존중하고 법이 제대로 시행되는 제도, 무엇보다 남 일에 참견하지 않고 내 할 바에만 신경 쓰기만 하면 문제될 게 없는 개인 영역 보장, 그러나 남의 어려움엔 내 일처럼 적극 돕는 시민정신들이 좋아서다.

도미(渡美) 후 모든 걸 새로 시작해야 했다. 학업도 생활도 모두. 그러나 내가 정말로 다시 시작해야 했던 것은 이곳 문화와 관습에 적응하는 것이었다. 순서나 절차를 기다리는 인내심, 남에게 폐가 되지 않게 하는 양보심이나 배려하는 태도, 남녀 지위 고하를 막론하고 남에게 함부로 하거나 무시하지 않고 동등하게 대하는 평등관 등이었다.

인격이 존중되고 개인 영역이 침해받지 않고 자신의 의견이나 생각이 다르다는 이유로 비난받지 않는 사회, 더 나아가 그러한 다름이 존중받는 그런 사회, 그리고 질서 있고 법이 제대로 고르게 준수되는 그런 사회가 진정한 선진문화국이란 생각이 든다.


## 00.수필과 만나다

어려서 병약해 집안에서만 머무르며 병치레만 하던 내게 초등학교 2학년 때인가 작은누님이 처음으로 생일선물로 책을 한 권 사 주었다. 이원수 선생님의 『참새 잡던 시절』이란 책이었다. 파란 색의 그 책이 너무예뻐 책상에 꽂아 놓고 매일 쳐다보고만 하고 읽지 않았다. 아마도 책읽는 데 관심이 덜 했던 것 같다.

초등학교 6학년쯤인가 셋째형이 "너는 매일 책을 쳐다만 보고 읽지는 않냐? 읽어서 내 것으로 만들어야지." 했다. 그 말에 비로소 책꽂이에 있던 그 책을 열어 보았다. 너무도 재미난 이야기들이 그 속에 있는 걸 처음 알았다. 중고 시절이 되어 문예부장을 맡게 되면서 글쓰기에 가까워졌다. 이후 미국에 와서 살게 된 지금까지 바쁜 이민생활 속에서도 가능한 많은 글을 써 보려고 노력했다. 그것은 우리와 다른 문화 속에서 보고 느낀 삶의 경험에서 우리가 무엇을 소중히 간직해야 하고 무엇을 고쳐 나갔으면 하는가 하는 질문을 나 자신에게 끊임없이 던지면서 그것을 글로 쓰고 남과 나누는 기쁨을 누려 보고 싶다는 열망이 일어서였다. 그러던 중 한 신문사의 부탁으로 칼럼을 쓰기 시작했다. 더불어 사는 공동체를 위한 좋은 생각들을 셋째형님 말씀대로 마음에만 담아 두지 않고 서로 나누고 우리 것으로 만듦으로 해외에 사는 우리가 긍지를 갖고 한국인의 맥을 이어가는 데 한 작은 받침돌이 되었으면 하는 바람이었다. 그러기 위해서는 나 자신을 위한 많은 공부도 필요했다. 남에게 무언가 보이려면 내가 먼저 깨어 있어야 했기 때문이다. 스스로 부족하다는 생각을 항상 하던 중 한국에서 수필 모집을 해외에도 열어 준 기회가 왔다. 한국의『한맥문학』신인상에 수필로 등단하게 된 것이다.

## 00.미국에서 수필을 쓴다는 것은

신문이나 방송에 나가는 칼럼 덕분에 헤어졌던 오랜 지기나 지인을 만나게 되는 기쁨이 있었다. 어렸을 적 동네에 살던 이웃이 타주에서 신문에 난 내 글 덕에 수소문해 수십 년 만에 연락을 해온 거다. 또 대학 시절 친했다가 헤어져 못 만나던 친구는 이사를 가려고 짐을 싸던 중 신문에 난 내 글과 사진을 보았다며 신문사를 통해 연락을 해와 재회를 하기도 했다. 한 번은 미 동부에서 어느 분으로부터 전화를 받았는데 신문에 게재된 나의 글 하나를 자신의 출간 저서에 싣고 싶다며 동의를 구한 적도 있었다. 후에 그분의 책자가 내게 소포로 왔다. 그분의 책 속엔 내 것이 비견할 수 없을 만큼 예지가 빛나고 영롱한 글들이 가득했다. 내 자신이 오히려 부끄러웠다. 그런가 하면 동료 한 사람이 몇 년 전 불의의 차 사고로 유명을 달리했을 때 그를 위한 조시를 신문에 실은 적이 있었다. 헌데 누군가 이를 보고 간직했다가 죽음에 이른 사람들을 위한 행사에 바치는 글모음에 오른 경험도 했다. 결국 글 하나하나가 나를 대표하고 남에게도 영향을 준다는 생각에 더욱 사려 깊고 매사에 조심해야 하는 마음가짐을 갖게 된다. 더 나아가 글에서 말하는 생각들이 거기에만 머물지 않고 내 실생활 속에서도 걸맞도록 일치가 되어야 한다고 거듭 다짐해 본다.

다른 사람들에게 내 생각과 마음을 전달한다는 게 쉬운 일은 아니다. 더욱이 조금이라도 더 정확하고 바른 정보를 전달하기 위해서는 부단한 노력 또한 필요하다는 생각이 든다. 그리고 보면 그냥 일상적인 주변 이야기도 중요하지만 내 경우는 무언가 이를 통해 서로 공유할 지식이랄까 정보를 위해 찾아보고 확인해 가는 과정에서 결국 내 공부라는 결론에 도달하게 되었다. 남에게 향한 마음이 종국에는 내게 돌아오는 혜택이 된다는 작은 진리를 알게 된 것이다.

## 00. 나의 수필창작법

특별한 방법은 없다. 단지 쓰려고 하는 주제와 관련되는 고전 그리고 고사 등 옛 이야기를 찾아 들여와 연결 짓는 데 주력한다. 또한 소재 단어와 연관된 배경을 풀이하는 데도 주안점을 둔다. 그러나 무엇보다 쉽게 읽어 내려갈 수 있는 그런 글. 그럼에도 읽고 나서 잊어버리기보다는 무언가 하나라도 얻을 수 있는 그런 글을 쓰기 위해 애쓴다. 피천득 선생님의 「수필」은 내게는 바이블이나 다름없다. '수필은 청자연적이다. 난(蘭)이요, 학(鶴)이요, 청초(淸楚)하고 몸맵시 날렵한 여인이다. 수필은

그 여인이 걸어가는, 숲 속으로 난 평탄하고 고요한 길/……/마음의 산
책/……/친구에게 받은 편지와도 같은 것이다.' 그런 글이 되도록 노력
하는 것. 하지만 정작 바이블도 내겐 글쓰기의 선생이다. 구약이 신약의
예고편이고 신약이 그 완결 편이듯 고전과 현재를 잇는 그런 골격이 좋
아서다. 그러나 무엇보다 한 편의 글을 쓰고 난 뒤에는 읽고 또 읽어 보
고 한다. 겹치는 말이나 문장, 중언부언한 건 없는지 다듬는 퇴고과정을
차순에 둘 수 없기 때문이다.

# 박봉진

**오리농장** #오리에 관한 것이라면 우리 집도 한몫 끼어들 만하다. 사람들은 우리 집을 오리농장이라고……. #1993년 『월간 에세이』 초회 추천작으로 이민 초기의 애환을 담았던 글이다.

**날개** #어쨌거나 새를 집 밖으로 내보내야 했다. 먼저 거실 바닥에 떨어져 있는 놈에게로……. #2009년 경희대와 한국평론가협회 공동 주관의 '해외동포문학상' 최우수상에 당선되었던 작품이다.

**박봉진**(朴鳳眞) 1993년 『월간 에세이』 초회 추천, 1988년 '미주중앙일보' 신춘문예로 등단. 2002년 재외동포문학상 대상, 2009년 해외동포문학상 최우수상을 수상했다. 수필집 『내 마음 바다에 살아』이 있다.

# 오리농장

우리 한국인의 풍습에서 길조를 꼽으라면 상상의 새 봉황이나 아니면 제비, 까치 같은 새를 들 수 있지만 미국인에게 길조는 오리가 단연 으뜸자리를 차지하는 것 같다. 영업장이나 가정집을 불문하고 오리 장식품이나 오리 그림 몇 점 없는 데가 없거니와, 이 사람들은 자기 나라의 대통령 인기를 평할 때도 오리의 거처를 들먹거리는데 가령 임기 종반의 인기 하락을 오리가 물로 내려간 것을 뜻하는 '레임덕(Lame Duck)'이란 말로 표현하는 식이다.

가까운 공원 호수엘 가 봐도 오리는 공원과 더불어 한 세트처럼 언제나 우대를 받고 있다. 내가 보기엔 그것은 별난 나라의 희한한 관습이라 아니할 수 없다. 오리는 우선 부리만 봐도 생존경쟁의 이점과는 달리 넙적 둔탁하다. 날개는 멀리 날 만큼 억세지 않다. 몸매는 미인대회 기준으로 '뚱' 자 판정일 테고, 발가락은 붙었으니 기형에 불과하며, 먹는 것은 또 그게 뭔가? 맑은 물에서 물고기만 잡아먹고 사는 줄 알았더니 그게 아니다. 사람들이 먹다 말고 던져 주는 온갖 잡식 안 먹는 것이 없고, 배설은 아무 데서나 찍찍 ─. 하지만 오리에게도 자랑거리가 있기는 하다.

헤엄치고 잠수할 수 있으며 육지에서는 뒤뚱거리기는 해도 걸을 수 있다. 그뿐이랴. 오리의 이륙과 착륙은 수륙 어디에서나 가능하니 현대의 첨단 비행기도 오리의 다기능에는 못 미치기 때문에 과학적인 사고의 미국인들에게는 대단한 선망의 대상이 될 만도 하다.

오리에 관한 것이라면 우리 집도 한몫 끼어들 만하다. 사람들은 우리 집을 오리농장이라고 부른다. 뭐 많은 오리를 사육하고 있는 것은 아니다. 생물 오리는 단 한 마리에 불과하다. 대신 목제오리 두 쌍과 사기오리 한 쌍도 있고, 가구 위의 장식품 오리와 벽에 걸린 유화 오리는 꽤 여러 개다. 심지어는 향료 통, 양염 통, 냅킨꽂이, 컵의 문양도 오리 일색이며 목욕실의 비누통까지도 오리 장식이다. 수만으로 따지면 우리 집은 오리가 사는데 사람이 신세를 지고 있는 셈이다. 이쯤 되어 나는 우리 집의 주업에 대해 생각해 보기도 했다. 닭 사육은 양계라 하고 돼지는 양돈, 꿀벌은 양봉, 소는 축우라 하니 오리 사육도 뭐란 말이 있을 게다. 아무튼 어려운 말보다는 사람들이 불러 주는 대로 오리농장이면 무난할 것 같다.

이 오리농장은 순전히 미국 이민으로 해서 시작되었다. 아내의 이름은 덕순인데 처가는 민족혼이 있던 집안이라 아내가 태어났던 당시 대부분의 여아 이름에 일본식의 자(子)자를 붙이는 것에 항거하고 순수한 우리말 이름을 짓는다고 그렇게 됐단다. 아내는 그 이름이 너무 촌스럽다고 늘 불만이었다. 그런데 이건 또 어찌된 영문인지 이민수속을 할 때 서류를 만든 사람이 영자 표기로 Duck Soon이라고 해놓았던 것이다. 성명 석자가 따라붙는 한국에서라면 그게 문제가 되지 않으나 이곳의 관습으론 앞 이름의 퍼스트네임과 성씨의 라스트네임만 붙여서 부르기 때문에 아내의 이름은 Duck Park인 것이다. Duck은 오리이고 Park은 공원이니 영락없는 공원의 오리가 되고 말았다. 직장 사람들은 Duck in The Park

이라고 놀려대기 일쑤였다.

한번은 내가 어떤 곳에 예약을 하면서 아내의 이름을 대 주었더니 농담 말고 진짜 이름을 달라고 했다. 그게 틀림없다고 했더니 킥킥 웃다가 틀림없이 기억하겠노라고 능청을 떨었다. 우리 집에 좀 격의 없는 사람들이 전화를 해올 땐 예외 없이 오리 있느냐 또는 '갸갹'을 바꿔 달라고 한다. 때때로 보내 오는 카드도 오리 그림 일색이다. 아무리 항거해도 별명 오리를 면할 수 없게 된 것을 알아차린 아내가 무슨 배짱이 도졌는지 온 집안을 온통 오리 치장으로 해놓았다. 그 뒤로 사람들은 우리 집을 오리농장이라고 부른다.

어느 날 나는 아내에게 한 이야기를 들려주었다. 우리나라 형편이 한참 어렵던 시절에 사돈 되는 한 분이 마땅한 벌이가 없어 고향 마을의 개펄에 오리집을 지어 놓고 많은 오리를 사육했던 적이 있었다. 간만의 차이가 심한 넓은 개펄에는 바닷물이 들고 날 때마다 작은 물고기 종류와 게, 조개류 등 오리의 먹이가 지천으로 있었다. 낮에는 오리들이 알을 낳을 때까지 가두었다가 개펄로 내몰고 저녁때는 집안으로 들여서 문을 닫아주면 되는 것이었다. 매일 같은 일과를 되풀이하다 보니 오리들도 습관이 들고 그때쯤 주인도 좀 게으름을 피웠다. 오리집의 문을 열어 놓은 채 놔두게 됐다. 하루는 야생오리 떼까지 몰려와서 기르는 오리와 어울려 침식을 같이하는 것을 보고 그분은 무릎을 쳤단다. 가만 놔두어도 오리 재산이 불어날 것 같으니 말이다. 그대로 두면 기르는 오리도 야생이 된다는 것을 미처 모르고 있었던 것이다.

마침내 기르는 오리들이 야생오리의 흉내를 내어 날갯짓을 할 수 있게 되었다. 기르는 오리도 야생오리들을 따라 먼 바다로 나간 후 영영 돌아오지 않았다. 우리도 세속에 너무 어울리다 보면 부지불식간에 돌아올 수 없는 나락의 건너편으로 가 버리기 쉽다는 교훈을 덧붙이는 것도 잊지 않았다. 순진무구한 소녀처럼 그 말을 듣고 있던 아내는 순교자 같은 다짐을 했다. 나와 함께하는 것이 아니면 야생오리와는 마주치지 않을 것이고 먼 바다에는 아예 나가지도 않을 것이며 Duck in The Park 로만 평생을 살 것이라고 했다.

노랑머리 사람들과 담장을 맞대고 사는 오리농장 사람들은 모두들 왜 그리 바쁜지 - '꺅꺅' 하면서 푸닥거리는 오리는 새벽엔 직장엘 나가고 주말이면 작은 봉사도 한다. 끝도 없이 어질러지는 일상의 뒷바라지는 물론이요, 내 전속 이발사까지 겸해서 일인 다역을 운명처럼 감내하고 있다. 비록 낯선 땅이지만 이곳도 우리의 삶이 뿌리 내리면 고향같이 된 다고 생각하고 살아온 세월인데 그 세월이 참으로 무상하다. 눈 밝은 것 을 자랑하던 오리의 시력도 이제 책을 읽기 위해서는 콧잔등에 자전거 바퀴를 올려야 하고, 마주 쐐는 눈언저리엔 잔잔한 파도의 이랑 같은 잔 주름이 세월의 잔영처럼 일렁거린다.

손바닥에 연고를 바른 후 면장갑을 끼고 잠자리에 드는 오리를 보게 될 때마다 나는 아련히 목구멍이 따갑게 메어 오는 기억을 되살리곤 한 다. 요새 이민 오는 사람들은 지참 한도금도 많고 또 먼저 온 사람들이 곳곳에 터를 잡고 있어서 많은 선택의 생활정보로 곧잘 정착을 하고 있 다. 그러나 지참금 한도액이 천불이었던 그때의 우리는 이민(移民) 아닌 기민(棄民)으로 회자됐듯이 여건이 지금 같지는 않았다. 의사나 간호사 같은 전문 직종도 아니고 그렇다고 많은 달러를 '꼬불쳐온' 도피성 이 민자도 아닐 바에야 몸으로 뛰는 일밖에 다른 방도가 있었겠는가. 남청 여바(남자는 청소, 여자는 바느질)란 유행어가 우리의 선택폭을 정해 놓고 있 었던 것이다. 오리는 만리타향에서 기왕 막일을 할 바에야 따로 일을 다 니는 것보다는 함께 다니면서 일을 하자고 우겼다. 우리는 아이들을 지 네들끼리 아파트 방안에서 놀게 놔두고 고물차 안에 청소도구를 싣고 아파트 청소를 다녔었다. 그때 오리는 덕지덕지 기름덩이가 타서 붙은 오븐 청소를 하면서 독한 약품을 겁 없이 만져서 손바닥의 피질이 한층 깎였다고 한다. 전능자께서 우리의 생애를 그때로 되돌려 준다 해도 지금 생각으론 감당해낼 것 같지 않다.

이제 얼마 있지 않아 아이들이 모두 둥지를 떠나면 오리농장은 추수가 끝난 늦가을의 벌판처럼 썰렁해질 판이다. Duck in The Park! 구름 한 점 없이 물러선 남가주의 가을하늘을 배경으로 오리농장이 있는 산자락에는 '꺅꺅' 하면서 푸닥거리고 있는 오리 깃 소리의 여운 뒤로 오후 세 시의 햇빛이 그 그림자를 점점 길게 뉘여 가고 있나 보다.

# 날개

아내의 외출은 집 안에 작은 소란을 피우고 나서 시작된다. 웬만큼 세월을 살았건만, 분주하기는 예나 지금이나 마찬가지다. 헤어드라이어 돌아가는 소리, 병뚜껑 딸각거리는 소리, 옷장 문 여닫는 소리로 이어진다. 옷 입는 것은 혼자 하는 줄 알았더니 무슨 패션이 그런가. 옛날엔 생명이 떠난 사람에게 옷을 거꾸로 입혔다는데. 옷 단추를 뒤쪽에 달아 놓고 멀쩡한 사람 옷시중 들게 한다. 자동차 발동도 걸어 놔 달랬다. 종종걸음으로 화장실과 부엌 순례를 다하고도 몇 차례 현관문이 퉁탕거린 후에야 바람 분 뒷날처럼 집안이 조용해졌다.

이럴 때 나는 뒤뜰에 나가 있기를 좋아한다. 일 년 중 낮이 길어져 가는 봄날 늦은 오후, 집과 울타리 옆의 큰 나무들이 땅 바닥에 그늘을 깔기 시작했다. 지붕 위 벽돌 굴뚝에는 극지의 오로라처럼 사광(斜光)의 빗금이 눈을 부시게 하고 있었다. 나는 나날이 녹색을 더해 가는 자두나무와 대추나무 그리고 포도나무 시렁을 돌았다. 새로 옮긴 화초며 제법 키를 키운 토마토와 오이모종을 돌아볼 참이었다. 이것들은 어린아이 같아서 심었다고 저절로 커 꽃을 피워 열매 맺고 익는 것은 아니다. 스프링클러의 물은 잘 닿고 있는지 수시로 살펴 줘야 하고, 제때에 지주를 꽂아 식물이 쓰러지지 않게 매어 주며, 겉자라는 순은 쳐 주어야 하는 것은 내 몫이다. 아이들이 다 떠난 후, 둘만 사는 집이지만 내겐 늘 돌봐야 하는 식물이 있어 왔다.

아내가 집에서 나간 지 제법 시간이 지난 것 같은데 토닥거리는 소리가 집 안에서 들려오고 있었다. 필경 빠뜨린 것을 뒤늦게 알아차리고 챙겨 가려 들린 것이리라. 그리고도 한참 지났는데 딸각거리는 소리는 여전했다. 이쯤 되면 차분했던 내 마음도 입에서 쉰 소리를 내게 한다. "원, 허둥대는 것은 알아줘야 돼. 그래 어디까지 갔다 온 거유?" 나는 못마땅해 집 안으로 들어섰다. 참 어이가 없었다. 사람은 보이지 않고, 제비만 한 새 한 마리가 부엌 창문 미니 블라인더에 붙어 퍼덕거렸다. 거실 창밑 바닥에도 기진맥진한 새 한 마리가 떨어져 있었다.

"쯧쯧, 정신없는 사람. 현관문을 열어 놓고 나간 게로군." 전에 살았던 집에서도 집 뒷문을 닫지 않아 벌새가 날아들어 소동을 피웠다. 징글맞게 생긴 어파슴(opossum) 한 마리가 안방 화장실에 들어와 그놈과 마주쳤던 아내는 잠시 혼절했다. 나는 거실의 소파를 돌아 현관문 쪽으로 가 봤다. 이게 어찌된 영문일까? 현관문은 닫혀 있었다. 새가 날아 들어올 만한 데는 아무 데도 없었다. 내 정신을 의심 현관문 손잡이를 흔들어 보고, 손등으로 눈꺼풀을 문지르기도 했다.

어쨌거나 새를 집 밖으로 내보내야 했다. 먼저 거실 바닥에 떨어져 있는 놈에게로 갔다. 살며시 날개를 모아 쥐고 배 쪽을 뒤집어봤다. 소아마비에 걸린 아이처럼 가녀린 두 다리가 너무 애처로웠다. 잔뜩 겁을 집어먹고 산초 씨 같은 까만 눈을 굴려댔다. 파르르 떨고 있는 새 맥박이 내 손바닥에 전해 왔다. 야생 세계에서 잡힌 놈이 어찌 살기를 바랐으랴만, 그래도 이 순간의 새는 생사여탈권이 있는 내가 절대자와 다를 바 없는 존재로 보였나 보다. 그랬기에 새는 저항을 단념하고 내게 자비를 호소하는 것 같았다. 그것은 내 이십대 때 요양시절의 자화상이었다. 절대자는 사는 길로 인도해 주려 했는데 그때의 내가 그랬고, 지금 이 새가 그것을 알지 못하고 있기는 마찬가지인 듯하다.

새를 좀 세게 쥐면 손 안에서 압사할 것 같고. 느슨히 쥐면 빠져 나가 버리기 때문에 알맞은 장력으로 쥐기란 쉽지 않다. 그래서 인간관계 경영도 어려운가 보다. 나는 새 날개를 쓰다듬어 주면서 어디 부러지거나 다친 데는 없는가 살핀 후, 뒤뜰로 나가 새를 동쪽 하늘로 날려 보냈다. 새는 새 물을 만난 잉어가 힘차게 물살을 가르듯 창공을 싹싹 가르며 내 시야에서 멀어져 갔다.

그 다음 놈이 문제였다. 거실에서 이리저리 날으는 통에 몇 번이나 유리 창문을 들이받았고 가구 위의 작은 액자들을 넘어뜨렸다. 새의 소란도 파업궐기 같이 연쇄반응을 일으키는 것일까. 작은 흔들림 후에 큰 흔들림이 뒤따르는 지진처럼 여기저기서 풀쑥거렸다. 정신을 차릴 수 없었다. 상황파악을 해야 했다. 소란의 진원지는 벽난로 안이었다. 동료 새의 필사적인 저항에 자극되어 그 안에 있던 새들이 탈출을 위해 앞다퉈 거실로 날아 나왔다. 미처 나오지 못한 놈들이 벽난로의 좁은 공간 안을 오르락내리락 푸닥거리고 있었다.

참 희귀한 일이다. 도합 여덟 마리의 새 -. 그 새들은 이동 중인 철새 가족들 같았다. 우리 집 지붕 위 굴뚝에 걸려 있는 햇빛을 보고, 마치 원양선이 등댓불을 보고 항구로 들어오듯 거기를 통해 벽난로 안으로 몰려 들어온 것이리라. 맨손으로 새들을 잡을 수 없었다. 나는 낚시를 다녔을 때 썼던 뜰채로 한 마리씩 안전하게 잡아냈다. 해 저문 시간에 새들이 이산가족이 안 되도록 똑같은 방향으로 날려 보냈다.

새들이 날아간 동쪽 하늘을 하염없이 바라보면서 나는 알 수 없는 자문(自問)에 발을 옮길 수 없었다. 사람과 새는 공존관계(共存關係)일까, 공생관계(共生關係)일까, 아니면 적대관계(敵對關係)일까? 이 땅의 양심을 자처하는 환경단체 사람들은 야생조류 보호의 목청을 높이고 있다. 그러면서도 야생조류의 본거지인 산수가 좋은 땅은 일찍부터 사람들의 잇속을 채우는 매개물이 돼 가지 않았던가. 그런 곳을 선점해서 주거지로 또는 투기대상으로 삼은 후, 점차 촉수를 외곽으로 뻗으며 게걸스럽게 자연생태계를 잠식해가고 있다. 높은 곳은 깎아내고 낮은 곳은 메우며 길을 내고 관을 연결하고 선을 잇고 있다.

오늘날 생태계가 파괴되는 것은 약육강식 탓이 아니다. 자연생태계에서 먹이사슬은 항상 균형을 이뤘는데 사람이 그것을 뒤틀어놓고 괜한 말을 하고 있지 않는가. 그러나 사람처럼 영악하지 않는 새들은 마음 놓고 먹이를 쪼고, 둥지를 틀고, 알을 부화할 터전을 잃고 방황하다 우리 집에 잘못 날라든 것이 아닐까. 병들게 해놓고 약을 처방한들 그것은 입을 벌린 악어와 그 입안 악어새의 공생관계만도 못한 사람과 새의 공존관계일지도 모르겠다.

그리고 보면 1855년 지금의 워싱턴 주 땅에 살았던 인디언 쓰와네 족 추장 씨아틀이 당대 어느 백인 지도자들보다 선견지명이 있었던 것 같다. 그 땅을 강압적인 매매형식으로 취합코자 했던 프랭클린 피어스 대통령에게 조건을 달아 보냈다는 그의 메시지가 내겐 큰 감동으로 남아 있다. "당신은 어떻게 하늘을, 땅의 온기를 사고 팔 수 있나요? 인디언들은 신선한 공기와 물의 거품조차 자기소유로 여기고 있지 않습니다. 백인들의 도시 광경은 우리들 눈을 아프게 합니다. 숲속 신성한 구석들이 인간들로 인해 손상될 때 그것은 생활의 종말이며 죽어 가는 것의 시작입니다. 봄에 흔들리는 나뭇잎 소리며 벌레들 날개 바스락거리는 소리를 들을 수 있는 곳이 없고…… 쪽독새의 아름다운 울음소리와 연못가 개구리들의 합창을 들을 수 없다면 인간에게 남는 것이 무엇이겠습니까.……"

새들이 한동안 소란을 피웠던 거실 안은 아수라장이 되어 있었다. 그 놈들이 벽난로 안의 그을음을 풀무처럼 날갯짓으로 마구 불어냈다. 또 몸에 묻혀서 사방으로 날아다녀 거실바닥과 창문틀엔 새까맣게 그을음을 앉혔다. 아내가 먼지를 털곤 했던 아이보리색 가죽소파도 온통 그을음을 뒤집어썼다. 내 상황판단 잘못으로 그 소란을 일찍 잠재우지 못했던 것과 아내는 굼뜨고 잊기를 잘 한다는 선입견 때문에 터무니없는 누명을 씌울 뻔했던 것은 순전히 내 착각에서 비롯됐다.

그 착각이란 것은 때로 사람들의 마음자리에 들어가 앉으면 좀체 움직이려 하지 않는 것이 탈이다. 그러나 마음먹기 따라서는 그걸 신속히 날려 보낼 수 있는 가변의 날개를 달 수 있지 않은가. 그 기미가 얼 듯 보이기만 하면 나는 지체 없이 그것에 날개를 달아 줄 테다. 후회는 행위에 매여서 끈처럼 뒤따라올 텐데 그것에 한발 앞서면 날려 보낸 새들처럼 모두가 편안할 테니까 말이다.

**박봉진**(朴鳳眞) 1937년 마산(현 창원) 출생으로 한국에 있을 때 공익법무업체와 수출업체 등에서 일했다. 1978년 가족 초청으로 하와이를 거쳐 캘리포니아의 오렌지카운티에 정착했다. 1993년『월간 에세이』초회 추천, 1988년 '미주중앙일보' 신춘문예로 문학 활동을 시작했다. 2002년 재외동포문학상 대상, 2009년 해외동포문학상 최우수상을 수상했다. 2004년 수필집『내 마음 바다에 살아』출간 이후 SNS의 내 '문학서재'에 작품을 올리며 문학 활동을 해가고 있다.

### 00.수필 두 편에 대해

「오리농장」은 1993년『월간 에세이』초회 추천작으로 이민 초기의 애환을 담았던 글이다. 지금 읽어 봐도 표현한 문장보다는 행간에 묻었던 실상들이 더 리얼하게 떠올라 마음 저리다.

「날개」는 2009년 경희대와 한국평론가협회 공동 주관의 해외동포문학상 최우수상에 당선되었던 작품이다. 두 편 모두 이민문학의 독창성에 대해 생각하며 썼던 글이다.

### 00.나의 이주 생활

나의 미국 이주는 초창기 이민 대다수가 그러했듯 연고 이민 케이스다. 미국 시민권자였던 처가 쪽의 초청 케이스로 비자를 받았다. 1978년 초 그때는 하와이 호놀룰루 공항으로 입국했다. 거기서 입국심사를 받은 후에 LA공항으로 들어왔다. 그 당시는 한국정부에서 이민자 1인당

한도금액을 1,000달러로 제한하던 때였다. 당장의 생계를 위해 '아파트 크리닝 잡'이나 정원사 등 육체노동을 도맡았다. 다행스럽게도 미국 사회에선 힘들게 일한 만큼의 보상이 따랐다. 일이 잘 풀리다 보면 꼭 방해요소도 따라붙는다. 그때 '오십견' 통이 찾아와 하던 일을 쉴 수밖에 없었다. 예전에 '문학동인' 활동을 해왔던 그때를 되살려 수필작가로 컴백했다.

## 00.미국에서 수필을 쓴다는 것은

수필을 Essay라고 통칭한다. 그것은 관행으로 굳어졌다. 하지만 미국의 Essay와 한국 수필은 생성과정과 현실적 개념도 많이 다르다. 미국 Essay는 리포트나 오피니언 심지어 자기소개서도 모두 에세이다. 정서적이기보다는 논리성을 중요시한다. 하지만 미국에서 한국식 수필을 쓰고자 한다면 먼저 시와 소설의 특성을 알고 있어야 좋은 문장의 수필을 쓸 듯싶다.

한국식 수필은 문장력이 좌우한다고 생각된다. 시적 감성과 압축 그리고 소설적 구성이 유연하게 어울리는 문장력이 아니면 무엇으로 한국적 특성의 수필을 써서 빛낼 수 있겠는가. 나는 이곳에서 8년째 평생대학원과 유사한 '가든 수필문학교실'을 열고 매주 특강을 해오고 있다. 시와 소설을 많이 접해 왔던 수강생은 빠른 기간 안에 한국식 수필에 적응돼 한국문단에 등단하거나 여러 현상공모에 입상하곤 한다.

한국식 수필 쓰기는 시나 소설 등 다른 문학 장르에 비해 작가의 체험적인 수필 소재들이 태생적으로 많을 수밖에 없다. 그런 점을 두고 수필을 경시하는 풍조가 있어 왔다. 수필가는 그것을 오히려 전화위복으로 삼을 줄 알아야 한다. 수필은 허구 수용을 않더라도 상상력, 상징성 개발, 가정법 등을 잘 활용하는 문장력이면 그런 것은 얼마든지 커버할 수 있을 것이다.

수필작가들은 그만큼 이미 체험의 창작과정을 할애 받은 셈이니 그것으로 시종 시적 감성(感性)과 소설적 구성(構成)의 문장력에 익숙해져서 기승전결(起承轉結) 수순에 따라 잘 직조하면 글러블 시각에 익숙한 수필가들이 수필의 새로운 지평을 열고 통용할 수 있으리라 본다.


## 00. 나만의 수필창작법

지금은 수필창작에 관한 책들이 많이 나와 있다. 대부분을 정독해 본 결과를 요약하면 대동소이하다. 책자에 따라 표현과 강조점은 조금씩 달라도 본질은 그게 그것임이 집혔다.

반면 수필작품의 '풀 리듬'에 대해선 언급이 별로 없었다. 작품에 함께 따르는 배경음악처럼 수필작품에도 내재하는 리듬감이 시종 동행하면 좋겠다는 생각을 해본다. 서두 문장에서부터 결미 문장까지 풀 리듬 맞추기에 좀 신경을 쓰는 사람이어서 그런지 모르지만.


## 00. 한국 수필에 바란다

수필 전문지들의 수록 작품들을 읽어 보며 주제 개발과 문장에선 많은 배움을 받는다. 하지만 사용하는 어법은 요즘 미인들의 똑같은 코 모양새처럼 거의가 그 광장의 전용어 어법 같았다. 획일적이기보다는 각자의 개성을 좀 더 독특하게 나타내는 어법이면 좋을 듯싶다.

# 박인애

**I have a dream** #퍼거슨 소요 사태는 단순한 경찰의 과잉진압이냐 정당방위냐를 따질 문제가 아니라 실은 오랜 세월 동안 누적되어 온 흑백갈등이 수면 위로 올라온 것⋯⋯. #2015년 1월 21일 자 '캔사스시티 코리안저널'에 기고한 글이다.

**만월에 기대어** #시댁은 뒤뜰로 연결된 거실 문이 통유리로 되어 있어 밖이 환히 보인다. 너른 공간에 토마스 혼자 덩그러니⋯⋯. #2016년 9월 16일 자 '뉴스코리아'에 게재되었다.

**박인애** 2006년 『문예사조』로 시인 등단. 시집 『바람을 물들이다』, 에세이집 『수다와 입바르다』 『인애, 마법의 꽃을 만나다』 등이 있다.

# I have a dream

미국에 와서 한동안은 공휴일의 날짜가 왜 매년 바뀌는지를 몰랐다. 아니, 어쩌면 먹고 사는 문제가 급급해서 그런 데는 관심이 없었다고 말하는 게 옳을 것이다. 앞을 보고 달리는 것만으로도 버거워 그저 달력에 빨간 글씨가 있으면 오늘은 일을 안 가도 되는 날인가 보다 여기며 살았기 때문이다.

우리나라 공휴일은 날짜가 고정된 데 반해 미국의 공휴일은 설날과 크리스마스 등 몇 개를 제외하면 거의 다 몇 월 몇째 주 무슨 요일이라고 정해져 있어 날짜가 바뀌었던 것이다. 그러던 내가 미국 국경일의 의미를 알게 되고, 그저 노는 날이 아니라 기념하고 동참하는 마음을 갖게 되었으니 고향 떠나 산 세월이 짧지만은 않았던 것 같다.

일월 셋째 주 월요일은 'Martin Luther King Jr. Day'였다. 그날을 기해 대부분의 극장에서는 〈SELMA〉라는 영화를 상영했다. 1965년, 마틴 루터 킹 목사를 비롯한 인권운동가들이 시민들과 함께 흑인의 참정권을 요구하며 셀마에서 몽고메리까지 행진하던 중 경찰들의 과잉진압으로 많은 사람이 다치고 피를 흘린 사건을 조명한 영화였다. 이즈음 공권력의 정의 실현을 요구하는 시위가 이어지고 있는 민감한 이 시기에 50년 전 사건을 세상 밖으로 내놓는 것이 괜찮을지 염려가 되었다. 곪은 것을 짜내는 것은 옳은 일이고 불편한 역사적 진실이라 해도 후세가 알아야 하는 것은 당연한 일이나, 이것이 도화선이 되어 자칫 로스앤젤레스 폭동과 같은 사건으로 번지면 어쩌나 하는 염려가 고개를 들었다. 당시 미국의 주요 미디어들이 흑백 갈등을 교묘하게 한흑 대결 구도로 몰아가면서 제삼자인 한인 가게들이 억울하게 방화와 약탈의 표적이 되어 버렸다. 자라 보고 놀란 가슴 솥뚜껑 보고 놀란다고 그 상처가 지워지지 않은 한인들은 흑백 갈등이 생길 때마다 긴장하게 된다.

2014년 8월, 미주리 주의 퍼거슨이라는 도시에서 백인 경찰이 십대 흑인 청년 마이클 브라운에게 총격을 가하여 사망하는 사건이 발생했다. 청년은 경찰의 지시에 순응했고 비무장 상태였음에도 불구하고 경찰이 과잉진압을 해서 빚어진 결과였다. 경찰 당국은 해당 경찰의 신원을 공개하지도 않고 공무휴직으로 처리해 버렸고 이에 화가 난 흑인들의 시위가 시작되었다. 시위가 확산되자 오바마 대통령이 나서서 성의 있는 조사를 하라는 지시를 내렸다. 그러자 경찰서장이 해당 경찰의 신원을 밝히면서 죽은 청년이 생전에 담배를 훔치는 영상을 공개해 도리어 수사 방향을 흐트러뜨려 놓았다. 흑인들의 시위는 더욱 거세졌다. 퍼거슨 시에는 야간 통행금지령이 내려지고 주 방위군이 투입되는 등 초긴장 상태가 되었다. 그러나 다행히 시위가 다른 지역으로 확산되지 않고 있다. 이즈음 미국 풋볼팀 'Saint Louis Rams' 소속 선수들이 경기장에 입장하면서 두 손을 위로 올리는 동작을 취해 시위에 대한 지지 의사를 드러낸 일이 있었다. "Hands up, don't shoot!" 손을 들었으니 쏘

지 말라는 의미의 이 동작이 널리 퍼져 나가면서 이번 시위의 상징이
되기도 했다.

작년에 상연된 영화 〈Fruitvale Station, 오스카 그랜트의 어떤 하루〉
역시 경찰의 과잉진압으로 오스카라는 흑인 남성이 죽은 실화를 다룬
것이다. 오스카는 신년맞이 불꽃놀이를 보러 나갔다가 어이없는 참변
을 당했다. 드러난 잘못도 없고 비무장 상태였는데 왜 죽였는지 너무
마음이 아팠다. 오스카의 불행도 퍼거슨 시에서 일어났던 불행과 다를
게 없다.

퍼거슨 소요 사태는 단순한 경찰의 과잉진압이냐 정당방위냐를 따질
문제가 아니라 실은 오랜 세월 동안 누적되어 온 흑백갈등이 수면 위로
올라온 것이라 할 수 있다. 2010년 흑인 인구가 67%에 달한 퍼거슨 시
의 빈곤율은 2000년 10.2%에서 2012년 22%로 두 배 이상 증가했다. 흑
인들은 심화된 경제적 불평등으로 먹고사는 데 어려움을 겪어 왔다. 그
런데도 시장이나 시 의원을 비롯한 고위층 공무원은 모두 소수 백인들
차지였다. 비무장 흑인에게 가해를 한 백인 경찰들은 대부분 불기소되
거나 기소되어도 무죄로 풀려났다. 여러 매체에서는 바로 이런 불평등
이 퍼거슨 소요 사태의 내재적 원인이라고 지적하고 있다.

링컨의 노예해방선언 이후 흑인들에 대한 백인들의 차별과 억압이 종
결되었는지 우리는 제대로 성찰해야 한다. 우리 역시 타인종에 대해 편
견이 있거나 무시하고 비하한 적은 없었는지 말이다. 노예제도는 미국
에만 있었던 것이 아니다. 어느 나라든 강자가 약자 위에 군림하며 살았
던 시대가 있었을 것이다. 우리나라에도 노비제도가 있었다. 책이나 드
라마를 통해 비친 노비의 삶은 극빈하고 비참했다. 면천을 받는 기적이
일어나지 않는 한 평생 상전에게 귀속된 노비로 살면서 인간적인 대우
를 받지 못하고 자식에게까지 종이라는 업을 물려주며 한 많은 삶을 살

아야 했다.

한국에 방문해 보니 다문화가정이 많아졌다. 거리에서 외국인을 만나는 것이 더는 특별한 일이 아니었다. 색안경을 끼고 보던 시선도 달라졌고, 국민의식도 높아졌다. 그러나 아직도 외국인 불법체류자에 대한 노동 착취나 임금 체납, 폭력 등의 사례가 심심찮게 매스컴에 오르내리고 있었다. 부끄러운 일이다. 세상이 바뀌었다고는 하나 사람들의 생각이 바뀌지 않는다면 잘못된 악행은 되풀이될 수밖에 없다. 사람은 인종을 떠나 누구나 소중한 존재이다. 이 세상에 귀하지 않은 목숨은 없다. 'Melting Pot'이라는 표현이 실감날 정도로 다인종이 모여 사는 미국 땅, 피부색이 다르고 언어도 다르지만 같은 하늘 아래 동시대를 사는 사람들끼리 서로의 존재를 인정하고 품어 주고 존중하며 산다면 얼마나 좋을까. 물론 빈부 격차가 해소돼 소외받아 온 유색 인종들의 경제난도 극복된다면 금상첨화일 테고 말이다.

> "나에게는 꿈이 있습니다. 저의 네 아이들이 언젠가는 자신들의 피부 색깔에 의하여 평가받는 것이 아니라 자신들의 인격에 의하여 평가를 받을 수 있는 그런 나라에서 살 수 있는 날이 올 것이라는 꿈을 가지고 있습니다."
> —Martin Luther King Jr의 「I have a dream」에서

킹 목사가 간절히 원했던 꿈이 비단 피부색이 검은 자녀를 둔 그에게만 적용되는 말이었을까? 어쩌면 타국에서 사는 이민자의 자녀들에게도 해당하는 말인지 모른다. 남녀와 흑백이 평등한 세상이 되었다고는 하나 아직도 이 땅 어딘가에서는 알게 모르게 부당한 대우를 받는 사람들이 있고, 억울한 죽음을 호소하는 행진도 이어지고 있다. 아무쪼록 퍼거

슨 소요 사태가 원만하게 해결되고 더는 후폭풍이 없었으면 하는 바람
이다. 킹 목사의 「I have a dream」이 깊이 와닿는 아침이다. 나도 킹 목
사가 소망했던 그런 세상이 오길 꿈꾼다.

# 만월에 기대어

"쟈니가 죽었다."

어머님의 목소리는 비처럼 젖어 있었다. 어제저녁에 밥도 잘 먹고 밤에는 집 지킨다고 뽐내며 짖기도 했는데, 아침에 나가 보니 탱자나무 아래 빳빳하게 굳은 채 죽어 있었다며 울먹이셨다. 진돗개 두 마리 중 한 마리가 밤새 뭐가 안 좋았는지 눈을 감았다. 개의 수명이 10년에서 15년이라고 볼 때 떠날 때가 되긴 하였지만, 갑작스러운 죽음 앞에 우린 늘 익숙지 못하다. 화장터로 데려갈 차를 기다리는 두 분의 심정이 얼마나 착잡할까 싶어 종일 신경이 쓰였다.

오래전 목사님께서 진돗개를 길러 보라고 주셨다. 아마도 우리 부모님보다 잘 기를 사람은 없다고 생각해서 주시지 않았을까 싶다. 두 분의 동물 사랑은 방송에 나가도 될 정도로 지극하시다. 손주들은 진돗개에게 토마스와 쟈니라는 이름을 붙여 주었다. 부모님에게 그들은 가족이었다. 짐승이라고 함부로 하지도 않고 언제나 따뜻하게 대해 주셨다. 텍사스의 뜨거운 여름에도 밖에서 살아야 하는 녀석들을 위해 언제나 커다란 양재기에 시원한 물을 가득 받아 목이 마르지 않도록 자주 갈아 주셨다. 그 물은 개들만 먹는 게 아니라 지나가던 나그네새들도 내려와 목을 축이고 가는 옹달샘이었다. 뜨거운 햇볕을 막아 줘야겠다며 처마를 만들고, 커다란 공업용 선풍기를 사다가 온종일 틀어 주셨다. 날이 추워지면 바닥에 안 쓰는 이불도 깔아 주고, 천둥소리를 무서워하는 녀석들을 위해 뒤뜰에서 세탁실로 들어가는 문에 개구멍을 내어 폭풍우가 몰아치는 날이나 추운 날, 안으로 들어가 쉴 수 있도록 배려해 주셨다.

시댁에 내려갈 때마다 어머니는 집에서 기르는 개들과 애완용 닭, 새들의 사진을 찍어 달라고 부탁하곤 하셨다. 거실에 놓인 장식장에는 아홉 손주와 동물들 사진이 나란히 진열되어 있다. 그중에는 한국에서 함께 이민 온 몬순이와 빠삐 모녀, 크리스와 스모키 사진도 있다. 그 개들은 이미 죽어서 화장하여 뒤뜰에 있는 큰 나무 아래 묻어 주었다. 쟈니까지 모두 다섯 마리가 수를 다할 때까지 살다가 부모님 곁을 떠난 것이다.

몬순이가 죽던 날이 생각난다. 회사에 출근하여 일하고 있는데 남편에게 전화가 왔다. 대성통곡을 하느라 말을 잇지 못했다. 일순간 '누가 돌아가셨구나' 하는 생각이 들었다. 진정시키고 물어보았더니 몬순이가 죽었다고 했다. 그때만 해도 개를 좋아하지 않던 나로선 도무지 그 상황이 이해되지 않았다. 그 길로 시댁에 내려갔다. 집안은 완전히 초상집 분위기였다. 어머님은 자리에 누우셨고 흩어서 살던 가족들이 모두 모여 슬퍼하고 있었다. 원래 몬순이와 빠삐 모녀는 이민 올 때 외삼촌댁에 보내기로 했었다. 그런데 잘 키워 주실 거라 믿었던 삼촌이 이다음에 크면 된장을 발라야겠다고 농담을 하시는 바람에 기함하여 집으로 데리고 왔다. 결국, 마음이 아파 어디에도 떼놓지 못하고 미국으로 데려오게 되었다. 몬순이는 결혼 전까지 남편과 한 침대에서 잠을 잤던 녀석이라 슬픔이 컸고 그리워하는 마음도 오래갔다. 정이라는 게 무서운 것 같았다. 쟈니는 함께 살며 기른 개가 아니어서인지 이번엔 그저 어머니의 슬픔이어서 지나갔으면 하는 마음이 더 커 보였다.

시부모님은 두 분이 함께 여행을 가 본 적이 없다. 한 분은 집에 남아 견공들을 돌봐야 하기 때문이다. 어머님과 통화를 할 때면 늘 강아지 이야기가 빠지지 않는다. "요즘 쟈니가 늙어서 눈이 잘 안 보이는지 내가 윗도리만 갈아입고 나가도 낯선 사람이 온 줄 알고 죽어라 짖어댄다"며 근심 어린 웃음을 짓곤 했는데, 그런 녀석이 죽었으니 얼마나 마음이 아프실까!

2008년 9월 허리케인 아이크(IKE)가 휴스턴을 강타했을 때 미 정부는 휴스턴과 인근 지역 주민들에게 대피령을 내렸다. 어머님은 한국 방문 중이셨고 아버님만 집에 계셨다. 큰아주버님이 아버님을 모시러 갔다. 사방에서 사이렌이 울리고, 하늘은 흑색 구름으로 덮여 천지가 캄캄했다. 대피를 해야 하는 위급한 상황인데, 아버님이 안 가겠다고 고집을 부리셨다. 차가 비좁아 개들까지 태울 공간은 없고, 놔두고 가자니 차마 발길이 떨어지지 않았던 것이다. 아버님은 그후에도 큰비가 와서 며칠간 정전이 되고, 동네가 잠겨 보트를 탈 정도가 되어도 대피하지 않고 개들과 함께 집을 지키셨다. 그런 마음을 아는 듯 개들도 주인 곁을 떠나지 않고 죽을 때까지 따르며 함께하는 의리를 보였다.

시댁은 뒤뜰로 연결된 거실 문이 통유리로 되어 있어 밖이 환히 보인다. 너른 공간에 토마스 혼자 덩그러니 남았다. 잘 먹지도 않고 엎드려 눈만 껌벅거린다. 안쓰럽다. 쟈니가 있을 땐 텃밭이 망가지든 말든 아랑

곳하지 않고 뒤뜰을 뛰어다녔는데, 만사가 귀찮은 모양이다. 집안에서 기르는 애완견 똘이도 이상한지 자꾸 거실 창으로 가서 짖어댄다. 나만 보면 경계하며 짖어대던 쟈니의 앙칼진 목소리가 선명하게 들리는 듯하다. 쟈니도 뒷마당 나무 아래 묻혔다. 친구들이 있어 외롭진 않을 것이다.

삶과 죽음의 경계는 종이처럼 얇다. 누군가를 보낼 때마다 자신을 돌아보게 된다. 잘 살고 있는지, 지금 떠난다 해도 후회 없는지. 한가위 보름달은 반드시 9월 15일에 완전하게 차는 것이 아니다. 때론 오늘처럼 이틀 뒤에 차오르기도 한다. 변수 많은 세상, 믿지 못할 인심, 기댈 곳은 없다. 만월의 기운을 담아 모나고 못난 마음밭을 갈아 본다.

**박인애**(IN AE PARK) 1962년 인천에서 태어나 서울에서 성장했다. 공업경영을 전공하여 Accounting 부서에서 일하였고, 1992년 가족이민으로 미국의 중남부인 텍사스주에 정착하여 학업과 직장, 가사와 육아를 병행하며 지냈다. 학창시절부터 취미였던 독서와 글쓰기를 본격적으로 하게 된 것은 2006년 『문예사조』에 시인으로 등단하면서부터다. 초기엔 주로 시를 썼고, 2010년부터 달라스 지역신문인 '뉴스코리아'에 에세이를 기고하면서 수필을 쓰게 되었다. 그런 글쓰기가 여러 문예지와 '캔자스시티 코리안 저널'의 칼럼 기고로 이어져 자연스레 수필 쓰기의 기초를 다지는 과정이 됐다. 지역 문인들의 모임인 달라스한인문학회 회장으로 활동했으며, 2014년부터 '미주중앙일보' 문화센터에서 문학 강사로 봉사하며 내 수필 쓰기를 성찰하는 시간도 갖는다. 에세이집 『수다와 입바르다』(제3의문학, 2014), 『인애, 마법의 꽃을 만나다』(서울문학, 2016), 시집 『바람을 물들이다』(제3의문학, 2015)를 출간했다.


### 00.수필 두 편에 대해

「I have a dream」은 2015년 1월 21일 자 '캔사스시티 코리안저널'에 기고한 글이다. 2017년 『에세이문예』 봄호에 영어로 번역돼 실리기도 했다. 흑백갈등으로 인한 사건을 대할 때마다 피부색이 달라 차별대우를 받는 것은 흑인들만의 고충만이 아니라 남의 땅에 이민 와서 사는 소수민족의 갈등이고 아픔이기도 하다는 생각이 들었다. 크고 작은 폭동들이 터질 때마다 한인들이 입은 피해와 상처도 컸다. 그런 문제점을 짚어보고 해결책을 구하는 심정으로 이 글을 썼다. 앞으로 우리 자녀들이 살아가야 할 세상은 인종차별이 없고, 남녀가 평등하고, 실력으로 대우

받는 세상이었으면 좋겠다는 바람이다.

퍼거슨 소요 사태의 시발점이었던 마이클 브라운이 사망한 지 3년이 되어 가는 2017년 지금도 미국 내 크고 작은 인종차별 갈등은 현재진행형이다. 경찰의 과잉진압 역시 잊힐 만하면 뉴스에 등장한다. 바뀐 것은 없고, 불행하게도 종결의 가능성은 보이지 않는다. 흑백갈등이 생길 때마다 한인들은 그것이 그저 로스앤젤레스 폭동과 같은 큰불로 번지지 않기를 바랄 뿐이다.

브라운 사건 이후 보디캠 도입, 인종편견에 대한 교육, 경찰력 사용에 관한 독립기관의 조사, 경찰의 군용장비 과잉 도입 제한 등 새로운 법안이 통과되었지만, 경찰 조직의 막강한 영향력으로 부결되거나 계류된 법안이 더 많다는 기사를 읽었다. 결국 법이 약해서라는 생각이 든다. 내가 사는 텍사스는 총기 소지 합법화가 통과되었다. 물론 서부시대처럼 아무 때나 총을 쏘는 무법천지는 아니지만, 캠퍼스 내 총기사고가 빈번한 세상에 아이를 내놓고 기르는 일이 두렵다. 전보다 나아졌다고는 하나 노력을 해도 소수민족이 미국의 주류 사회 속으로 들어가는 것도 쉬운 일은 아니다. 아무쪼록 모든 인종이 화합하고, 킹 목사의 바람처럼 피부색이 아니라 자신의 인격으로 평가받을 수 있는 사회가 오기를 나는 아직도 기다린다.

「만월에 기대어」는 2016년 9월 16일 자 '뉴스코리아'에 게재되었다. 시부모님은 집안에서 가족이 되어 지내는 반려동물은 물론 다람쥐나 동네 길고양이들에게도 먹이를 사서 나눠 주고, 집안으로 들어온 거미나 귀뚜라미 한 마리도 죽이지 않고 살던 곳으로 돌려 보내 주는 분들이다. 동물을 싫어했던 내가 시댁 식구들의 동물 사랑을 보며 좋아하게 되었고, 특히 이민 올 때 데리고 온 빠삐와 몬순이 모녀를 끝까지 아끼고 챙기는 모습을 보며 큰 감동을 받았다. 생명은 소중한 것이고 존중받아야 하며 하찮은 벌레일지라도 귀히 여겨야 한다는 것을 배웠다. 짧은 지면이어서 다 쓰지는 못했지만 소개한 일화들을 통해 독자에게 따뜻한 마음을 나눠 주고 싶었다. 갑자기 찾아온 진돗개 쟈니의 죽음을 통해 관계, 사랑, 의리, 배려 등을 생각해 보고, 더불어 언제 죽음이 찾아올지 하루 앞도 모르고 살아가는 우리가 주어진 오늘을 잘 살고 있는 건지 돌아보고, 거친 마음 밭을 새롭게 다졌으면 했으면 하는 바람에서 쓴 글이다.

### 00.미국에서 수필을 쓴다는 것은

늦은 나이에 다시 시작한 글쓰기는 쓰면 쓸수록 어려웠고, 뭔지 모를 한계와 갈증이 느껴졌다. 오랜 이민생활로 인해 성장을 멈춰 버린 가난한 언어의 샘에 부어줄 마중물로 선택한 것이 경희사이버대학이었다. 미국에서 온라인으로 한국문학을 배울 수 있다는 것이 기뻤다. 문예창작을 전공하면서 답답했던 문제들이 해결되었고, 다른 장르에도 관심이 생겨 다양하게 써보는 행복을 누리게 되었다.

문학교실 강사로 봉사하며 경험했던 일화를 소개한다. 교인이 몇 가정 안 되는 작은 교회 목사님의 아내가 어느 날 글을 배우겠다고 찾아왔다. 여고 시절 책 읽고 글 쓰는 것을 좋아했지만, 가난한 목회자의 아내로 두 아이 엄마로 사느라 잊고 살았다. 그러다 두 딸을 대학에 보내고 나서야 기회가 온 것이다. 남편이 박사학위를 받기 위해 오십이 넘은 나이에도 십 년째 공부를 하다 보니 집안 형편은 어려웠고 경제적, 정신적으로 스트레스를 받은 아내는 무능한 남편이 미워져서 말끝마다 톡톡 쏘고 별것 아닌 일에도 화를 내며 살았다. 가정의 달에 배우자에 대해 글을 써오라는 과제를 내주었다. 아내는 얼굴을 붉히며 남편에 관해서는 쓸 말이 하나도 없어 못 쓰겠다며 다른 과제를 달라고 했다. 그러면 남편의 싫은 점이나 욕이라도 실컷 써 오라고 했다. 기적은 바로 그 다음 주에 일어났다. 숙제 때문에 남편 얘기를 쓰다 보니 처음 만났을 때까지 가게 되었는데, 어느 순간 내가 이렇게 사랑해서 결혼한 사람에게 무슨 짓을 한 것인가 하는 생각이 들면서 주체할 수 없는 눈물이 쏟아졌다. 손끝만 닿아도 뿌리치고, 기도해도 풀리지 않던 부부의 오랜 불화는 수필 한 편 쓰면서 해결되었다. 자기 이야기를 진솔하게 쓰다가 내면에 웅크리고 있는 상처투성이의 자신과 만나 악수하게 되었고, 잘못을 반성하고, 남편에게 용서를 구하여 관계가 회복되는 치유의 글쓰기 체험을 하게 된 것이다. 2년간 운전을 못 하는 아내를 위해 문학교실에 데려다 주셨던 목사님은 끝내 눈물을 보이셨다. 기도로도 해결 못한 걸 선생님이 해주셨다고 인사를 했다. 아내의 얼굴에서 그늘이 사라졌다. 일주일에 한 편씩 매주 숙제로 써 온 수필로 작년에 등단도 하였다.

미국에서의 수필 쓰기나 한국에서의 수필 쓰기는 다를 게 없다고 생각한다. 외국에서 쓰는 문학을 디아스포라 문학, 이민문학, 해외문학 등으로 구분 짓는데 그것은 사는 지역이 다르기 때문이다. 이곳의 작가가 한국에서 썼다면 다를 것이 없는 것이다. 수필은 삶을 비추는 반영이다. 미국에 살면서 자신의 이야기를 진솔하게 쓴 수필은 개인의 족적이기도 하지만 크게는 이민문학의 족적, 이민자의 삶을 생생하게 기록한 역사가 되는 것이다. 살면서 체험한 일을 진솔하게 쓰면서 자신을 끊임없이 성찰하는 작업이 수필 쓰기의 의미이고 문학의 최종목표가 아닐까 싶다. 미국에서 한글로 이민문학의 맥을 이어 가는 것도 애국이라고 생각한다.

수필을 쓰기 전 작업부터 설명하는 게 좋을 것 같다. 글 씨앗을 찾기 위해 하는 작업인데, 특별한 것은 아니지만, 그중 몇 가지를 소개해 본다. 미국 뉴스, 한국 뉴스는 반드시 본다. 칼럼 형식의 에세이를 주로 쓰기 때문에 추억을 회고하는 글보다는 독자가 공감할 수 있는 내용을 쓰려고 애를 쓰는 편이다. 모든 사람이 재미있다고 칭찬하는 드라마, 영화는 꼭 본다. 드라마나 영화는 시대를 반영하는 것이어서, 미국에 사는 내가 한국의 달라진 문화를 간접적으로 체험할 수 있는 좋은 통로이기 때문이다. 특히 요즘 현대인들이 쓰는 말씨나 정서 달라진 문화가 도움이 된다. 음악은 모든 장르를 듣는다. 예를 들어 남들은 랩을 하는데 나 혼자 트로트를 고집하면 갭이 생길 수밖에 없고 젊은 층과 소통이 어려워진다. 하나만 고집하면 뒤떨어질 수밖에 없기 때문이다. 매달 읽을 책을 정하여 종이책을 인터넷 서점에서 사고 정한 양을 읽으려 노력한다. 강의에 필요한 문학 교재를 사기도 하지만 주로 시, 소설, 수필집, 문예지를 산다. 독서 중에 떠오르는 내용이나 글 소재는 잊어 버리지 않도록 메모해 페이지마다 붙여둔다. 운전할 때 떠오르는 글 씨앗은 기자용 녹음기를 갖고 다니며 녹음하여 그 느낌이 사라지기 전에 정리해 둔다. 기회가 될 때마다 모든 연령층, 각양의 직업을 가진 사람들과 대화 나누기를 좋아하는데 그 속에서 좋은 글감을 건질 때가 있다.

소재가 되는 글 씨앗이 정해지면 그 씨앗을 통해 무엇을 말하고 싶은지 주제를 정한다. 될 수 있으면 이미 학습된 문장이나 뻔한 표현은 피하려고 애를 쓰는 편이다. 정해진 지면에 쓰는 게 습관이 되어 압축해 짧게 쓰다 보니 늘 쓰다 만 것 같은 아쉬움이 있었다. 그래서 개인적인 수필을 쓸 때는 양껏 쓰는 편이다. 퇴고할 때는 반드시 큰 소리로 읽는다. 그래야 틀린 게 걸러진다. 맞춤법에 맞추어 교정한다. 가끔 퇴고했던 글을 꺼내 다시 읽어 본다. 그러면 당시엔 보이지 않던 게 보일 때가 있다. 내게 있어 첨삭은 절대 한두 번에 끝낼 수 없는 작업이다.

## 00.한국 수필에 바란다

외국에서 글을 쓰는 작가들도 사는 곳이 다를 뿐 한국문학을 하는 사람이라는 것을 알아주었으면 한다. 해외에서 글을 쓰는 작가가 많은데, 지면을 할애해 주는 것에 대해서도 인색하지 않았으면 좋겠다.

미국 책방에서 우리나라 소설가의 번역서를 몇 권 보았다. 이제는 우리의 수필도 해외에 알려야 할 때가 아닌가 생각한다. 한영 번역가 양성과 번역작업에 전폭적인 지원이 이루어졌으면 좋겠다는 바람이다. 그러기 위해서는 신변잡기에서 벗어나 수필의 격을 높이는 작가들의 노력도 동반되어야 하지 않을까 생각한다.

제2장

# 수필과 함께 읽는 미주 한인문학 이야기

#한인문학의 형성 과정과 수필 장르의 위상
#자성(自省)의 표출과 유목(遊牧)의 글쓰기
#'모국 문학 배달 작가'의 수필들

# 수필과 함께 읽는 미주 한인문학 이야기

## 한인문학 형성 과정과 수필 장르의 위상

한국인의 미국 이민은 1882년 한미수호조약 이듬해 사절단 일행으로 간 유길준이 그곳에 남아 1년 정도 생활한 것을 최초의 사실로 정리하고 있다. 1884년 갑신정변, 1905년 을사늑약, 1910년 한일강제병탄 등 역사적 격변을 겪으면서 서광범, 서재필, 이승만, 안창호 같은 이들도 미국으로 건너가 망명 이민자 생활을 했다. 1903년부터 1905년까지 하와이 사탕수수밭 노동자로 파견된 7,000명 이상의 한인들도 미국 이민사의 앞머리를 장식한다. 이들과 결혼하기 위해 이주한 이른바 '사진신부'들도 1,000명에 이른다. 이렇게 1만 명을 전후한 이들 한인들은 이후 하와이를 비롯해 캘리포니아 등지에 거주하면서 미국 내에서 점차 한인사회를 형성하게 되었다.

이후 한국인의 미국 진출은 1924년 미국에서 동양인 배척을 내용으로 하는 이민법이 시행되면서 한동안 원활해지지 않았다. 그러다가 6·25 전쟁 이후 귀국하는 미군의 가족이 되거나 유학생으로서 미국으로 이주

한 사람들이 생겨나면서 다시금 확연한 증가세를 보이게 된다. 1965년 미국 이민법이 개정되고 나서부터는 보다 본격적인 이민이 일어나기 시작했다. 1970~80년대에는 연 평균 2만 이상, 많으면 한 해 3만이 넘는 이민자가 있었다. 2014년 말 집계된 미국 내 한인 수는 200만 명을 훌쩍 넘어섰고 이 숫자는 당분간 비슷한 수준으로 유지될 전망이다.

이민자 숫자도 상당하지만 사는 지역도 로스앤젤레스, 뉴욕, 샌프란시스코, 시카고, 애틀랜타, 댈러스 등 대도시를 포함해서 미국의 전 지역으로 넓게 펼쳐져 있다. 수도 많아지고 역사도 깊어짐에 따라 정착 양상도 다양해졌다. 처음 이민 가서 정착한 사람들이 자손을 낳게 되면서 지금은 2,3대는 물론이고 4대까지 한국계 미국인으로 뿌리내린 집안도 있다. 이들 중에는 미국 주류사회로 진출해 정치, 경제, 문화, 스포츠 등 다방면에서 각광받는 위치에 선 예가 적지 않다. 한편으로 미국 내 소수민족으로서 집단을 형성해 주거하고 활동하는 한인 수도 상당하다. 한인들이 집중해 사는 도시에는 어김없이 한인타운이 형성돼 있고 한국 물건만을 취급하는 마켓들이 열려 있으며 한국어 신문과 잡지가 발간되고 한인 방송도 운영되고 있다.

한인들의 문학 활동도 이런 활동과 더불어 가시화되어 왔다. 이 중 한국사회의 일차적인 관심이 표적이 된 것은 미국사회에서 두드러지게 활동한 작가와 그 작품이다. 강용흘(YoungHill Kang)의 장편소설 『The Grass Roof(초당, 草堂)』(1931)을 기점으로 김용익(Yong-Ik Kim)의 단편 「The Wedding Shoes(꽃신)」(1956), 김은국(Richard E. Kim)의 장편 『The Martyred(순교자)』(1964) 등이 미국문단에서 호평을 받았고 이 사실은 한국에서도 큰 화제가 되었다. 이어, 포스트모던 장편소설 『DICTEE(딕테)』(1982)를 발표하고 요절한 차학경(Theresa Hak Kyung Cha)이나 장편소설 『Native Speaker(네이티브 스피커)』(1995)를 시작으로 세계문단에서 인정받고 있는 이창래(Chang-Rae Lee), 동화『A Single Shard(사금파리 한 조각)』으로 아동문학계의 노벨문학상을 불리는 뉴베리 상을 수상한 동화작가 린다 수 박(Linda Sue Park) 등도 빼놓을 수 없는 영어권 한인 작가로 소개돼 있다. 이들 외에 Don Lee, Helie Lee, Nora Okja Keller, Cathy Song, Suki kim, Leonard W. Chang, Marie G. Lee, Susan Choi 등 이민 1.5세대 또는 2, 3세대 한인 작가들의 현지 성과도 번역을 통해 국내에 알려져 있다. 이렇듯 미국 주류사회에 진출해 영어권 문학으로 알려지기 시작한 소수의 한국계 작가들의 활약은 한국인에게 자긍심을 부여한 사례로 모국에 알려졌고 다수는 작품 번역도 돼 있다.

미국 내에 형성돼 사회집단을 형성한 한인들의 모국어 문학 활동은 이에 비하면 훨씬 규모가 크다고 할 수 있다. 그러나 도리어 모국에는 상대적으로 크게 주목받지 못해 왔다. 1970년대까지 각 지역의 신문과 잡지를 지면으로 해 간간이 개별적인 작품 발표를 하던 수준이던 한인문학은 1980년대 이후부터 다수의 동인지나 문학잡지를 내는 정도의 규모가 되면서 국내로부터의 관심도 그만큼 많이 받게 되었다. 특히 1982년 '미주한국문인협회'의 창단과 기관지『미주문학』창간은 그 획기적인 기폭제가 되었다. 이후 '재미크리스찬문인협회'(1983), '재미시인협회'(1987) 등이 같은 로스앤젤레스에 거점을 두고 창간되었고, 미동부한국문인협회의『뉴욕문학』, '워싱톤문인회'의『워싱톤문학』, '시카고문인회'의『시카고문학』, '애틀란타문인회'의『한돌문학』등의 창간도 이어졌다. 현재 한인들이 가장 많이 밀집돼 살고 있는 로스앤젤레스 지역에만 문학단체가 20여 개에 이르고 이들 단체가 대부분 계간지, 반연간지, 연간지 등으로 정기간행 문예지를 발간하고 있다. 문학 장르도 시, 소설, 수필, 아동문학, 희곡 등으로 다채롭다. 한인 신문에서 주최하는 문예공모전의 역사도 꽤 깊어졌다. 모국 문단과의 교류도 활발해져 국내 유수의 출판사를 통한 작품 발표나 작품집 발간도 어렵지 않은 상황이 되었다.

한국문학에서의 재외동포 문학에 대한 관심은 1990년대까지 주로 그 나라 주류사회의 언어로 발표되는 작품을 대상으로 하는 것이었다. 그러나 냉전체제의 종식 이후 디아스포라 문학이라는 관점에서 중국의 조선족, 구 소련 지역의 고려인을 비롯해 세계 여러 곳에 흩어져 사는 한인들의 한국어 문학을 한국문학의 새로운 영역으로 편입시키는 경향이 두드러졌다. 이 중에서 미국과 캐나다를 중심으로 한 미주 한인들의 한국어 문학은 1980년대 이후 무엇보다 뚜렷한 현재진행형으로 지속적으로 성장함으로써 가장 주목받는 해외 한국문학으로 자리하게 되었다. 이는 물론 1980년대 이후 한인문학 인구의 급증에 따른 문인단체의 결성과 문예지의 발간, 국내 문단과 출판사와의 잦은 교류 등으로 빚어진 자연스런 결과이다. 이제 중요한 것은 한국문학의 미주 한인문학 수용은 단순히 이런 외적 팽창에 대한 것에 머물러서는 안 된다는 사실이다. 이즈음의 미주 한인문학은 이민이라는 역사적 현실이 지니는 특수성이 전면적으로 드러남과 아울러 그것의 형상화라는 측면에서도 당당한 위치를 점하는 단계에 이르러 있다. 한국문학은 이제 미국과 미주 그리고 그 외 국가의 한인문학을 '타국에서 모국어로 문학을 한다는 기특한 현상에 대한 관심'으로서가 아니라 지역과 문화가 다른 나라에 살면서 모국어로써 이민 체험을 가장 실감나게 표현한 한국문학의 실제 현장으로 수용해야 할 때가 되었다.

해외 한인문학의 특징적인 사실 중 하나는 장르적으로 시, 소설 외 수필 장르가 강세를 보인다는 점이다. 특히 미주 한인문학에서 수필이 차지하는 비중은 매우 크다. 이는 국내에서의 수필의 위상과는 아주 다른 양상이다. 미주 한인문학에서 수필은 양과 질에서 시에 뒤지지 않고 나아가 소설을 압도하고 있다는 느낌이 들 정도이다. 이민자들의 글쓰기는 비유적 표현에 대한 부담이 적고 지면 확보가 쉬운 형태의 글부터 취하게 된다. 또한 저마다 남다른 인생 체험을 담는 양식으로서 시간과 능력 면에서 비교적 집중이 쉬운 쪽을 택한다. 이런 글쓰기는 시나 소설에 비해 문학에 대한 전문적 의식이 없이도 시도할 수 있는 수필 쓰기와 일치된다고 할 수 있다. 수필은 이런 점에서 누구에게나 취해지고 이로부터 창작 인구도 증가되어 왔다. 그 결과 이제는 양적인 문제뿐 아니라 내용과 질적인 면에서 한국수필에 상당한 자극과 영향을 줄 수 있는 단계로 성장했다.

이 글은 미국 내 한인문학에서 수필 장르가 어떻게 전개되고 활성화되었는가를 설명하려는 취지에서 기획된 것이다. 그런데 이민자의 글쓰기의 출발이 장르적으로 수필 쓰기의 출발과 거의 일치된 성향이 지닌다는 점, 미주 한인문학에서 2000년대 이후 실제로 수필이 핵심 장르의 하나가 되어 있다는 점 등이 고려되면서 한인 수필의 유형과 특징을 중심으로 미국 내 한인문학의 형성과 전개 과정을 아울러 살펴보게 되었다.

### 자성(自省)의 표출과 유목(遊牧)의 글쓰기

문학작품은 한 개인이 성장 과정에서 창작에 필요한 문화적 자양을 지속적으로 공급받으면서 자신의 언어를 조탁하고 정제하면서 완성해내는 것이다. 한 나라의 문학은 이런 작품을 수용해 대중에 전달하면서 그 소통으로써 양적 질적 관계를 형성해간다. 물론 문학의 생산과 수용에 대한 이런 일반적인 현상을 모든 사회집단에 다 적용해서 설명할 수는 없다. 문학은 나라와 국민이 처한 역사와 현실의 상황에 따라 다르게 구현되고 형성된다. 이민사회에서도 마찬가지다. 미국의 한인문학은 앞서 말한 대로 미국의 주류사회로 편입된 '영어 작품'과 미국 내 소수민족 언어인 한국어로 발표된 '한국어 작품' 둘로 나뉜다. 여기서 후자의 경우 국내에서의 그것과는 달리 문화적 자양의 지속적인 수급이 없이 자연발생적으로 표출된 것이라는 특징이 있다. 이들 한인문학은 이민자 개개인의 욕구에서 비롯된 것이지만 그 대부분은 인문학적 교양과 어문적인 상식에서부터 소외된 특별한 환경의 산물이라 할 수 있다.

이들의 문학은 대개 이민자로서 이국땅에서 생존 문제를 어느 정도 해결하고 나서부터 자기 삶을 성찰하는 내적 시간을 거치면서 발아되고 숙성된다. 거기에는 대체로 현재까지 있어온 한국문학의 전통이나 동시대 문학의 유행이 개입될 틈이 거의 없다. 따라서 이들의 문학은 이민 이전에 알던 한국문학 작품 외에는 달리 전범 삼을 대상이 있지도 않고 또한 새롭게 창출할 지향점을 지닐 처지도 아니다. 이들 대부분은 과거로부터 현재로 오는 과정의 문학이 내재되어 있지 않다. 이들의 문학에서 분명한 것은 그것이 내면에서 일어난 자성(自省)의 강렬하고 지속적인 표출 욕구의 산물이라는 사실이다. 이 점은 미주뿐 아니라 20세기 후반에 해외에서 뚜렷한 집단으로 형성된 재외동포 사회에서 일어난 문학집단의 대표적인 특징이라 할 수 있다.

미주 한인문학이 모방할 대상도 지향할 가치도 분명치 않은 채 자성의 표출에서부터 형상을 드러낸다는 사실은 이들 문학의 또 다른 특징을 돋보이게 한다. 이들은 대개 이전에 문학에 대한 욕구를 크게 느껴본 적이 없다. 과거에, 그러니까 학창시절에 문학을 꿈꾼 적은 있겠지만 그건 진정한 의미의 문학 경험이라 할 수 없다. 그런 상태에서 상당 기간 이민생활을 겪은 뒤 과거에 크게 느껴보지 못한 강렬한 표현 욕구로 글쓰기에 임하게 된 것이다. 게다가 이들의 눈앞에는 길잡이가 되어줄 모국 문학이 놓여 있지 않다. 이들의 글을 평가할 기준도 없으며 또한 독자가 있다고 할 수도 없다. 따라서 이들의 글쓰기는 행위는 있는데 성취를 기대할 수 없는 글쓰기, 즉 목표도 뚜렷하지 않고 제한도 또한 없는 상태로 스스로 존재 의미를 찾아야 하는 유목(遊牧)의 글쓰기다.

미주 한인들의 자성의 표출로 시작돼 유목의 상황으로 전개되는 이런 글쓰기를 한 이민자 시인은 '사막에서 살아가기'에 비유하면서 다음과 같이 표현한 바 있다.

[⋯⋯] 머리 위에서 그들을 달구던 태양이 가슴에 쑤욱 들어오며 가슴이 뜨거워지는 시기, 바로 이 시기에 이 부류들은, 자기 키보다는 그런 대로 작고 자기 몸뚱이보다는 그럭저럭 두터운, LA공항에서 가지고 왔던 이민 가방을 뒤지기 시작합니다. [⋯⋯] 이민 보따리 속에는 꼭 노란 몽당연필이 하나씩 들어 있는지 모르겠습니다. 이들은, 처음에는 그 연필을 잡고 한동안 멍하니 있거나, 부들거리며 떨거나 합니다. 그러고는 큰 한숨들을 자기 작은 집이 혹 날려가도록 어마어마하게 짓고는, 이 한국 몽당연필을 잡고 이민 삶처럼 빤질거리기만 하는 미제 하얀 종이에 글을 쓰기 시작합니다. 어떤 이는 짧게 쓰기도 하고, 어떤 이는 길게 쓰기도 하지요. 그런데 이상한 것은 이 사람들은 한결같이 몽당연필을 가슴으로 잡고 쓴다는 것입니다. 가슴으로 꾹꾹 눌러 쓰는데도 종이가 찢어지지 않는 것도, 그 글이 쓰여질 때마다 하얀 종이에는 글쓴이의 눈물방울이 떨어져서 얼룩지는데 그 얼룩이 글 내용처럼 수채화로 아스라하게 번져 나가는 것도 신기합니다.

그들이 쓰는 이야기는 사막 이야기들입니다. 처음 사막으로 할 수 없이 내몰려진 이야기, 일 년 열 달간 두 손 빌던 하늘에서 비 반 방울커녕 꾸준히 날벼락만 쳐 주어 '하늘이라 쓰고 야속이라 읽는다'라는 이야기, 총알들이 난무하고 노마드 천막들을 불태우는 인종차별의 사막 폭동, 간신히 모아놓은 먹을거리들을 눈을 뜨고 있는 앞에서 훔쳐가는 도둑들 이야기들⋯⋯ [⋯⋯] 하지만 그 이야기들을 숨을 가늘게 하고 가만히 들여다보면, 인류의 맨 속살인 유목민들의 생성과정과 역사를 생생하게 느낄 수가 있답니다. 그들 사상의 형성, 진화 그리고 생태 변화까지요. 게다가 그들 이야기 속에는 사막을 수시로 드나드는, '가시 박힌 바람을 해부하고 길들이는 방법' 그리고 사막 넘어 '새로운 유토피아 건설'에 대한 지혜까지도 소복이 쌓여 들어 있지요. 사막생활의 선구자인 이들 이야기는 세계가 하나로 되는 이 시대에, 어두운 글로벌 문화의 '힐링 횃불'이 될 수가 있기도 합니다.

— 최진수의 수필 「LA에서 문학하기」(『문학마당』 2014년 가을호, 135쪽)

미주 이민자의 삶은 위 글에서 '뜨거운 사막에서 살아내기'에 비유된다. 그 삶은 구체적 일상에서 "일주일 엿새 내내 일하고 쉴 수 있는 유일한 날 휴일은 종교단체에 나가 하루종일 시계시침처럼 째깍거리며 살지요"로 요약된다. 그런 일상이 반복되면서 일 년이 지나고, 삼 년이 지나고, 삼십 년이 지나가는 삶이 이민자의 삶이다. 그런데 그렇듯 '태양 아래서 거칠게 일하는 시간'이 어느 정도 지나고 나면 그런 삶이 '가슴에 들어와 뜨거워지고' 그렇게 되면 그 뜨거워진 가슴을 언어로 표현하려 하게 된다. 뜨거워진 가슴을 언어로 표현하는 그 절박함은 위 글에서 '이민 올 때 가져온 보따리 속 몽당연필을 가슴으로 잡고 꾹꾹 눌러 쓰는 사람들의 모습'으로 이미지화돼 있다.

이들의 문학적 소재는 당연히 이민생활의 체험과 정서다. 위 글은 그것을 '사막에서 살아가는 것'에 비유했다. 이때 사막은 실제 'LA'라는 지역적 배경으로서의 사막이자 동시에 이민자의 척박한 환경을 상징하는 이미지로서의 사막이다. 이들의 이민생활은 마치 한두 차례의 비로는 도저히 해갈이 되지 않는 땅에서의 삶, 모으고 모은 재산을 한순간 도둑들에게 빼앗기는 마는 이방인의 삶, 갖가지 방법으로 차별당하며 정착의 두려움을 안고 사는 삶이다. 정착할 곳도 지향할 곳도 없이 그때 그때 필요하고 유익한 곳을 찾아다니며 사는 삶은 저 넓은 사막에서 어느 한 곳 정해진 곳 없이 돌아다니며 살았던 유목민의 그것을 닮아 있다. 미주 한인문학은 바로 그런 유목민과 같은 이민자의 삶을 '자유롭게' 반영하는 유목의 글쓰기로써 구현된다.

자성과 유목의 글쓰기라는 특징으로 정리되는 미주의 이민문학은 태생에서부터 현재진행 상태에 이르기까지 방향성과 목적성이라는 점에서 제한되거나 규정된 것을 찾기 어렵다. 이 때문에 그것은 내용과 형식면에서 자유로운 수필의 장르적 특성을 그대로 연상시킨다. 수필은 계획되고 준비된 장르이기보다 한 인간이 살면서 저절로 자기를 성찰하는 자리에서 '자연발생적으로' 생겨나는 문학이다. 아울러 그것은 대개 있었던 일, 생각해본 것을 진술한 서술체에 담아 전하기 때문에 주제나 형식면에서 그만큼 자유로울 수밖에 없다. 이렇게 보면 이민문학과 수필문학은 닮은 꼴일 수밖에 없다. 이는 또한 미국 한인문학에서 어째서 수필문학의 비중이 큰지에 대한 합리적인 근거가 되기도 한다.

### '모국 문학 배달 작가'의 수필들

이민문학은 이민자 자신의 자성에서 일어난 자연발생적인 표출 욕구에서 비롯돼 유목의 글쓰기로 진행된다. 그런데 이런 유목의 글쓰기에는 나르시시즘이나 방향 상실에 빠지기 쉬운 치명적인 약점이 내재돼 있다. 이민사회가 내적 동력이 약화되면 이민문학도 절로 이런 약점에 빠져버리고 결국 그 사회의 문학적 형태도 실체를 확인할 수 없는 상태가 된다. 미주 이민사회에서 이민문학이 지금과 같은 자리를 점한 것은 그만큼 그 사회 내에 문화적 생성력이 작동하고 있었다는 사실을 증명한다. 이때 이런 동력의 요인이 여러 가지가 있을 테지만 우선 한 가지 특별한 사실을 생각해볼 수 있겠다.

그것은 이민문학이 자생적인 힘으로 가시화되고 구체화되는 과정에서 보다 전문적인 문학 경험을 지닌 사람들의 선도적인 역할이다. 이 역할은 대표적인 인물은 모국어 쓰기에 단절감을 크게 느끼지 않은 '문학 유경험자들' 즉 모국에서부터 이미 글쓰기에 익숙해 있던 등단 문인들이다. 이들은 모국의 경력으로써 이민사회에 와서 비교적 손쉽게 글을 쓰고 발표하는 위치에 있을 수 있게 된다. 이들의 글쓰기는 이민 와서 처음으로 문학 욕구에 시달리게 된 다른 이민자들을 문학의 길로 인도하는 기능을 했다. 실제로 이들은 지면이 생기는 대로 글을 발표하고 나아가 강의실을 열어 이민자들의 글쓰기를 도왔다. 모국의 문학을 접을 기회가 적은 이민사회에서 모국에서 먼저 문학 활동을 했고 또한 모국의 문단과 교류할 수 있는 등단 문인의 역할은 그만큼 클 수밖에 없다. 이민문학은 이민자들 스스로의 자생적인 노력으로 가꾸어졌지만 그 과정에서 이들 등단 문인들이 모국에서의 경험을 바탕으로 모국의 문학을 글쓰기로 글읽기로 부지런히 배달하면서 모국과 이민국 사이의 질적 차별을 완화하는 데 기여했다고 할 수 있다. 이를테면 이들 등단문인은 모국 문학을 미국 현지 한인사회에 배달해준 '모국 문학 배달 작가'라 할 수 있다.

이참에 1970~80년대 이런 '배달 작가'들이 쓴 수필을 읽는 지면을 마련해 본다.

그래도 명색이 음식점이라고 장사를 하자니 자연 도마질하는 시간이 많다. 사람을 쓰지 않고 아내와 단둘이서 가게를 꾸려나가는 처지여서 하루 종일 눈코 뜰 새 없이 하는 일이 많지만 도마질은 그중에서도 비중이 가장 크다.

그러면 도대체 하루 평균 몇 시간쯤이나 도마질을 하는 것일까? 장소가 바로 태평양 해안가인 관계로 계절에 따라 매상이 큰 차이를 보이고 매상에 따라 도마질을 하는 시간도 자연 결정되지만 하루 평균 두 시간쯤 될 것이라 짐작된다. 1년에 300일 문을 연다고 치면 600시간, 일 년 중 25시간을 주야로 도마질만 하는 셈이다.

골방 같은 비좁은 주방에서 혹은 고기를 혹은 야채를 썰고, 다지고, 자르고, 다듬고, 발라내고, 저미고 하는 일을 계속하는 것은 참으로 지루한 일임에 틀림없다. 그러나 그 지루한 일을 이미 6년 반 동안이나 해 왔다. 3900시간, 날짜로 치면 162일 하고 반나절, 약 다섯 달 반을 주야로 도마질을 한 계산이다. 어떻게 생각하면 도마질을 하기 위해서 미국에 온 것 같기도 하다.

처음에는 거의 매일같이 손을 베었다. 살점이 칼날에 묻어 나갈 때도 있었다. 손톱이 싹둑 잘려나갔을 때는 아내의 눈에 눈물이 고이는 것이 안타까워 아픔을 무릅쓰고 숨기기 일쑤였다. 그러는 동안에 도마를 몇 장이나 갈아대었을까. 제법 움푹 팬 도마를 버리고 새것을 사고 한 것이 아마 열 번은 될 것이다.

어떤 친구는 고기를 왜 기계로 썰지 않고 손으로 써느냐고 한다. 그는 몹시 답답하다는 표정이다. 기계가 없으면 모르되 기계를 왜 멀쩡히 놀려 두느냐는 것이다. 그는 도마질을 시간과 노동력의 낭비라고 나무란다. 나 역시 모르는 것은 아니다. 그러나 그럴 때면 "손으로 썬 고기가 더 맛있다고들 하지 않나." 하고 설명해 준다.

사실 친구의 말대로 "기계로 하자꾸나" 하면 할 수도 있다. 그럼에도 불구하고 도마질을 계속하고 있는 데는 내 나름대로의 몇 가지 까닭이 있다. 우리 가게에서 쓰고 있는 고기가 기계로 썰기에 부적당한 형태의 고기라는 것이 첫 이유이고, 주방이 워낙 좁아서 기계를 들여놓고 돌릴 만큼 장소가 넓지 못하다는 것도 이유의 하나로 들 수 있다. 그리고 보편타당성이 있는 그런 이유인지는 몰라도 나 자신 그 도마질을 오히려 즐기는 편인 것 같다.

골방 같은 주방에서 도마질하는 시간, 그것은 나에게 있어서 무엇을 생각할 수 있는 시간이기도 하다. 항상 시간에 쫓기는 생활 속에서 도마질이라는 단순한 동작을 계속하는 시간은 비교적 균형이 잡힌 마음의 안정을 얻는 시간이라고 할 수 있다. 그렇기 때문에 도마질을 하는 동안 나는 여러 가지 일들을 생각할 수 있다. 순서 없이 단편적으로 머리에 떠오르는 일들, 나와 주위에서 이미 일어난 일들, 앞으로 일어날지도 모르는 일들, 지금까지 만나고 헤어지고 한 많은 사람들…….

문자 그대로 기상천외(奇想天外)의 생각이 떠오를 때도 있다. 이렇게 쇠고기를 놓고도 말들을 하는 죄로 죽어서 우공(牛公)으로 나는 것은 아닐까. 스스로를 한석봉(韓石峯)의 어머니와 비교해 보는 것은 기상천외라기보다 외람스럽고 주제넘는 생각이라고 할 수 있겠지. 그러나 한편으로 이렇게 생각해 보기도 한다. 지금으로부터 380여 년 전 아들의 교육을 위해서 떡을 썬 한석봉 어머니의 도마질과 자식들의 교육을 위해서 이역만리 미국의 태평양 해안가에서 하는 도마질과 뭐가 어떻게 다르단 말인가?

지난 여름철의 일이다. 가게 일을 돕고 있던 큰 놈이 무슨 생각을 하였던지

"아버지 그 도마 버리지 마세요."

한다. 일간 새것으로 갈아야겠다고 생각한 도마이다. 여자의 손등이 파묻힐 만큼이나 한복판이 움푹 패어진 낡은 도마이다.

"건 됐다 무얼 하려구?" 내가 묻는 말에 큰놈은 그저 "글쎄 말이에요. 됐다가 저에게 주세요." 하고 자리를 피하였다. "건 됐다 무얼 하려구?" 하고 되물으려다가 결국 묻지 않았다.

방학이 끝나고 큰놈이 동쪽에 있는 학교로 돌아가는 뒤 여름이 지나고, 가을이 다시 가고, 겨울이 지나 봄을 맞이하게 된 요즈음, 나는 도마질을 하며 곧잘 이렇게 중얼댄다.

— 그놈이 왜 낡은 도마를 남겨 달라고 하는 것일까?

— 위진록, 「도마」 전문

위의 글에는 태평양 연안에서 음식점을 하는 한 이민자의 일상이 '도마질하는' 사연으로 펼쳐 있다. 좁은 주방에서 6년 반 동안 도마질을 하며 살아온 삶이 여간 어렵지 않았을 터인데도 그것을 스스럼없이 드러내되 크게 과장하지도 않아 누구나 친근하게 읽을 수 있는 글이 되었다. 여기에, 기계에 맡겨도 될 것을 군이 도마질을 해서 요리를 하고 있는 데 대한 나름의 '변명'에 삶을 반추하는 자의 사색이 잘 녹아 있어 단순한 생활감상문 수준을 훌쩍 뛰어넘게 되었다. 특히 아버지가 쓰던 낡은 도마를 군이 자신에게 달라고 하는 아들의 태도를 밝혀 모국을 떠난 이들의 마음에 남은 '핏줄의 의미'까지 성찰케 하는 힘은 예사로운 게 아니다.

이민자로서 이런 수준의 글을 처음부터 쓰기는 어려운 일이다. 1928년생인 위진록 1947년부터 서울 중앙방송국(KBS)에서 활동한 유명한 아나운서로 1948년 제1회 전국 방송극 현상모집에 당선한 작가이기도 했다. 1950년부터 12년 간 일본 UN군총사령부의 방송(VUNC) 담당으로 일하다 1972년 미국으로 이주해 살던 중 이민 초기 음식 장사를 하면서 위 글을 썼다. 위진록은 이후 언론사에서 일을 하면서 많은 글을 발표했고 미국에서 출판된 최초의 한국어 수필집으로 알려진 『하이! 미스터 위』(개척자사, 1979)를 비롯해 여러 권의 수필집과 평전, 자서전 등을 냈다. 이 수필은 『하이! 미스터 위』에 수록돼 있다.

"선생님, 제가 만일 수술을 받게 되면 수술비를 내야 합니까?"

"아니오……."

"그럼 입원비는 어떻게 됩니까?"

"그것도 안 냅니다. 그런데 그건 왜 물으십니까?"

"만일 진단 결과 급성 담석이 틀림없으면 수술을 해야 한다는데 제가 돈이 없어서 그 비용을 낼 수가 없거든요. 그래서 여쭈어 보고 돈을 내야 한다면 나

가려구요."

"X-레이를 찍어 본 결과 급성 담석으로 나왔습니다. 서둘러야 합니다. 모레 아침 수술을 하도록 준비 중이니 그렇게 알고 계십시오."

"그럼 제가 정말 돈을 내지 않아도 되는 건가요?"

"예, 그렇습니다. 입원비도 수술비도 한푼 내지 않아도 됩니다."

중앙의료원 외과 의사 닥터 김과 그가 나가는 세인트 바나바스 병원에 입원 중인 언니와의 대화 내용이다.

홀로이신 언니는 웰페어(welfare) 인생을 살아가신다. 그러니 이를테면 메디케이드(medicaid) 환자다.

웰페어란 미국의 사회보장제도에 따라 한 마디로 말해서 극빈자에게 생활비를 제공해 주는 것이고, 메디케이드는 웰페어를 타는 사람에게 자동적으로 따라오게 되는 병원 치료의 무료 혜택을 말한다.

언니는 어느 날 갑자기 배가 아프기 시작하여 닷새를 굶어가며 고생하다가 같은 중앙 의료원에 계신 닥터 안의 친절한 주선으로 닥터 김을 소개 받고 그 다음날로 응급환자가 되어 입원했던 것이다.

메디케이드 환자는 어떤 병원이든 병원이기만 하면 모든 것이 무료라고 들었다. 그래서 여기에 대한 신경은 아예 쓰지 않았다.

그런데 어느 분이 알려 주기를, 시립병원은 어디든지 무료지만, 사립이나 개인병원에서는 메디케이드 환자의 치료비를 주청(州廳) 어딘가에 청구하더라도 쥐꼬리만큼밖에 나오지 않아서 본인이 조금은 부담해야 할 것이라고 했다.

나는 이 말을 듣고 깜짝 놀랐다. 허둥지둥 알아보니 그 병원은 사립이라 하지 않는가. 묻고 또 물어도 틀림없었다. 그분이 잘못 알았던 것을 나중에야 알게 됐지만, 그 당장은 앞이 캄캄했다.

경제적으로 전혀 도울 수 없는 내 처지였다. 일은 매우 급하게 벌어졌는데, 아무리 생각해도 돈 아니면 해결책이 따로 없었다.

사람은 급하면 나부터 살고 보자는 것이 얄궂은 본능인지 모른다. 언니야 죽거나 어쩌거나 우선 병원에서 데리고 나와 놓고 볼일이라고 나는 결정할 수밖에 없었다.

이것이 언니가 입원한 지 닷새 되는 날 오후에 있었던 일이다. 그동안 언니는 물 한 모금 못 마시고 줄곧 링거 주사를 팔에 꽂은 채 자고 깨고 하면서 날마다 X-레이를 찍어댄 것만도 수십 장이었다.

그 어려운 과정에서 이제야 분명한 진단이 내려 수술을 받게 될 단계에 이르렀는데, 이 모든 것을 아깝게 수포로 돌리고 어느 시립병원을 찾아 헤매야 할 판이었다. 그리고 처음부터 다시 시작해야 했다.

내일 아침 닥터 김이 회진할 때 언니에게 들르면 그때 이 사정을 알리고 퇴원하도록 언니와 나는 얘기를 모았다. 정말 서글픈 대화였다. 돈이 없으면 병이 나도 죽지 별 수 없다는 사실을 구곡간장 굽이굽이 절감했다.

어쩐지 좋더라 했다. 으리으리한 이인용 병실은 병실이 아니라 어느 고급 호텔과 같았다. 치과병원의 기계처럼 누워서 마음대로 조종할 수 있는 TV가 공중에 떠 있는가 하면, 직통 전화까지 딸려 있었다.

병원에 입원할 때부터 현관에서 간호원의 간호를 받으며 휠체어에 앉아 유리알처럼 반들대는 복도를 미끄러져 들어가고, 하얀 침대에 받들어 눕혀주는 호강까지 받았다.

피부와 머리카락이 다른 간호원들이 부산하게 들락거리면서 열도 재 가고 혈압도 재 가고 피도 뽑아 가는 등, 침대에 붙은 단추만 누르면 제꺼덕 인터폰이 대답을 했다. 실로 기막힌 호화판이었다. '언니 미국에 온 보람 했소' 하고 나는 기분 좋게 웃기기까지 하지 않았던가.

이것이 다 돈이 있는 유료 환자에게나 베풀어지는 후한 대접이었다는 생각이 들자, 나는 오히려 없는 자의 무능한 반감 같은 것이 내 가슴속에서 술렁거렸다.

실상 언니에게는 달마다 집세가 나오고 식권(food stamp)이 나왔다. 어느 착실한 남편이면 그렇게 또박또박 날짜도 어기지 않고 보내줄 것이며, 또 어느 효자가 있어 그처럼 알뜰히 챙겨서 보내주겠는가. 언니의 여생을 떠맡아 준 미국에 대해 나는 한없이 고마워하면서 미국이 잘 되기를 축원해 왔다.

사람이 너무 가난하면 염치를 모른다고 하는데 내가 바로 그 짝인가. 어제는 미국이 고마워서 잘 되라고 빌기까지 해 놓고, 오늘은 수술비를 대주지 않는다 해서 꼬부장했으니 이 얼마나 얼굴이 두꺼운가.

아무튼 언니는 병원에서 앓고 있었고 나는 내일이면 처량하게 쫓겨올 언니를 생각하고 집에서 앓고 있었다.

그런데 언니한테서 전화가 왔다. 아픔에 지친 신음소리였지만 어딘가 모르게 힘이 솟아 있었다. 웬일일까? 관세음보살이라도 현신하여 근심 걱정을 쓸어갔단 말인가. 혹은 천우신조하여 어떤 놀라운 기적이라도 일어났는가.

정말 그랬다. 죽지 않아도 된다는 보장을 받아놓았기 때문이었다. 언니의 목소리는 너무나 서러운 감격에 벅차서 우는 것인지 웃는 것인지 구별할 수가 없었다.

방금 닥터 김이 다녀갔다고 한다. 저녁 때 수술 환자가 있어서 나왔던 김에 잠깐 언니한테 들렀다고 하더란다.

내일 아침 회진할 때나 만나게 되리라던 예정을 앞지르고 그가 불쑥 나타나자, 언니는 염치 불구하고 메디케이드의 효력에 대해 물었다는 것. 앞에서 말한 닥터 김과 언니와의 대화는 이때 이루어졌던 것이다.

결국 언니는 커다란 돌멩이 세 개를 들어내는 수술을 받고, 만 일주일 만에 무사히 퇴원했다. 말로만 들었던 메디케이드 혜택이 이에 이르고 보니, 도무지 믿을 수 없는 일이어서 나는 오히려 여러 번 넋을 놓고 멍해 있었다.

나는 지금 언니를 살려준 미국에 대한 고마움과, 닥터 김의 온정(溫井)을 내 가슴에 좀더 깊이 새겨둘 마음으로 이 붓을 들었다.

외과 의사답게 말도 없고 표정도 없는 그가 어쩌다 한 마디씩 건네는 묵직하고 '따수운' 전달—'몹시 아프셨겠는데 용케 참으셨습니다', '그동안 굉장히 시장하셨지요? 조금만 더 참으시면 맘대로 잡수실 수 있습니다' 등등…… 조석으로 병실을 찾아서 위로해 준 미더움.

그것이 설사 직업상의 상투적인 인사말이라 해도 좋다. 환자가 의사를 믿고 안심하고 몸을 맡길 수 있으면 그만이다.

사실 언니도 나처럼 남한테서 대접을 받는 일에 익숙하지 못하다. 공짜로 입원하고 수술까지 얻어 하는 것이 도시 송구스러워서 믿고 안심하고 어쩌고 할 형편이 아니었다. 죽고 사는 것조차 운명에 맡기고 병원의 눈치만 살피면서 하라는 대로 따를 수밖에 없었다.

언니의 이 같은 불안과 초조와 열등감을 닥터 김이 한 칼로 쌩둥 잘라버리고 친절로써 덮어 주었을 때, 언니의 감격이 어떠했겠는가.

누가 들어도 마음이 반가울 한 토막 미담이다. 남에게 베풀 줄 아는 아량과 받아서 감사할 줄 아는 바른 자세. 이런 슬기로운 인정의 왕래가 끊임없이 진행돼 가는 한, 우리의 이민생활은 결단코 외롭지 않을 것이다.

닥터 김의 건승을 빈다.

— 이계향, 「닥터 김」 전문


위 글은 의료비가 비싸기로 소문난 미국에서 응급환자가 된 언니가 병원의 무료 혜택을 받아 치료를 받게 된 과정을 담고 있다. 언니는 미국의 보장제도에 따른 연금으로 생계를 유지하는 극빈자 처지이다. 처음에는 수술비가 무료라고 알고 있었는데 실제로는 돈이 꽤 든다는 정보를 듣고 실의에 빠졌다. 그러나 실제로는 담당의사 닥터 오의 도움을 받아 수술에서 입원 진료까지 전액 무료로 치료를 받게 되었다. 위 글은 이렇듯 미국의 제도에 익숙하지 않은 이민자들이 겪는 애환과 이민사회의 한 인물(닥터 김)의 배려와 온정에 대한 감동을 진솔하게 서술하고 있다.

이계향은 1928년생으로 1959년 『자유문학』으로 등단한 작가이다. 1960년 미국으로 이주해 주로 뉴욕에서 살면서 수필집 『부운(浮雲)의 변두리』(1963), 『세월의 그림자』(1974), 『뉴욕 하늘 서울 하늘』(1976) 등과 기행문집 『중공(中共)에 다녀왔습니다』 등을 내기도 했다. 1982년에 쓴 위 글에는 이민자로서 미국에 살면서 겪은 체험을 바탕으로 소외된 계층을 배려하는 미국 제도의 가치와 이웃에게 선의를 베풀 줄 아는 동포에 대해 고마워하는 마음이 담겨 있다. 일상의 체험에서 의미 있는 이야깃거리를 찾아 제시하는 기성의 화법을 통해 이민자들이 미국에서 겪는 다양한 체험을 어떤 관점에서 다룰 것인가에 대한 한 방향을 제시해 주는 글이라는 의미도 작지 않다.

어떤 잣대로 재 보아도 난 이 미국 땅에 살기에는 그 치수가 맞지 않는 것 같다. 이 땅에서 20년 가까이 살았는데도 말이 잘 통하지 않으니 벙어리 3년이요, 스트레스란 가슴속의 앙금을 씻어 준다는 그 흔해빠진 골프도 내 나름대로의 어떤 거부감(拒否感) 때문에 손을 대지 않으니 어울려 노는 친구도 없고 술담배도 입에 대지 않으니 주거니 받거니 하는 술친구 하나 없고, 작기는 하지만 가게를 갖고 있으니 훨훨 털고 여행 한번 제대로 떠날 수도 없고, 영어권에 살면서 영어도 아닌 우리글로 고작해야 글 나부랭이나 쓰기 아니면, 어릴 때부터 익혀 온 고국말로 막내 동생뻘이나, 자식 같은 나이의 연기자들을 불러 모아 놓고 굿(연극)한답시고 노망을 부리고 있으니 말이다.

게다가 지난날 한국에서 연극하던 생각만 하고, 황금 같은 시간을 쪼개어 주말 연습에 몰두하는 그들에게 호통까지 쳐, 그들의 마음을 상하게 하는 일이 허다하니 말이다.

그뿐인가. 미국에 살기 위한 첫째 요건이라고 해도 과언이 아닌 길눈마저 어둡고 보니, 미국에 살기에는 아무래도 실격인생(失格人生)인 것이다. 그래서 이

번 〈효녀 심청〉 연극이 끝나면 모든 걸 청산하고 한국으로 돌아가서 한동안 머물까 해서 내 마음의 다짐을 글로 썼더니, 만나는 사람마다 내 결심이 잘못되었다고 말하곤 한다.

게다가 호흡기가 별로 좋지 않은 나에게 극도로 오염된 본국의 공기가 날더러 오지 말라는 적신호(赤信號)까지 보내고 있어서 지금까지 내가 걸어온 길이 그랬듯이 또 한 번 기로(岐路)에 서서 망설이게 된다.

에라 모르겠다. 될 대로 되라! 하고 팔베개를 하고 발랑 드러누우려는 순간, 전화벨이 울린다. 〈효녀 심청〉의 장치도표가 다 됐다는 미스터 홍으로부터의 전화다. 나는 장치 디자인을 빨리 보고 싶은 마음에서 옷을 주워 입고 방문을 나서려는데, 마누라가 "아니 이렇게 늦은 시간에 어딜 갈라카요?"라고 다그쳐 묻는다. "장치그림 찾으러 간다니까." "그 급한 성질. 길눈까지 어두우면서……. 우쨌든 밤길에 조심하소!"라고 나의 길눈 어두움을 꼬집는다.

나는 쿠퍼티노에서 올라가고 미스터 홍은 샌프란시스코 쪽에서 내려와 중간 지점인 산마테오에서 만나기로 하고 차를 몰았다. 산마테오라면 내가 이 땅에 이민의 첫발을 디딘 곳이자, 2년 가까이 산 곳이다. 그러니 내 아무리 길눈이 어둡다고 한들 눈감고도 갈 수 있는 곳이다.

우리는 산마테오 3rd Avenue에 있는 '교토' 식당에서 만났다. 펼쳐 본 장치그림이 내가 바라던 그대로 잘 그려져 있었다. 나는 장치그림을 받아들고 귀로(歸路)에 올랐다. 운전석 옆에 놓인 장치도표를 힐끗 쳐다보는 순간, 나의 머릿속에 〈효녀 심청〉의 가상무대(假像撫臺)가 펼쳐지기 시작했다.

나는 지그시 눈을 감고 심봉사의 대사를 소리 높이 읊기 시작했다. 칠흑 같은 창밖과 밀폐된 차 속 분위기에서 목청껏 대사를 읊으니 오랜만에 외쳐 보는 절규(絶叫)에 가깝다. 대사 연습을 위해 내 방에서 소리치다가 집안 식구들로부터 더럽게 늙어 간다고 퇴박맞기 아니면, 새벽 일찍 가게 문을 연 뒤 커피 몇 주전자 끓여놓고, 손님이 오지 않는 시각에 눈을 감고 (내 역할이 봉사이기에) 제법 감정을 넣어 동작까지 취해 가며 대사를 읊다가 언제 가게 안에 들어섰는지 모를 손님의 놀란 어조의 "What's Happen?"이란 소리에 소스라쳐 내 정신으로 돌아오는 멋쩍은 장면들로부터 해방된 바로 그런 절규이다.

170개가 넘는 그 많은 대사를 외우는 절호의 기회는 바로 오늘밤이며, 바로 이 차 속이다 싶어, 나는 1막부터 감정을 붙여 대사를 외우기 시작했다. 〈효녀 심청〉 5막 중 3막까지의 대사 외우기를 끝내고 문득 차창 밖을 내다보니 쿠퍼티노를 빠져 나가는 85년 프리웨이 선상에 있어야 할 시각에 여전히 101을 달리고 있었다. 그것도 로스엔젤레스로 가는 South San Jose 깊숙이 말이다. 나는 당황하기 시작했다.

오늘 밤은 길눈 탓이 아닌 연극에 정신이 팔려 길을 잃어버린 이 어처구니없는 사태를 수습하기 위해 무조건 오른쪽 출구로 빠져 나왔다. 로컬 길을 따라 마냥 북쪽 방향으로 가다 보면 Stevens Creek이나 쿠퍼티노로 접어들겠지 싶었는데 한참 차를 몰아도 영 방향 감각이 잡히질 않았다. 아무래도 101을 타는 게 나을 것 같아서 다시 차를 돌렸다. 그리고 아는 길도 물어 가라는 속담대로 주유소에 들러 길을 묻고는 토닥거리는 가슴의 고동을 누르며 한참 차를 몰다 보니, 101 North의 화살표와 함께 샌프란시스코로 빠져 나가는 표시판이 나타났다. 나도 모르게 "살았구나!"라는 연극대사 아닌, 현실적인 내 가슴의 소리를 내질렀다.

고속도로에서 길을 잘못 들었을 때, 무조건 오른쪽으로 빠져나가, 좌회전하여 오던 길을 되짚어 타면 제 집(목적지)으로 되돌아갈 수 있다는 원칙(原則). 이 원칙은 우리가 이곳 도로에서 길을 잘못 잡았을 때는 통할지는 몰라도 우리가 한번 인생의 길을 잘못 들어섰을 때는 적용되지 않는 원칙이 아니겠는가.

그날 밤 나는 잘못 들어선 내 인생의 Wrong Way를 생각해보았다. 뿐만 아니라 많은 사람들이 인생의 Wrong Way에서 헤매고 있음도 생각해 보았다.

미국이란 이방지대(異邦地帶)에 와 사는 많은 교포 가정의 자녀들과 어른들이 좌절과 갈등 그리고 불화의 Wrong Way 선상에서 갈팡거리는 슬픈 현실을 생각해 보았던 것이다.

— 주평, 「Wrong Way」 전문

위 글은 미국 생활 20년이 되었지만 여전히 적응을 잘 하지 못하고 사는 이민자의 어느 날 밤을 그리고 있다. 작은 가게를 열어 먹고사는 일은 해결하고 있으나 그 때문에 남들 다 가는 여행 한 번 제대로 가지 못하고 있고, 그 흔한 골프도 치지 않고 술도 즐기지 않아 친구도 별로 없는 답답한 삶이 꾸밈없이 드러나 있다. 남들이 크게 반기지도 않는 연극 공연을 준비하느라 그나마 열성을 다하는 구성원들에게 소리나 질러대는 자신의 처지를 자조하는 진솔한 진술도 돋보인다. 자신의 이민생활에 대한 이러한 감정은 이날 마침 밤에 차를 몰고 나갔다가 길을 잘못 들어 고생한 경험이 보태지면서 더욱 절절해진다. 이날의 '잘못된 길(Wrong Way)'처럼 자신의 이민은 참으로 잘못된 것이었을 수도 있다. 그러나 이 글은 자기 삶에 대한 후회와 회한을 드러내려는 의미로만 제한돼 있지 않다. 여기에는 자신의 삶을 낮추어 말함으로써 자신과 같은 처지에 놓인 많은 이민자들의 좌절감을 위로하는 의도가 감춰져 있다.

주평은 1929년생으로 한국에서 젊은 시절 1957년 『현대문학』에 희곡이 추천 완료돼 등단했다. 1976년 미국으로 이주해 주로 샌프란시스코에서 거주하면서 희곡 창작과 공연에 힘쓰면서 여러 지면에 수필을 연재하는 등 다양한 집필 활동을 했다. 수필집 『미국에 산다』『막은 오르고 막은 내리고』『민들레의 현주소』와 희곡집 10여 권 등 여러 저작을 냈다. 위 글은 '샌프란시스코 한국일보' 1993년 8월 28일 자에 발표한 것으로 『민들레의 현주소』(신아출판사, 2000)에 수록돼 있다. 기성 문인으로서 미국에서의 삶의 고단함을 진솔하게 드러냄으로써 '가식 없이 구체적으로 쓰기'라는 글쓰기 방법으로도 이해할 수 있는 글이다.

도처에 단풍이 한창이다. 단풍으로 유명한 곳을 이미 다녀온 사람도 많겠지만, 일부러 명승지로 여행을 하지 않더라도 어디서나 단풍을 대한다. 단풍은 詩情을 지녔고 시심을 돋군다.

단풍이란 말은 두 가지 다른 것을 가리킨다. 보통 말하는 단풍은 가을에 나뭇잎의 빛깔이 변화하는 현상 전반이다. 기온이 섭씨 영도로 떨어지면 모든 나무는 엽록소의 생산을 멈추고 변화가 생긴다고 하는데, 그렇게까지 추워지기 전에 나뭇잎의 색이 변한다. 잎 안에 엽록소 대신 무슨 색소가 형성되느냐에 따라서 붉은 색, 노란색, 오렌지색, 다홍색 등이 나타나는 게 단풍이다. 눈에 띄지 않게 자연이 어느 기간 동안 그림을 그리는 셈이다.

단풍이 아름답게 물들기 위해서는 날씨가 건조해야 하고, 기온이 섭씨 영도 이하로 내려가지 않는 범위 내에서 차야 하기 때문에 아무 때나, 아무 곳에서나 단풍을 즐길 수 있는 건 아니다. 한국에는 아름다운 단풍을 만드는 나무 종류가 많고, 대개 10월 25일경부터 11월 15일경까지 약 3주간이 단풍의 전성기다.

특별히 단풍으로 유명한 산이 북한산, 설악산, 지리산을 포함해 참 많다. 음력 9월 9일을 '구'가 겹친 날이라 해서 '중구절'이라고 부르고 이날 단풍놀이를 하는 습관까지 생겼다. 나는 철을 맞춰 설악산 단풍의 장관을 구경하면서 한국은 단풍의 나라라고 감탄을 터트린 때가 있다. 단풍은 찬 기온 변화의 차례를 따라 산마루부터 시작해 계곡으로 내려오고, 북쪽에서 남쪽으로 내려온다니까 단풍놀이 철이 달라질 수밖에 없다.

여러 종류의 낙엽수 잎이 곱게 변하는 단풍 외에 영어로 maple tree라 부르는 단풍나무가 있다. 그것도 은단풍, 설탕단풍, 노르웨이단풍, 일본단풍 등 종류가 다르고, 북미주에서 가장 사랑받는 낙엽수로 꼽힌다. 특히 이웃나라 캐나다에서는 국기의 한복판에 단풍잎 하나가 자랑스럽게 서 있을 만큼 중요한 구실을 해왔다. 북미의 동부는 물론이고 여러 곳에서 여행객을 끄는 나무다.

단풍나무는 완상뿐만 아니라 실용적인 점으로도 대접받는다. 건축과 가구에

애용되는 귀중한 재목이다. 그러고 보니 우리 집 캐비닛도 단풍나무다. 해마다 봄에 캐나다와 뉴잉글랜드의 특산품으로 식료품 가게를 장식하는 '메이플시럽'의 유일한 재료 역시 '설탕 단풍'의 즙이다.

우리 가족이 사는 집 뒷마당에는 소위 '일본단풍나무' 두 그루가 자라고 있다. 음력 보름 전후 저녁이면 동쪽 창문을 열자마자 맑은 가을 하늘 아래 나무숲에서 둥그렇게 달이 모습을 드러내기 시작하고, 바로 그 곁에 단풍나무가 서 있다. 단풍은 밤새도록 달빛을 잎속으로 영접하며 성숙해지는 걸까.

날이 새면 단풍나무가 특이한 빛깔을 과시하고 솟아난다. 가을밤 달빛에 익은 단풍나무의 불길이 탄다. 단풍에 '단' 자는 '일편단심'이라고 할 때의 '붉은 단'이다. 단풍의 '풍' 자는 '나무를 흔드는 바람'이다. 사실 단풍은 나무나 빛깔이 아니고 가을의 혼이요, 시정이며, 한 편의 시다. 어느 단풍이든 간에 단풍은 곧 시인의 노래 아닌가.


너도 타라. 여기
황홀한 불길 속에

사랑도 미움도
넘어선 정이어라

못내턴
그 청춘들이
사뤄 오르는 저 향로!


이영도의 「단풍」이라는 시조다. 종장 시작인 '못내턴'은 '못내 이루던'이라고 보면 좋을 것 같다. 지금 이 시인에게 단풍은 타는 정, 타는 청춘의 불꽃이다. 뉴욕 주의 시인 두 사람한테서 어제 온 전화와 이메일에 똑같이 단풍 찬미가 들어 있었다.

다양한 빛깔이 완전히 조화된 단풍의 멋을 인간세계로 안아 들이고 싶다. 즐겁고 기쁘거든 단풍을 보라. 쓸쓸하고 슬프거든 단풍을 보라. 단풍의 시와 함께 인생이 아름답지 않겠는가.

— 고원, 「단풍의 시」 전문

위 글은 한국에서 가을에 단풍을 만끽해 본 이민자로서 미국에서 단풍을 보는 감회를 다채로운 이미지로 담아낸 것이다. 하나의 대상을 두고 두 나라에서의 서로 다른 체험을 자연스레 통합하는 유연함이 발휘되고 있다. 단풍에 대한 지식이 주제에 잘 녹아들어 이런 유의 수필이 자칫 정보 나열로 글의 품격을 떨어뜨리곤 하는 맹점에서 멀리 벗어난 것도 좋다. 모국의 것과 현지의 것이 융합되고 지적인 정보와 정서적인 반응이 혼합되면서 "다양한 빛깔이 완전히 조화된 단풍의 멋"을 찬양하는 주제와 잘 어우러졌다.

고원은 1925년생으로 1952년 피란지 부산에서 이민영, 장호와 더불어 3인 시집 『시간표 없는 정거장』을 내면서부터 시인 활동을 시작해 도미 전까지 이미 5권의 시집을 낸 시인이었다. 1964년 미국 생활을 시작해 워싱턴의 조지타운 대학을 비롯 여러 대학에서 교수로 활동했고 영시 번역집과 한국시의 영어 번역집을 여러 권 출간하기도 했다. 퇴임 후에는 로스앤젤레스 지역에 살면서 작품집과 이론서 등을 내는 한편 한인문학교육에도 헌신했다. 특히 1986년 설립한 '글마루문학원'은 미주 한인문학의 수준을 크게 격상시키는 데 기여했다. 그런 점에서 고원은 스스로의 작품으로도 그렇고 조직적인 활동을 통해서도 모국 문학을 미주 한인들 세계로 옮겨간 대표적인 '배달 작가'라 할 수 있다.

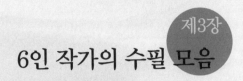

# 6인 작가의 수필 모음

# 성민희

**내가 가꾼 정원** #오늘은 미세스 곽스의 제자들이 모여 제각기 갈고 닦은 춤 실력을 뽐내는 날이다. 허수아비 둘이 서로 붙어서 삐거덕거리는 것 같은 바싹 마른 백인부부⋯⋯. #2012년 『재미수필』 제14집에 실었고 수필집 『사람이 고향이다』에 수록했다.

**그대 있음에** #사랑이라는 이름으로 때로는 환희하고 때로는 분개할 수 있는 우리들의 조국이 있음은 얼마나 고마운 일인가. 한국에 가면 교도소행이라는 것을 알면서도⋯⋯. #2017년 '대구일보' 3월 23일 자에 게재되었다.

**성민희** 『수필시대』(2006년), 『현대수필』(2012년) 신인상으로 등단. 수필집 『사람이 고향이다』가 있다.

# 내가 가꾼 정원

그들의 춤추는 모습을 처음 보았을 때는 킥 웃었다. 부부싸움을 하는 중인가? 허리를 굽히고 엉덩이를 뒤로 쭉 뺀 여자와 머리를 숙인 채 두 팔을 뻗어 간당간당 그녀를 끌어안고 있는 남자의 모습이 옆에서 보면 영락없는 소문자 h다. 앙탈 부리는 아내를 억지로 붙잡아 달래느라 저 남자는 얼마나 힘이 들까 싶다. 70은 족히 넘어 보이는 노년의 나이에도 남편 속을 긁느라 저러는 걸 보면 한국이나 미국이나 사람 사는 모양은 똑같구나 싶어 슬며시 웃음이 나온다.

오늘은 미세스 팍스의 제자들이 모여 제각기 갈고 닦은 춤 실력을 뽐내는 날이다. 허수아비 둘이 서로 붙어서 삐거덕거리는 것 같은 바싹 마른 백인부부. 이멜다 여사를 연상시키는 세련된 여자와 코가 동그랗고 작달막한 필리핀 남자. 수박 두 개를 매달아 놓은 듯 볼록 솟은 엉덩이로 경쾌하게 리듬을 타는 히스패닉 여인과 구레나룻 수염을 잘 다듬은 남자. 큰 홀을 종횡으로 미끄러지는 사람들을 구경하는 것만으로도 즐겁다.

신나는 폴카곡이 끝나고 돌아다보니 여태도 h자 부부는 엉거주춤한 자세 그대로다. '아직도 맘이 안 풀렸나? 여자 고집이 참 세기도 하네.' 곁눈으로 슬쩍 흥을 보니 싸운 사람의 모습이 아니다. 남편이 손을 아래로 뻗쳐서 돌리면 굽은 허리에 고개를 위로 젖혀 겨우 손가락 끝을 잡고 원을 그리는 그녀는 허리가 90도로 굽은 꼬부랑 할머니다. 백인 꼬부랑 할머니는 본 적은 없는데……. 혹시 사고나 병으로 등이 굽었을까, 하는 생각이 들자 갑자기 그들의 모습이 한 폭의 아름다운 풍경화로 변한다. 멋진 춤 솜씨로 홀을 누비는 구레나룻 남자보다, 탄탄한 어깨로 아내를 리드하는 젊은 남자보다 아내를 조심스레 감싸안으며 춤을 추어 주고 있는(추어 주고 있다는 표현이 정말 맞다) 하얀 머리의 이 할아버지가 더 멋있다.

외국 사람과 함께 어울리다 보면 가끔 가슴 찡한 부부애를 만날 때가 있다. 사랑하지 않는 사람과는 절대로 살 수 없어 이혼을 해야 하는 문화를 이해하지 않을 수가 없다. 그들은 모든 모임이 부부동반이고 철저히 부부 중심으로 움직이는 문화이기 때문이다. 무늬만 부부, 쇼윈도 부부라는 단어는 있을 수가 없다. 생활 자체가 사랑의 표현이다. 아니, 정말 사랑하며 살고 있다.

몇 년 전, 남편 회사 파티에 참석했다. 연회장에서 칵테일을 들고 동료와 어울려 밝게 웃는 여자의 허연 등판이 유난히 크게 보였다. 커다랗게 입을 벌리고 있는 지퍼 사이로 까만 브래지어 끈이 가로로 선을 긋고 있으니 보기에 민망했다. "당신 등 뒤에ㅡㅡ." 조그만 목소리로 말을 꺼내는데 "하하하, 지퍼가 고장 났어요." 오히려 그녀의 남편이 더 큰 소리로 대답했다. 섹시하지 않으냐며 개구쟁이처럼 톡톡 아내의 등을 두드리기까지 했다. 내 남편 같으면 기겁을 하며 벗으라고 난리가 났을 터인데도 오히려 그는 재미있어 했다. 아내의 즐거움에 비하면 창피한 것쯤이야 아무것도 아니었다. 마주 보고 웃는 그들의 사랑이 은근히 부럽기도 하고 예쁘기도 했다.

그날은 특별히 40년을 근무한 미스터 맥클린의 은퇴식을 겸한 자리였다. 대형 화면에는 그의 젊은 시절 모습이 싱그럽고 무대 위에는 칼라를 반짝이로 장식한 검은 양복의 가수가 프랭크 시나트라의 '마이웨이'를 중후하게 불렀다. '이제 끝이 다가오는군. 마지막 커튼도 내 앞에 있어.' 미스터 맥클린이 그의 아내 손을 꼭 잡고 천천히 무대에 올라왔다. 둥그런 배를 감싸고 있는 턱시도의 넓은 허리띠가 불빛 아래 반들거렸다. 그가 살아온 세월이 줄줄 불빛을 타고 흘러나오는 것 같았다. '나는 충만한 삶을 살았어. 모든 고속도로를 다 달리면서.' 회장은 감사패를 증정하고 악수와 포옹을 하고. 회장 부인은 그의 목에 양팔을 걸치고 볼에 다정한 키스를 해주었다. 이어 몸을 돌린 그가 곁에 선 아내를 끌어안으며 뜨겁게 입을 맞추자 박수를 치던 사람들이 일제히 자리에서 일어나 환호했다. 손바닥이 깨어지는 듯한 힘찬 박수에 넓은 연회장이 열기로 꽉 찼다. '사랑했고 웃었고 울었지. 가질 만큼 가져도 봤고 잃을 만큼 잃어도 봤어. 이제 눈물이 가신 뒤에 보니 모두 즐거운 추억일 뿐이야.' 머리가 허연 남자가 아기를 안고 활짝 웃는 젊은 날의 자기 모습을 배경으로 서서 손수건으로 눈물을 닦았다. 관중석에서도 손바닥으로 뺨을 훔치는 사람이 보였다. 남편과 나도 어느 날 저들처럼 마이웨이를 돌아보며 포옹할 날이 있겠지. 나는 줄줄줄 흘러내리는 눈물을 그대로 두었다. 아내와 함께 변함없는 사랑으로 가꾸어 온 미스터 맥클린의 일생은 그야말로 축복이었다. 온 홀 안이 행복의 기운으로 가득 찬 참으로 아름다운 밤이었다.

미국 최초의 여성 연방 대법관 샌드라데이 오코너는 스탠포드 법대에서 동갑내기로 만난 남편과 법조인 부부로 평생을 잘 살아왔다. 그런데 불행히도 남편이 칠순을 넘기자 치매에 걸렸다. 오코너 판사는 양로병원으로 남편을 보낼 때는 참으로 마음이 아팠지만 거기에서 만난 다른 할머니와 사랑에 빠져 행복해하는 모습을 보면서 자신도 행복하다고 했다. '바람난 남편? 괜찮아!'라는 제목의 신문기사를 읽으면서 마음이 따뜻했다. 사랑을 위해 끊임없이 수고하고 희생하고 이해해 주는. 그런 수고와 희생과 이해가 세월 속에 스민 부부 사랑은 얼마나 무겁고 깊고 한편 향기로운 것인가 싶었다.

38년 전 결혼의 의미도 잘 모른 채 한 남자의 아내가 되었다. 푸석푸석 먼지 이는 작은 텃밭을 둘이서 함께 들여다보며 물도 자작하게 뿌리고 햇살도 받아 부으며 도란도란 시작했는데 어느새 꽃도 피고 열매도 맺는 커다란 과수원이 되었다. 때론 비바람에 마음 졸이기도 했고 화사하게 피어나는 꽃망울에 환호하기도 한 시간. 돌아보면 한 편의 영화를 본 듯 한 권의 그림책을 넘긴 듯 아련하다. 그렇게 우리의 삶은 환하게 이 세상에 펼쳐졌다가 다시 접혀져서 기억 속으로 사라지는 것인가 보다. 그 긴 여정 동안 성실하게 함께 한 남편이 새삼 고맙다.

그저 곁에 있어 주는 것만으로도 축복이라 여기고 굽어진 허리로 춤을 즐기는 노부부. 세월 속에 녹아 있을 그들만의 추억을 들여다보고 싶다. 지나온 어느 시절 빨간 드레스에 턱시도를 입고 오늘처럼 저렇게 춤을 추었겠지. 이제 나의 정원에도 노을이 질 것이고 돌아다보면 희미해진 기억이 얼핏설핏 얼굴을 내밀 것이다. 그날에는 아픈 기억은 바람처럼 날아가고 아늑한 순간만 화려한 꽃들로 다복다복 피어나 있으면 좋겠다. 숨어 있는 아픔을 톡톡 건드리는 가지들은 모두 잘려 나가고, 고맙고 측은한 나무들만 정원에 가득하면 좋겠다. 가지치기가 잘된 마음의 정원에서 꼬부랑 할머니가 되어서도 손끝을 마주잡고 빙글빙글 예쁜 춤을 추는 그런 노년을 살면 좋겠다.

# 그대 있음에

예순세 살의 남성이 한국으로 추방되었다. 범죄인 인도 절차에 따른 조처였다. 부산 기장군에서 건축 골재 운송업을 했다는 그는 거래업체 사장들에게 돈을 갚지 못해 관광 비자로 미국까지 도피해 왔다. 그는 전문 브로커를 통해 위조 신분증을 만들고 그것을 유지하기 위해 매달 400불씩을 상납했지만 결국 공문서 위조 혐의로 구속되었다. 이어 한국 경찰이 미 교도소에서 복역 중인 남자를 포착하고 범죄인 인도 요청을 했다. 인천공항에서 수갑을 찬 그는 오히려 무거운 짐을 벗는 기분이었다. 타국에서의 13년은 너무 추웠다며 돌아갈 모국, 조국이 있다는 것이 감사하다고 했다.

칠십대 중반인 한인 남성은 영주권자임에도 불구하고 자진해서 한국으로의 추방을 요청했다. 소규모 회사를 운영하며 윤택하게 살던 그는 이웃 남성과 쓰레기통 배치 문제로 싸우다가 화를 주체하지 못하고 상대방의 손가락을 문 혐의로 구속되었다. 남자는 경찰의 조회 결과 음주 운전, 가정폭력 등의 전과가 드러나 징역형을 선고 받았다. 노년의 몸으로 타인종 범죄자들과 함께 복역할 자신이 없어서 스스로 영주권을 반납하고 귀국을 결정한 것이다. 비록 미국에서의 편안한 삶은 모두 접었지만 어려움을 피해 돌아갈 조국이 있음에 그는 안도했다.

오리건대학 폴 슬로빅(Paul Slovic) 심리학 박사는 '감정 휴리스틱(affect heuristic)'에 대해서 정의했다. 사람의 기분이나 감정은 세상에 대한 믿음을 결정하게 하는 중요한 매체라는 이론을 펼치며 '엄마'를 그 실례로 들었다. '엄마'라는 말은 따뜻함과 보살핌의 느낌을 주는, 헤아리기 어려운 원초적인 의미를 머금고 있다고 했다. 폴 슬로빅의 이런 설명은 사실 '모국(Motherland)'이라는 말의 어원만 알면 충분히 이해된다. '엄마'라는 단어가 주는 그리움, 포근함, 용서 등의 의미를 '땅'에 붙여서 만든 합성어가 바로 모국 'Motherland'이다. 모국은 엄마라는 단어만큼이나 애절하며 감성을 촉촉이 적셔주는 절대 불변의 땅인 것이다. 탯줄처럼 우리와 연결되어 있는 조국. 그 끈은 대대손손 이어지며 죽을 때까지 닳지도 녹슬지도 않은 채 우리 안에서 살고 있다. 독립운동가 최재형 선생은 '조국 없이는 우리가 있을 수 없고 조국이 멸망하고 형체가 없어지면 우리는 정처 없이 떠도는 부평(浮萍)이다'라고 했다.

내 딸은 본국으로 추방되려는 인도네시아 여성의 미국 망명을 주선해서 성사시킨 적이 있다. 비영리 법률기관 '퍼블릭 카운슬(Public Council)'로부터 스물다섯 살의 인도네시아 여성이 이민국에 억류되어 있다는 소식을 전해 듣고 자진해서 변호를 맡은 것이었다. 이 여성은 인도네시아에서 가정폭력은 물론 성매매를 강요당하고 이슬람교도라는 이유로 종교 탄압까지 받았다. 그녀는 아무도 몰래 로스앤젤레스까지 피신해 왔다. 하지만 비자를 비롯한 모든 입국서류가 위조임이 드러나 공항에서 체포됐다. 본국으로 돌아가면 죽임을 당할 것이 분명하다는 딸의 변론으로 그녀는 법적인 체류 신분을 획득하게 되었다. 영주권을 신청한 것은 물론 인도네시아에 두고 온 세 살짜리 아들도 데려왔다. 그녀에게 있어서의 조국은 상처와 아픔이었다.

이웃의 베트남 여자는 내가 한국에 간다고 할 때마다 부러워한다. 내가 나서 자란 땅이 엄연히 실재하고 언제든지 그곳으로 돌아갈 수 있다는 것은 축복이라고 했다. 그녀의 조국은 그저 가슴에 엉겨 있는 그리움일 뿐이다.

벌써 8년 전의 일이다. 대학을 졸업한 아들이 동남아 일주 여행을 한다며 자기 키의 반이나 되는 커다란 배낭을 메고 유스 호스텔을 전전했다. 세계 각국의 젊은이들이 하룻밤을 보내며 의기투합 친구도 만들어 함께 길을 나서기도 하는 그곳에서 아들은 충격을 받았다. 서로를 소개하던 중 미국에서 태어나 교육을 받은 자신은 미국인이라고 아무리 강조를 해도 그들은 수용해 주지 않았다. 사람들의 마지막 질문은 "너의 조국은 어디니? What is your Motherland?"였다. 미국이 자기 나라인 줄로만 알고 자랐던 아들은 귀국 후 자신의 정체성에 대해 고민했다. 다행히 시간이 흐르며 부모의 나라 대한민국도 자기 나라라는 결론을 내렸다. 오바마의 대통령 당선도 확신에 도움을 주었다. 이제는 야구나 골프대회에서 활약하는 한국 선수들에게 열광한다. 미국에서 35년을 넘게 살아온 나도 가끔은 어디에서 왔느냐는 질문을 받는다. 오렌지카운티라고 하면 고개를 저으며 다시 묻는다. 아무리 미국 시민이라고 설명해도 그건 아무 의미가 없다. 나의 조국이 어디인지 참으로 궁금한 모양이다. 그럴 때마다 나는 세계의 대도시마다 우뚝 솟아 있는 삼성과 LG 간판,

거리를 누비는 현대 자동차, 초음속 전투기 T-50을 수출하고 고급 백화점의 진열장을 Made in Korea로 채우는 멋진 나라, 자유와 평화와 인권이 함께하는 나라가 나의 조국이라는 것을 자랑스럽게 말한다. "I am a Korean."

사랑이라는 이름으로 때로는 환희하고 때로는 분개할 수 있는 우리들의 조국이 있음은 얼마나 고마운 일인가. 한국에 가면 교도소행이라는 것을 알면서도 감사하다는 남자와 미국에서의 윤택한 생활을 모두 포기해도 괜찮다고 하는 남자. 그들은 폴 슬로빅의 말처럼 조국이 주는 원초적인 의미에 믿음을 얹고 귀국한다. 상처도 아니고 그리움도 아닌 자랑스러운 조국에서 다시 펼칠 두 남자의 삶이 엄마 품에 안긴 아기처럼 안락하고 포근하기를 마음으로 축복한다.

**성민희** 이주 후 남편의 성을 따라가는 관습으로 영어 이름 Jane에 류 씨인 남편의 성을 붙여서 Jane Lyu로 불리고 있다. 1954년 부산에서 출생해 대학 졸업 후 초등학교 교사 생활을 할 때까지 부산에서 살았다. 결혼 후 남편의 유학 계획으로 1981년 미국으로 이주했다. 부모님이 먼저 이민 와서 자리를 잡고 계셨기에 자연스럽게 이민자가 되었다. LA를 시작으로 오렌지카운티로 옮겨 살면서 평범한 주부로 살았다. 자녀를 잘 키우겠다는 욕심에 아들의 고등학교 학부모회에 참여했다가 덜컥 회장직을 맡게 되었고 그 연고로 '미주한국일보'에서 교육칼럼을 쓰게 되었다. 신문사 담당 국장님의 소개로 당시 재미수필문학가협회 회장님이 연락을 주셨고 그분의 권유로 수필협회에 가입했다. 이후 고국의 『수필시대』(2006년), 『현대수필』(2012년) 신인상을 받으며 수필가로 활동하기 시작했다. 2016년 첫 수필집 『사람이 고향이다』(문학의 숲)를 냈다.

### 00. 수필 두 편에 대해

「내가 가꾼 정원」: 남편의 회사 파티에 참석하는 일이 가끔 있어서 사교댄스를 필수로 배워야 했다. 커뮤니티 센터에서 지역주민을 위해 개최하는 댄스교실에 참여하던 중 노부부의 춤추는 모습을 보게 되었다. 그들의 춤을 보고 있노라니 오랜 세월 함께 삶을 나누며 엮어 온 잔잔한 사랑이 느껴졌다. 사랑이라는 말이 안고 있는 모든 의미—배려, 헌신, 희생, 인내, 이해, 용서…… 끝없이 피어나오는 단어를 안고 평생 오손도손 살아가는 부부, 폭 곰삭은 김치에서 나는 온갖 냄새가 다 배여 있는 것 같은 부부 사랑이 참 아름답다는 생각이 들었다. 그것을 쓰고 싶었다. 2012년 『재미수필』 제14집에 실었고 수필집 『사람이 고향이다』에 수록했다.

「그대 있음에」: 어느 날 신문에서 두 사람의 기사를 읽게 되었다. 죄를 지은 두 남자가 모두 미국의 교도소에 보내어지는 대신 한국으로 추방된다는 기사였다. 한 남자는 강제 추방, 한 남자는 자진 출국이었다. 그러나 그들은 인생이 가장 어려운 나락으로 추락되었을 때 돌아가 몸을 의탁할 조국이 있었다. 새삼 조국의 존재를 돌아보며 그것이 얼마나 우리의 영혼이 안식할 수 있는, 실재하는 장소인가 하는 생각이 들었다. 2017년 '대구일보' 3월 23일 자에 게재되었다.

「내가 만든 정원」을 발표한 일 년 뒤부터 이 수필에 등장한 노부부가 보이지 않았다. 아내든 남편이든 누군가가 먼저 세상을 떠났다고는 생각하고 싶지 않았다. 자꾸 쓸쓸해지려는 마음을 너무 연로하여 자식이 사는 동네로 이사를 했을 거라는 생각으로 달랬다. 「그대 있음에」의 두 남자는 한국으로 추방되었다는 신문기사를 읽었다. 그리고 망명을 도와 준 인도네시아 여자는 10년이 지나간 지금도 일 년에 한두 번은 딸에게 연락을 준다. 대학을 졸업하고 공무원이 되었고 재혼도 해서 행복하게 산다고 했다.


## 00. 수필 쓰는 삶

나의 글쓰기는 중학교 때부터 시작되었다. 문예반과 학보사에서 활동하며 교지 편집과 신문 발간 등의 일을 맡아서 대학 졸업할 때까지 계속했다. 재학 중은 물론 졸업 후 교사직을 수행하면서 발표한 글이 가끔 나를 시상대에 오르게도 해주었다. 시, 꽁트, 단편소설 등 이곳저곳 기웃거렸지만 내 삶을 부려 놓는 그릇으로는 수필이 가장 편안했다. 미국에 와서 살면서 다시 수필과 가까워졌고 이후 수필로 장르가 정해졌다.

수필을 처음 쓸 때에는 내 주위의 사건과 사람에 관해서 썼다. 굳이 주제를 표현하려고 애쓰지 않았다. 그냥 이야기하듯이 담담히 체험과 생각을 서술하다 보면 독자가 나름대로 메시지를 찾아내고 특별한 느낌과 공감을 가질 거라고 생각했다. 그러나 수필가가 되어 글을 발표하면서 '사회'와 '사람의 생각'에 파격을 주는 글을 써야 하지 않을까 하는 부담을 갖게 된다. 당면한 사회 이슈에 대하여는 나름대로 의견을 개진하여 독자로 하여금 깨달음을 줄 수도 있고, 인간이 풀어 나가는 삶이 얼마나 아름답고 한편 다양한지 깊이 있는 성찰도 있어야겠다는 부담이 생긴다. 시대의 흐름과 의식의 변화가 글에 반영되어 훗날 내 글이 이 시대 역사의 한 부분을 조명하는데 보탬이 될 수 있기를 바란다.

## 00. 미국에서 수필을 쓴다는 것은

수필이란 내가 만나는 평범한 일상과 사람과 사물을 나만의 시선으로 조명하고 거기에 사색과 사유를 얹어 기술하는 것이다. 나의 표현인 동시에 현실과의 소통이고 개인 역사의 기록이다. 그러한 수필을 미주의 수필가는 이민사회라는 특별한 환경 속에서 쓴다. 이민의 삶이 뼛속에 각인되고 핏속에 녹아 있는, 본국의 문인은 절대로 상상할 수 없는 무궁무진한 글쓰기 자원을 가진 사람이다. 다양한 경험 즉 자영업을 하면서, 회사를 경영하면서, 미국 직장 혹은 한국 직장에서 만나는 사건은 비록 소소한 이야기일지라도 미주 이민 삶의 풍속도가 될 뿐 아니라 미주 한인의 의식세계를 보여주는 소중한 사료가 될 것이다. 본국에서는 흥미로운 이야기인 동시에 미국 사회를 엿보는 간접 경험의 기회도 될 수 있다.

몸으로 체험한 이민 정서와 영혼 속에 흐르고 있는 한국 정서를 아울러서 수필로 옮길 수 있는 이민 1세 작가는 앞으로 교포사회를 그리는 정직한 거울이자 사관(史官)이 될 것이다. 그리하여 한국문학의 또 다른 영역을 멀리 이국땅에서 가꾸며 넓히는 역할을 감히 감당할 수 있으리라 생각한다.


## 00. 나만의 수필창작법

나의 글쓰기 소재는 거의 평범한 일상 가운데서 건져진다. 살다 보면 흰 광목에 물감 쏟아지듯 초록색, 회색, 혹은 보라색 물감이 마음 바닥에 철퍽 쏟아지는 느낌을 만날 때가 있다. 그것이 촉촉하게 마음을 적셔 쉽게 사라지지 않거나, 혹은 시간이 지날수록 더욱 선명해지면 글을 쓰고 싶은 충동이 생긴다. 그러면 간단한 메모를 한다. 운전 중이거나 메모를 할 처지가 못 되면 녹음을 해두기도 한다. 주제는 그때 이미 정해진다.

소재와 주제가 정해지면 명료한 주제 전달을 위해 소재의 의미화 작업에 들어간다. 내가 가진 사유의 폭과 깊이에 따라 글의 격이 달라진다는 생각 때문에 나는 항상 여기에서 주눅이 든다. 이 과정이 충분히 확장되고 숙성되지 않으면 내 글은 신변잡기 수준을 벗어나지 못하기 때문이다.

소재의 의미화로 나름대로의 채도와 명도를 가진 밑그림이 그려지면 컴퓨터 앞에 앉는다. 머릿속에 그려진 그림이란 것은 휘발성이 있어서 시간이 지나가면 서서히 날아가 버리기 때문에 되도록 빨리 글쓰기를 시작한다. 바쁘다는 핑계로 미루다가 놓친 아까운 그림도 많다.

컴퓨터 앞에 앉으면 소재의 색깔에 따라 수미상관식으로 갈까 아니면 시간 순서대로 나열할까? 어떤 식의 구성을 해야 효과적일까를 결정한다. 그리고 글의 시작은 되도록 짧은 문장을 쓴다. 쉽게 독자의 마음을 붙잡을 수 있는 특이한 내용이나 의문을 갖게 하는 문장을 만들려고 애쓴다. 그런 다음 차근차근 이야기를 풀어 나간다.

문장은 튀지 않는 어투와 쉬운 단어로도 충분히 밀도 있는 의미를 전달하기 위해 고민한다. 여기에서 나는 또 한 번 더듬거리며 나아가지 못할 때가 많다. 나의 어휘력 부족은 항상 못마땅하다. 어떤 수필가는 사전을 펴놓고 통째로 외울 작정으로 공부한다는 말도 들었는데, 그런 노력도 하지 않으면서 플로베르의 일문일어설(一物一語說)에 항상 괴롭힘을 당한다. 한자말이나 외래어는 순수 한국말이 없을 때만 사용한다.

프랑스의 시인 프란시스 퐁주는 '물컵'을 쓰기 위해 6개월 동안 다른 일은 전혀 하지 않은 채 물이 담긴 컵만 바라보았다고 했다. 그는 물을 컵에서 따러냈다가 다시 붓기도 하고 담긴 물맛을 음미해 보기도 했다. 이처럼 자신이 사물의 내부로 들어감으로써 그것이 스스로 표현하기를 기다리면 그 사물은 침묵을 깨고 말을 걸어온다고 한다. 문학적 상상력이다. 나는 그것을 최대한으로 살려 내 글의 맛을 더하고자 한다. 상상력과 기억의 편린들, 내가 가진 모든 것을 동원해도 글이 잘 풀리지 않을 때는 인문학 계통의 책을 읽으며 브레인스토밍(brainstorming)을 한다.

작품이 완성되면 퇴고에 많은 정성을 쏟는다. 반복되는 문장이나 단어, 조사가 있나 찾아내고, 쓸데없는 수식어 형용사나 부사를 걸러내고, 만연체 문장은 될수록 짧은 문장 둘이나 셋으로 쪼갠다. 사용한 단어도 더 적합한 단어가 없을까 고심한다. 격조 있는 단어 하나가 문장 전체의 품위를 높여 주기 때문이다. 어색하여 이리저리 분칠을 해도 태가 나지 않는 문장은 문맥에 지장을 주지 않는 한 과감하게 버린다. 이렇게 하여 완벽하게 다듬었다 싶은 글도 하루를 묵힌 뒤 다시 읽어 보면 고칠 곳이 반드시 나온다.

제목은 퇴고까지 하고 나서 정한다. 글을 시작하기 전에 떠오르는 경우도 있지만 대부분은 글 가운데서 찾아내거나 글 속에 있는 어떤 문장과 비슷한 문장을 만든다.

가끔 마음이 멈추는 수필을 읽을 때가 있다. 해박한 지식을 겸손하고 세련된 문장으로 전달해 풍성한 과수원을 거니는 듯한 느낌을 주는 글, 놀라운 상상력의 섬세한 묘사로 온몸의 감각을 집중시키는 글, 내면 깊은 데서 우러나온 지독한 고독을 은근하게 전염시키는 글, 순결한 인격과 맑은 품격이 느껴져 마음이 숙연해지는 글, 그런 글을 만날 때다. 아픔이나 슬픔을 푹 삭여 드디어는 그런 감정을 멀리서 바라보며 담담히 쓴 글을 읽을 때는 나도 이런 글을 쓰고 싶은데…… 중얼거리며 눈물을 닦기도 한다.

제목부터 시작하여 퇴고를 하기까지, 내 글이 반쯤 읽다가 던져지는 글이 되지 않기를 바라는 마음 간절하지만 아직도 나는 갈 길이 멀다.


## 00. 한국 수필에 바란다

한국의 격월간, 혹은 계간 수필집을 정기구독하며 수필 비평이나 이론에 도움을 받는다. 잘 정립된 수필이론을 공부할 수 있는 잡지가 많이 발간되면 좋겠다.

재미수필문학가협회의 회장직을 수행하며 가장 안타까운 것은 회원들의 발표 지면이 한정되어 있다는 점이었다. 동인지나 협회작품집, 그리고 로컬 신문이 고작이라 우리끼리 돌려 읽는 정도였다. 때로 여러 경로를 통해 본국에서 오는 원고 청탁을 회원들에게 분배하여 발표 기회를 마련해 주기도 했지만 언제나 부족하다는 느낌이었다. 한국에서 발간되는 문예지 발행인이나 편집자는 미주수필가에게도 관심을 가지고 지면을 할애하여 발표할 기회를 많이 주면 좋겠다.

## 이현숙

**그 다리를 건넌다** #동서남북이 구분되지 않는다. LA 다운타운은 밤 안개를 두르고 깊이 잠들어……. #2015년『재미수필』제16집에 게재했다.

**남편의 토네이도** #남편은 남미계 피가 섞인 미국인이다. 그가 소주 의 맛을 알게 된 것은 ……. #제2수필집『숲에 무지개가 내리다』에 수록한 수필이다.

**이현숙** 미주 크리스찬문인협회에서 주관하는 신인문학상에 수필 당선. 1999년『수필 문학』추천 완료. 수필집『사랑으로 채우는 항아리』『숲에 무지개가 내리다』등이 있다.

# 그 다리를 건넌다

1984년 1월의 22일, 미국에 도착했다. 밤 10시가 넘은 LA공항은 대낮처럼 밝다. 아는 사람이라고는 동아리 활동을 하면서 만난 선배, 달랑 하나. 이미 이곳에 와서 사는 그를 믿고 단행한 이민이다. 유리문이 열리자 훅, 하고 낯선 냄새가 얼굴을 스치며 줄달음친다. 사람들에 밀려 출구를 나오는데 휘청거려 잠시 가방에 몸을 의지했다.

귀에서는 여전히 '붕' 하는 소리만 들리고 땅을 딛고 있다는 것이 느껴지지 않는다. 선배와 그의 친구가 공항으로 마중을 나왔다. 간단히 인사를 나눈 뒤, 대화는 이어지지 못한 채 차 안의 셋은 말이 없다.

동서남북이 구분되지 않는다. LA 다운타운은 밤안개를 두르고 깊이 잠들어 있다. 그 사이를 달리며 자동차의 두 갈래 불빛이 앞을 연다. 간판에 적힌 낯선 글자들은 피곤한지 반쯤 눈을 감은 채 지나는 우리 차를 힐끔거린다. 길쭉한 상자들이 건물의 벽에 반쯤 기댄 채 여기저기에 누워 있다. 깊은 골목길 안쪽에는 웅성거리는 소리와 함께 검은 움직임들이 어둠을 술렁거리게 한다.

자동차의 불빛이 50m 앞의 다리에 머문다. 양쪽으로 팔각의 기둥이

곧게 올라가며 점점 좁아지더니 위에는 꽃봉오리 유리관이 올라앉았다. 그 안에서 흐릿한 빛이 새어 나온다. 기둥의 허리춤부터는 다이아몬드 모양의 구멍을 낸 난간이 옆으로 이어지며 다리의 모양새를 편안하게 받쳐 준다.

차가 안개를 누르며 다리 위로 올라선다. 다운타운을 지나며 건물을 따라 우중충했던 기분이 날렵한 다리를 만나자 좀 나아진다. 멋지네요. 어색한 공기를 흔들며 내가 말했다. 이 다리가요? 운전하는 선배의 친구가 되묻는다. 고풍스러운 분위기가 풍겨요. 앞좌석의 두 남자는 서로 마주 보며 고개를 살래살래 흔든다. LA 다운타운과 4가 길을 연결해 주는 '4가 다리(4th Street)'라고 한다. 낮에 보면 실망할 거라고 그들은 입을 모은다.

이 다리를 건너면 집에 다 온 것이라는 선배의 말에 정신이 번쩍 들었다. 미국에 오긴 왔구나. 곧 가족들과 첫 대면을 할 것이다. 등을 타고 한 줄기 땀이 흘러내린다. 두꺼운 모직 겨울 코트가 무겁다. 목 주위에 붙은 인조털이 거북스럽고 불편하다. 명동의 신세계백화점에서 거금을 주고 산 것인데 이제 바꿀 수도 없다. 후회해도 소용없다.

미국은 어릴 적부터 나에게 꿈과 동경의 나라다. 입국비자를 기다리며 한 달에 한 번꼴로 통화할 때면 선배는 내가 원하는 데로 학교에 갈 수 있다고 했다. 자동차가 발인 이곳에서는 운전면허증을 취득해야 한단다. 곧 자가운전자 대열에 끼일 것이다. 빨리 이곳 생활에 적응해서 미국 사람이 되어야 해. 이곳에 든든하게 뿌리를 내려야지. 그래, 잘 살 수 있어. 내가 운전대를 잡고 달리는 모습을 그려 본다.

4가 다리는 안개를 휘휘 감은 채 양팔을 벌려 포근하게 나를 품어 준다. 걱정하지 마. 모든 게 다 잘 될 거야. 지푸라기라도 잡고 싶은 절박한 심정이 다리에 매달린다. 중간쯤에 세 개의 텐트가 어깨를 나란히 밤샘

한다. 자동차가 지나니 순간 부르르 떨더니 다시 잠에 빠져든다.

다리를 건넌다. 이제 곧 시댁에 도착할 것이다. 손바닥 가득 땀이 고인다. 속에서 더운 기운이 울컥울컥 올라온다. 막내둥이 응석을 받아 줄 사람이 이곳에는 없다. 몸을 슬쩍 비틀어 코트를 벗는다. 어깨가 한결 가벼워졌다. 숨을 깊게 들이마신다.

시차에 적응하느라 몸살을 심하게 앓았다. 아니 서울에서부터 꼬리를 이어 달려온 것들을 잘라내려는 아픔이었는지도 모른다. 한 달쯤 뒤, 한인타운에 있는 마켓으로 장을 보러 가는 가족들을 따라나섰다. 오랜만의 외출이다. 그 길에서 4가 다리를 다시 만나게 되었다. 그날 느낀 만큼 길지도 또 높지도 않았다. 인위적으로 만들어져 바닥과 강둑이 모두 콘크리트로 덮힌 LA River. 밸리 지역 공장과 가정의 오·폐수를 정수한 물이 졸졸 흐른다고 한다. 주변은 공장과 철길들이다. 난간은 낙서로 지저분하다. East LA 갱들이 자신들의 지역이라고 알리는 표시란다. 다리 중간에 누덕누덕 헌 옷을 겹겹이 쌓아 만든 텐트가 햇볕 아래 무심하게 널브러져 있다. 걸인들이 하룻밤을 지내기 위해 만든 것들이다. 무언가가 등 뒤에서 와르르 무너지는 소리가 들렸다.

다리의 실체를 보고 난 뒤, 이민생활이 녹록치 않다는 것을 깨닫는 데 그리 많은 시간이 걸리지 않았다. 영어도 제대로 못 하면서 미국 대학의 캠퍼스를 거닐 꿈을 꾼 내가 바보지. 시댁에서 운영하는 마켓에서 당장 잔돈 거슬러 주는 일부터 배워야 했다. 그렇게 시작되었다.

이민생활이 30년을 넘는다. 셀 수 없이 4가 다리를 건너며 시간은 줄달음쳐 가 버렸다. 그 세월 속에서 다리는 이어 준다는 것을 배웠다. 건너려고만 했기에 겪은 시행착오 덕분이다. 내 몸 안에 한국인의 정서가 녹아 있고, 머리는 미국식 사고방식을 따르는 Korean-American으로 절충하며 산다.

4가 다리는 여전히 그곳에 있다. 난간의 낙서는 지워졌는가 하면 다시 써지고, 걸인의 텐트는 허물어도 어느새 또 세워진다. 나는 어제도 그 다리를 건넜다.

# 남편의 토네이도

남편은 소주를 좋아한다. 그만큼 소주를 마시는 과정도 한국적이면서 신성하기까지 하다. 먼저 소주병을 들면 그의 입가에는 미소가 피어오른다. 손목을 이용해 병을 좌우로 힘차게 흔들다가 멈추면 병 안에 기포가 생기고 회오리가 일어난다. 소주와 공기가 섞여 돌돌 말리며 흔들리는 모습에 그의 어깨가 으쓱, 자랑스러운 몸짓이다. 병뚜껑으로 레몬의 꼭지 부분을 돌려 구멍을 낸 후, 소주잔에 몇 방울 떨어뜨린다. 레몬 향이 소주 특유의 냄새와 맛을 희석해서인지 부드럽다. 건배를 청하고 한 잔 쭉 들이켜며 'Bottoms Up' 외친다. '캬아' 짧은 감탄사가 그의 입에서 나온다.

남편은 남미계 피가 섞인 미국인이다. 그가 소주의 맛을 알게 된 것은 오빠 때문이다. 만나면 주로 저녁 식사와 함께 소주를 마시다 보니 마니아가 됐다. 오빠가 기울이는 잔의 속도에 맞추지 못해 힘들어했는데 이제는 나름의 요령이 생겨 여유도 부린다. 남편은 소주 두 병으로 자신의 양을 정해 놓았다. 더 마시고 싶을 땐 윙크에 애교를 부리며 'Uno mas, uno mas(한 병 더 한 병 더)'를 부르짖는다. 회오리 만드는 법을 핸드폰에

저장해 둘 정도로 좋아하니 어찌 그 요청을 나 몰라라 할 수 있는가.

나는 술보다는 술자리를 좋아한다. 같이 어울리다 보니 나도 물이 조금은 들었다. 알코올 알레르기가 있어 칵테일 한 잔에 손톱 밑까지 빨갛게 변해 '토마토'란 별명을 남편이 붙여 주었다. 연애할 때도 데이트 비용이 적게 들어 좋다고 농담을 하기도 했다. 잔을 빨리 비우지 못해 얼음이 녹아 '술이 물인지, 물이 술인지' 선을 그을 수 없이 되어 버리지만, 삶이 녹아들은 듯해서 좋아한다.

술을 앞에 두면 때론 오해가 풀리고 서먹서먹했던 막이 걷히기도 한다. 알게 모르게 쌓였던 스트레스가 알코올에 용해되면서 몸과 마음이 가벼워진다. 작은 농담도 몇 배의 큰 웃음이 되어 돌아오고 안주 삼아 살짝 곁들이는 짙은 농담도 귀에 쏙쏙 들어온다. 내가 설 자리를 만들기도 하고 필요하면 숨을 곳을 제공해 준다. 턱없는 용기를 불러오는 마력에 빠질 수 있다. 살짝 나사가 풀린 듯해도 술기운 탓이라는 방패 막을 칠 수 있다. 그렇지 않아도 팍팍한 삶, 가끔은 자아를 내려놓고 약간의 옆길로 들어선들 무슨 대수리.

남편 덕에 술에 대한 안목도 높아졌다. 무더운 여름날이나 땀 흘리며 일한 후 마시는 한 모금의 시원한 맥주가 세포 속으로 쫙 스며드는 느낌. 혀를 감싸 도는 달콤하면서 쌉싸름한 칵테일의 맛. 소주잔만 한 샷 (Shot) 잔에 데킬라를 원샷(Straight)으로 입안에 털어 넣는다. 소금과 레몬을 쭉 빨면 몸서리가 쳐지며 목덜미가 불에 타는 듯 미묘한 끌림이 재미있다. 술의 종류나 가격이 아니라 누구랑 어떤 기분 상태로, 어떻게 마시느냐가 중요한 것도 남편에게서 조금씩 배워 나간다.

세상의 모든 것에는 장단점이 있기 마련이다. 가끔 마시는 한두 잔의 술은 건강에 도움이 되지만 지나치면 건강을 잃는다. 새로운 친구를 만날 기회가 되거나 상대의 진솔한 모습을 볼 수 있지만, 타인에게 피해를 주거나 돌이킬 수 없는 실수를 하기도 한다. 인간 본연의 모습을 여과 없이 보이게 되거나 과격해지고 자칫 사고로 이어지는 위험을 담고 있다.

필요한 물건이 있냐고 한국의 가족들이 물으면 남편은 'Only 소주'라 답한다. 내 입에는 별 차이가 없는데 병에 담긴 수출용보다 팩 소주가 더 맛깔스럽단다. 그러나 토네이도를 만들지 못한 아쉬움은 숨기지 못한다. 소주를 좋아하는 이유가 무엇이냐고 물은 적이 있다. 처가 식구들과 함께 하는 자리의 윤활유가 되어 주기에 좋단다. 대화는 잘 안 통해도 정을 나눌 수 있어 소주에 사랑을 채워 마신다나. 핑계가 좋다고 눈을 흘겨 준다. 소주병에서 회오리가 돌 때마다 난 남편의 포근한 마음의 회오리를 탄다는 느낌에 빠진다. 그럴 때면 콧등이 이유도 없이 시큰해진다.

첫 잔은 사람이 술을 마시고, 두 잔은 술이 술을 마시며, 석 잔은 술이 사람을 마신다지 않는가. 경주하듯 마시는 one shot보다는 몸이 받아들일 수 있는 want shot이 되어야 한다. 과하지 않으면 술빛 세상이 더욱 아름다워 보이는 법이다. 아슬아슬한 선을 넘지 말고 적정선에서 즐기는 사람이 진정 술을 좋아하는 사람이다.

남편은 핸드폰을 열어 토네이도 만드는 방법을 또 보여준다. 번번이 실패하니 손목의 스냅을 이용해 좌우로 재빠르게 흔들어야 하는 노하우도 전수해 준다. 연습하면 나도 토네이도를 멋지게 만들 수 있을까. 그것보다 인생의 시련도 소주병 속의 토네이도처럼 잔잔하게 가라앉으면 누구나 인생의 회오리바람을 견딜 수 있을 것이다.

**이현숙** 지금은 남편의 성을 따라 Hyun Sook Senteno다. 1961년 서
울에서 출생. 유아교육과를 졸업하고 유치원 교사를 하다가 1983년 동
아리의 선배와 결혼을 하고 미국 LA로 이민 왔다. 시댁에서 운영하는
마켓에서 일하며 틈틈이 LA City College에서 유아교육을 공부했다. 유
치원을 경영하며 아이들을 위한 글을 쓰는 것이 꿈이었다. 겨우 겨우
버텨 가며 학과를 마쳐 유아교사 자격증은 받았지만 대학 졸업까지 할
정도의 시간적 여유와 뒷받침이 없었다. 시집살이와 이민생활은 나만
의 세계를 꾸리는 것이 욕심이라며 수시로 어려움을 불러왔다. 하루하
루 일에 파묻혀 살아야 했다. 글을 쓴다는 걸 엄두도 못 내다가 미주 크
리스찬문인협회에서 주관하는 신인문학상에 투고한 수필이 당선되고
부터 그게 내 갈 길이라 생각하게 됐다. 1999년『수필문학』에 추천 완
료했다. 지금까지 수필집『사랑으로 채우는 항아리』(선우미디어, 2008),
『숲에 무지개가 내리다』(선우미디어, 2012) 등을 냈다.

## 00. 수필 두 편에 대해

고국을 떠나 새로운 곳에 뿌리를 내리는 일은 쉽지 않았다. 많은 시행착오를 겪으며 그 경험의 어떤 것은 아픔으로 아직 남아 있다. 그 아픔은 살아가는 데 필요한 약이었는지도 모른다. 어느새 미국에 적응해 살아가는 모습이 대견하기도 하지만 뼛속에 깃든 한국적 사고방식은 자주 나를 놀라게 한다.

「그 다리를 건넌다」는 2015년 『재미수필』 제16집에 게재했다. 이민 온 첫날, 공항에서 내려서 시댁으로 가는 동안 차 안에서 느낀 거리의 모습과 나의 심정을 그렸다. 두려움과 기대감, 낯섦과 공포, 내가 이겨낼 수 있을까 자신이 없어 스스로 최면을 걸었다. 안개 속의 다리. 미혼에서 결혼으로, 서울에서 LA로 새로운 세계를 향해가는 의미. 멋지게 보였던 다리의 실체를 시간이 흐른 뒤에 보고 실망하듯 이민생활과 결혼생활은 꿈이 아니라 현실이었다. 실망하지만 다시 희망을 품고 또 실망하고 다시 용기를 갖게 되는 과정을 다리를 오가는 것에 비유했다. 그 다리는 여전히 그 자리에 있다. TV 속에서 자동차 광고에 자주 나온다. 촬영의 눈속임 덕분에 길고 멋지게 LA의 다운타운을 배경으로 한 다리 위를 차가 달린다. 끝나지 않을 것 같이 길게 나온다. 때론 길게 느끼며, 어떨 땐 눈 깜짝할 새 건너던 다리다.

「남편의 토네이도」는 제2수필집『숲에 무지개가 내리다』에 수록한 수필이다. 재혼한 남편이 나를 만나며 친정 오빠와 가까워지기 위해 소주를 마시게 된 배경을 썼다. 약간의 알코올이 긴장을 완화하기에 언어의 이질감을 한 잔 술로 녹여 버린다. 마시는 것을 넘어 소주병으로 회오리 만드는 방법을 배우며 아내의 가족들에게 한 발짝 먼저 다가서려는 남편의 노력을 그렸다. 남편이 소주의 알싸한 맛을 즐기듯, 나도 퍽퍽한 칠면조 고기에서 담백함을 찾아냈다. 이렇게 익숙해져서 서로 어우러지며 사는 것인가 보다. 남편은 소주 마니아가 되었다. 두 번의 서울 방문길에서 Korea의 매력에 푹 빠졌다. 고궁과 고찰, 아기자기한 곳곳의 풍경들, 그리고 지하철에서 만난 사람들의 친절과 가족들의 사랑에 감동을 하였기 때문이다. 요즘도 친구나 친지에게 소주를 선물로 주며 한국에 대한 선전은 덤으로 따라간다. 홍보대사감이다.

### 00. 수필이 나를 구하다

문학을 향해 꿈꾸던 시절이 있었다. 여중 시절, 손바닥만 한 문고판 책을 사 읽고, 거실 책장에 꽂힌 세계문학전집을 읽느라 밤샘을 했다. 고등학생 때는 속독법을 배워 종로 길에 있는 서점 서너 군데 돌며 베스트셀러를 '눈도둑'하기도 했다.

고등학교 1학년 때였나 보다. 실습을 나온 교생 선생님에게 리처드 바

크의 『갈매기의 꿈』을 빌려서 읽고 조나단처럼 새로운 세계를 동경했다. 가장 높이 나는 갈매기가 가장 멀리 본다고 했다. 그곳이 막연히 미국이라고 무의식 속에 자리 잡았는지도 모른다. 1980년대 초. 3년 전에 미국에 이민을 간 동아리 선배가 서울에 다니러 와서 내게 이민 손을 덥석 잡았다, 겁도 없이. 친정붙이나 친구도 하나 없는 미국, 언어의 벽과 문화의 차이에서 허덕이면서도 열심히 도전했다. 행복이라는 꿈을 위해 노력했다. 아들 둘의 엄마가 되고 마켓을 운영하며 하루 16시간 일을 했다. 힘들고 지쳐 건조해진 틈새로 켜켜이 쌓인 불평과 불만이 부부 사이를 곪게 하는 걸 눈치 채지 못했다. 네 탓이요, 네 탓이라니까. 이런 다툼으로 결국 각자 이별의 길을 걸었다.

이민 초기 LA의 한인타운에는 한글로 된 책을 파는 서점이 딱 한 곳 있었다. 시집살이와 아이 육아, 직장 일 등으로 바빠서 책을 산다는 것은 엄두를 내지 못하며 문학과는 자연 멀어졌다. 내 이름은 잊히고 누구의 아내와 엄마로 불리며 그 생활 속에서 허덕였다.

결혼생활은 서로에게 상처를 주며 등을 돌리게 되고 높이 날고자 했던 나의 꿈도 덩달아 날개가 꺾이고 추락했다. 더는 퍼덕이기조차 힘들어 마지막 길을 준비하며 자신에게 미안한 생각이 들었다. 그 느낌을 글로 써서 한 문학단체에 제출을 했다. D-Day로 잡은 전날, 잊고 있었는데 연락이 왔다. 당선되었단다. 내 글이. 내 작품이. 그것이 신의 한 수였다. 아, 세상에 이런 일이. 난 아직 살 가치가 있구나. 정신이 번쩍 들었다. 그때부터 지금까지 나는 이렇게 글을 쓴다. 내가 살아가는 이유이기에, 홀로서기에 애쓰며 잘 사는 척, 외롭지 않은 척 오기를 부리다 지칠즈음 새로운 길을 보여주는 사람을 만났다. 스페인계 히스패닉인 그 남자는 내 영어 발음도 수정해 주고, 레스토랑에서의 매너도 알려 주며 미국인들 생활 속으로 나를 이끌었다. 많은 것을 배웠다. 그리고 그와 결혼까지 하게 되었다. 이제 노력한다. 바뀌었다. '네 탓이요'가 아니라 '내 탓이요'를 주문처럼 외운다. 이민생활 30년이 넘는다. 나는 아직도 꿈을 꾼다. 더 높은 곳을 날고 싶다. 아니, 꾸준히 날고 싶다.


### 00. 미국에서 수필을 쓴다는 것은

외국에 살며 모국어로 글 쓰는 일은 고통이자 특별한 선물이다. 문화의 차이에서 오는 색다른 소재가 주위에 널려 있어 조금만 관심을 둔다면 글감을 만날 수가 있다. 그건 선물이자 특권이다. 그러나 외국에 사니 자주 사용하지 않는 모국어를 잊어버려 어휘력의 부족으로 끙끙 앓으며 토해 내지 못하는 더부룩한 답답함을 안고 산다. 머리에 쥐가 난다. 그래서 고통스럽다. 그러나 마음속에 스며든 삶의 이야기를 풀어내어 글을 엮어 내면 고통에서 풀려나 다시 날개를 펼 용기를 얻는다. 그 마력에 끌려 벗어나지 못하고 있다. 삶을 위한 의미를 찾아 더 높은 목적을 추구하는 갈매기 조나단처럼은 아니지만, 나의 과거와 현재를 천천히 선회하며 미래를 향해 날고 싶다.

## 00. 나만의 수필창작법

　특별한 창작법은 없다. 쓰고 또 고치고 또다시 쓰고, 읽고 또 읽는 법
밖에는. 스치는 한 가닥의 느낌을 머릿속에 담고 고민을 한다. 대충의
아웃라인이 정해지면 문법이나 맞춤법을 생각지 않고 생각나는 대로
그냥 써 내려간다. 첫머리를 어떻게 풀어 나갈까 항상 고민하고 서론 본
론 결론의 비율을 적당히 나눈다. 프린트해서 목소리를 내어 읽는다. 물
흐르듯 자연스럽게 읽혀지지 않는 부분에는 문제가 숨어 있기 때문이
다. 퇴고는 끝나지 않는 숙제다. 글을 발표하고 항상 후회한다. 그래도
계속 쓴다.

# 정종진

**샌드위치 세대 쌍스프링 세대** #주먹질을 하면, 무식하고 아이를 배려하지 않는 잔인한 부모 소리를 듣고, 운 나쁘면 구속되기도……. #2011년 시카고의 '미주중앙일보'에 발표하고 수필집 『여름 겨울 없이 추운 사나이』에 수록했다.

**세월은 아픔이야** #시카고 시내에 아파트 빌딩을 샀더니 세입자들이 농사짓는 밭이 뒤뜰에 딸려 있었다. 뺑 둘러 들깨 울타리가 쳐져 있고……. #2015년 시카고의 '미주중앙일보'에 발표하고 수필집 『지구가 자전하는 소리』에 수록했다.

**정종진** '미주중앙일보' 신춘문예 당선. 해외동포 문학상 수상. 『한국산문』에 수필 당선. 재외동포 문학상, 국제 PEN Club 한국본부의 PEN 문학상 수상. 수필집 『여름 겨울 없이 추운 사나이』와 『지구가 자전하는 소리』, 3권의 소설집이 있다.

# 샌드위치 세대 쌍스프링 세대

내가 어렸을 때는 밥상의 메뉴가 계급 따라 달랐다. 우리 집의 밥상은 대체로 세 종류였다. 할머니와 아버지가 잡수시는 VIP 밥상에는 조기나 김도 가끔 올랐다. 아들들이 먹는 IP 밥상에는 VIP 밥상을 채우고 남은 여분의 특식과 함께, 조개젓, 호박 새우젓찌개가 올랐다. 여자분들이 먹는 RP(Regular Person) 밥상은 버리기 아깝고 먹어 없애야 하는 바닥 음식을 비롯하여 총각김치, 무장아찌, 된장찌개로 장식되었다.

나도 아들 흔한 집의 중간 순서로 태어났기 때문에, 부모들의 눈길이나 관심을 받지는 못했다. 그러나 엄연한 아들이라, 가끔은 할머니나 아버지 상에서 겸상하는 영광을 누릴 수 있었다. 할머니는 손자에게 맛있는 음식을 먹이고 싶어서, 좋은 음식을 내 옆으로 밀어 놓기도 하고, 집어다 내 밥그릇에 올려놓아 주며 옆구리를 꾹꾹 찌르기도 하였다.

"왜 어머니 잡수시라고 마련해 드린 반찬을 애들한테 주려고 드세요?"

아버지가 할머니에게 강력하게 항의하신다.

"맛있는 것 있으면 애들하고 같이 먹어야 좋지, 혼자 먹으면 그 영양

가가 살로 가겠니?"

할머니도 아버지에게 반박을 하지만, 내 젓가락은 자동적으로 그 음식에 접근하지 못하게 된다. 나의 눈을 현혹하고, 너무 먹고 싶은 음식이 젓가락 앞에 있다. 할머니의 권유도 있고 하니까, 어떤 때는 미친 척하고 그 음식을 두어 번 집어다 먹는다. 그러나 어머니가 어느 결에 보셨는지, 꾸중 들을 리스트에 내 이름을 올린다.

"넌 어른들 상에서 입에 맞는 음식, 날름날름 집어다 먹는 짓, 어디서 배웠니?"

먹고 어머니에게 야단을 맞느니, 안 먹고 떳떳하게 사는 것이 더 낫다. 나는 맛있다고 생각되는 음식에 젓가락을 대지 않는 것에 익숙해진다.

어른과 대화하는 태도도 규격에 맞추어 살아야 한다. 만약 아버지가 말씀을 하시면, 고개 푹 숙이고 말끝마다 '네' 하고 대답해야 한다. 긴장 풀린 어느 날, 아차 실수로 내 의견을 댔다 하면, 당장 불호령이 떨어진다.

"넌 어른들께서 말씀하시는데 톡톡 나서는 버르장머리 어디서 배웠느냐?"

아버지 의견에 반박할 수 있는 사람은 할머니와 어머니뿐이었지만, 그들도 여필종부나 삼종의 예의를 크게 벗어나진 않았다.

어른이 된 후에도 신경 바짝 쓰면서 밥상을 대하는 습관은 배어 있었나 보다. 결혼한 후에 아내는 신기한 색색의 서양음식을 만들었다. 음식이 너무 예쁘고 맛있어 보여서, 마음대로 집어다 먹으면 품위 없어 보일까 봐 나는 별안간 위축되었다. 그러나 생각해 보니, 이 집안에서는 내가 최고 웃어른이었다. 남편 먹으라고 만든 음식을 남편인 내가 왜 조심스럽게 먹을 필요가 있으랴? 그때 그 기분! 지금 생각해도 들뜨는 흥분이 한동안씩 맴돈다. 그후 나는 아내가 해주거나 집안에 생기는 모든 맛있는 음식을 마음껏 먹었다.

미국에 와서 아빠가 되니까 세상이 바뀌었다. 아이들이 자긍심도 갖고 키도 콩나물처럼 잘 자라게 만들려면, 맛있는 것을 아이들에게 먹여야 하는 세상이 왔다. 아이들이 먹다 남긴 음식이 아까우면 내가 먹는 수밖에 더 있겠는가? 음식 풍부한 세상, 맛있는 음식투성이인 미국땅에서, 내가 지질해서 먹는 찌꺼기 음식이니, 세태나 타인을 불평할 수는 없다. 먹는 것이 전혀 중요하지 않은 세상이 왔으니, 스테이크를 우아하게 먹건 슬라피죠(Sloppy Joe) 찌꺼기를 긁어 먹건 신경 쓰지 않게 되었다.

바뀐 것은 음식문화뿐만이 아니다. 아이들이 고개 바짝 들고 어른들을 빤짝빤짝 쳐다보며 반박해도 되는 세상이 도래했다. 세상을 자신 있게 개척해 나가도록 만들려면, 아이들을 윽박질러서는 안 된다. 아이의 말대꾸에 일리가 있으면, '좋은 아이디어'라고 칭찬을 해야 된다. 엉뚱한 말을 해도 손찌검을 해서는 안 되고, '내 생각은 좀 달라'라고 말로 해야 한다. 특히 미국에서는 손위 손아래 막론하고 상대방이 말을 할 때, 고개를 숙이면 안 된다. 고개 숙이면 오히려 화자를 무시하는 처사가 되는 사회다.

"아빠, 할 말 있으면 하시지요."

아이가 빤히 쳐다보며 따지면, 어른이 벌벌 떤다. 어른 앞에서 아이가 고개를 숙여야 고함도 마음대로 치고, 쥐어박기도 할 텐데, 두 눈 똑바로 뜨고 쳐다보니 어른의 다리가 후들거린다.

"이시키! 뭘 째려봐, 임마."

주먹질을 하면, 무식하고 아이를 배려하지 않는 잔인한 부모 소리를 듣고, 운 나쁘면 구속되기도 한다. 논리정연하게 아이들을 설득시켜, 그들이 이해하고 잘못을 인정한 후에야, 약간의 회초리를 엉덩짝에 가할 수 있다. 체벌도 심하게 가하면 청소년 학대로 크게 걸릴 뿐만 아니라, 형법대로 형사처분을 당할 수도 있다. 야단치는 어른은 아이들의 말대

꾸도 들어주어야 하고, 그들이 무엇을 어떻게 잘못했는가를 설명해야 한다. 한국말로 설명하는 것도 아니고, 분해서 벌벌 떨며 서툰 영어로 설명해야 한다. 진땀을 흘리며 어른이 간신히 설명을 끝내니, 아이는 환한 얼굴로 또렷하게 말한다.

"미안해요 아빠. 잘 이해를 못 했어요."

아이들이 어른을 골탕 먹이려 들면 끝이 없다. 속에서 불이 나지만, 알아듣고도 저러는 것 같으니, 나는 한국말로 큰 소리 꽥꽥 질러 속풀이나 하고 마는 수밖에 없다.

"햐~ 고놈 못돼 먹었네."

어른들에게 야단맞고 투덜대던 그 옛날 어린 시절처럼, 나는 아이들에게 골탕 먹고 투덜대는 것이 고작이다. 나도 아이들을 골탕 먹이려고 계획해 보지만, 서툰 사회에서 어설프게 대항하여 함께 망하느니, 참고 마는 것이 이득일 성싶다.

아들들과 여행을 갔었다. 아래위로 손해만 보는 샌드위치 세대에 살고 있다고 생각하던 내가, 이번에 아들들과 여행을 하면서 큰 위로를 얻었다. 부모로부터 구박받고 자식들에게 무시당하며 살아왔던 인생만은 아니었다는 사실을 깨달았다. 하나하나 검토해 보고 따져 볼수록, 어쩌면 그 반대일 수도 있다는 생각이다.

내가 부모들을 모시고 여행 다닐 때는 내가 왕이었다. "아버지, 생각 좀 해보세요. 제주도는 관광지예요. 그렇게 무례하게 물어보시면, 그 사람이 어떻게 생각하겠어요?" "그 젊은이가 아버지에게 굽실댈 필요가 뭐 있어요?" "시골 말 좀 쓰지 마세요." "어머니, 아까 변소 가랬잖아요?" "사진 찍을 때, 다리나 좀 겹쳐요. 최은희 김지미처럼 포즈를 취하진 못해도, 다른 사람 사진을 보고 좀 배울 줄 알아야죠." 내가 온갖 불평을 해도 어머니 아버지는 비행기표 값 내고 모텔비 내는 내 말을 들어야지 어쩌겠는가? 한 발짝 더 나가서 어머니 아버지가 미국 방문 왔을 때는 어땠는가? 영어 못 하고 개방사회에 생소할 뿐만 아니라, 예수의 '예'자도 모르는 어머니 아버지에게, 아들인 나의 말은 곧 명령이었다. "주기도문은 뒤에 있잖아요?" "찬송가 256장이라는데 어딜 더듬어요? 숫자를 보면서 앞으로 넘겨야지요." "담배냄새 안 날 때까지 이빨 좀 깨끗하게 닦아요." 나는 부모들에게 온갖 모진 말을 거침없이 했다.

그러나 미국 태생인 나의 아들들은 내가 젊었을 때하고는 전혀 달라서 아빠에게 예의가 바르다. 자기들이 호텔비 점심값 다 내도, 내 앞에서 왕 노릇을 안 한다. 어디를 가든지 뭘 먹든지 내 의견을 고려한다. 마음에 안 드는 일이 있을 때도, 칭찬까지 서문으로 달고 나서야, 내 잘못을 지적한다. 받아들이는 것은 내 선택이라며 조심스럽게 조언한다. "그 음식은 좀 짜게 나와요. 값은 비싸도 이것이 입에 맞을 걸요." "한국사람들은 부지런하고 성실해요. 아빠도 그래요. 그런데 어떤 때는 공격적으로 말해요." "그러세요. 아빠가 좋아하는 길로 갈게요." "호텔은 아빠가 편한 대로 결정하세요. 아빠가 즐거워야 우리도 즐겁죠." "팁은 안 줘도 될 것 같은데, 아빠가 마음 편하다면 팁을 주고 올게요." "아빠, 그렇게 화를 내시면 미성숙해 보일 수도 있어요. 상대방의 말을 우선 경청해 보세요."

개성이 강한 아빠가 개성이 강한 아들들을 낳아 놓았으니 맞부딪치는 일이 흔히 있다. 부자간의 견해 차이가 벌어져, 다시는 화해하지 않을 것처럼 악다구니로 싸운다. 아이들은 고수답게 잠자기 전에 나에게 찾아와서 미안하다고 사과한다.

"햐~ 고놈 미국산이라 다르네."

나도 편하게 잠든다. 내가 부모님에게 했던 일들이 부끄러워진다. 돈 몇 푼 부모를 위해 쓴다는 세도로 부모에게 스트레스 주던 기억들이 못

내 죄송스럽다. 위로는 부모에게 대장 노릇을 하고, 밑으로는 애들에게 왕이 된 기분이다.

아래위나 앞뒤로 접한 강한 세력들에 끼어서 숨도 제대로 못 쉬고 옴 츠러드는 상태를 샌드위치 상태라고 한다. 자기의 세력을 과잉 확보하거나 스스로의 편한 공간만 더 넓히려고, 상하나 좌우로 이웃을 밀어 버리는 상태를 쌍스프링 상태라고 한다. 나는 부모 세대나 자식 세대로부터 손해만 보는 샌드위치 세대에 사니 기막히다고 생각해 왔다. 그러나 알고 보니 나는 쌍스프링 세대에 살고 있는 행운아였다.

# 세월은 아픔이야

가장 중요한 것을 포기하는 시점이 죽음일까? 한때 끔찍이 귀했던 것을 버리는 것은 아픔이다. 작은 아픔을 자꾸 경험하다 보면 어느 날 닥칠 큰 아픔도 감당할 수 있으리라. 내 인생에 중요한 것들의 리스트를 뽑아서, 덜 중요한 것부터 버려 나가야 될 성싶다.

"무슨 소리야 지금? 이 꽃밭 만드는 데 얼마나 많은 시간과 정열을 들여 밀었는데 그래?"

"때가 된 것을 알아야죠?"

"그만둬! 당신 때려치워. 내가 혼자 잡초 뽑고 꽃 관리 내가 다 할 테니까. 말 되는 소리야 지금? 우리 인생이 통째로 숨 쉬고 있는 이 꽃밭인데 갈아엎고 잔디를 심어?"

시카고 시내에 아파트 빌딩을 샀더니 세입자들이 농사짓는 밭이 뒤뜰에 딸려 있었다. 빵 둘러 들깨 울타리가 쳐져 있고, 고추 상추가 가득 차 있었다. 그러나 밭의 반쪽은 명아주 망초 쇠비름 질경이 새경이가 꽉 찬 잡초천국이었다. 이듬해부터 세입자들의 농사를 전면 거절하고 대대적인 꽃밭으로 개조했다. 제일 생명력이 강하고 꽃이 화려한 홀락스(phlox)

밭으로 변신시켰다. 일은 많이 했지만 해를 거듭할수록 꽃의 종류가 다양해져 갔다. 꽃밭은 과학적으로 철따라 순응해 주었고, 꽃들은 조직적으로 세련되어 갔다. 꽃 다듬고 잡초 뽑기는 행복했다.

아내가 건강문제 때문에 꽃밭 일을 안 했던 작년에는 나 홀로 꽃을 관리했다. 잡초와 잡나무 싹들이 우후죽순처럼 마구 치밀고 올라왔다. 젊었을 때는 조수라도 옆에 있었지만, 늙어서 아내까지 아프다고 뒤로 물러나니 달랑 나 혼자다. 먹고살기 위해 뛰기도 할 텐데, 이까짓 꽃밭 관리쯤이야 왜 겁먹을쏘냐? 작년에는 꽃들의 위력이 워낙 우세하여, 꽃들이 실력 발휘를 하는 데에 별 문제가 없었다.

백화가 만발하니 맥도날드를 사다가 꽃밭 옆에 펼쳐 놓고 아내와 함께 추억을 섞어 가며 먹고 놀았다. 커피 마시지 말라고 의사가 아내에게 엄히 경고했건만, 몰래 소주잔 돌리듯 커피 컵 주고받으며 홀짝홀짝 마셨다. 꽃은 날씨 분위기 상관하지 않고 다가와 항상 가슴 뻐근한 기쁨을 안겨 준다.

올봄에는 쏟아져 나오는 잡초에 겁먹고, 틸러(tiller)로 넓게 고랑을 만들면서 극히 일부 꽃들만 고랑 따라 조붓하게 남겨 놓았다. 잡초는 나오는 대로 뽑아내려고 벼르다가 시간을 놓치고 말았다. 잡초 권세가 꽃의 체면을 앞지르던 어느 날, 허리가 노골노골하도록 밭을 맸으나 반의반도 못 해결했다. 곧 또 나가서 꽃밭의 잡초를 뽑으려고 벼르다가, 아파트에 들르지 못한 채 한 달을 놓쳐 버렸다. 다시 아파트 꽃밭에 나가 본 나는 기운이 쪽 빠졌다. 애쉬(ash)나무, 메이플(maple)나무, 엘름(elm)나무, 싹들이 여기저기 터를 잡고 틴에이저 소년들처럼 기세등등하게 자라나고 있었다. 온갖 잡초들도 제 세상을 만나 활기차게 뻗어 나간다. 앙칼진 잡초인 메 싹은 사방 퍼져 나가며 닥치는 대로 꽃들을 뒤덮는다. 메 싹들을 뽑아내는 것은 차치하고, 무조건 잡아 뜯기만 하려 해도 이틀은 걸리겠다. 더욱이 잡나무들까지 캐내려면 나는 몇 고랑 못 가서 녹초가 되게 생겼다. 악화가 양화를 구축하듯, 잡초에 눌려 숨 못 쉬고 할딱거리는 홀락스, 락스퍼(larkspur), 하이비스커스(hibiscus), 릴리(lily)를 바라보니, 꽃밭에 들어서기도 전에 기진맥진한다. 농사가 재미있긴 않더라도 만만해야 밭으로 벌컥 덤벼드는 법인데, 잡초에 주눅이 든 나는 이미 일할 용기를 잃어버린 상태였다.

"스탑 플리스! 때는 점심때가 지났어, 앉을 때가 지났어? 무슨 때가 지나? 멀쩡한 꽃밭을 미쳤다고 파 엎고 잔딜 깔아?"

늙었다고 물러나는 아내에게 노여워하던 나의 패기는 어디로 갔을까? 한숨이 푹 나오면서 눈물이 솟구친다. 세월이 가도, 해야 할 일은 왜 그렇게 끝없이 쌓이는가? 허리 아프게 꽃밭만 매면서 남은 세월을 다 보낼 수는 없는 노릇이다.

"그래, 할 수 없다. 내년엔 모두 잔디밭으로 만들자. 그래도 너무 가슴 아프지 않게 가장자리 키 큰 꽃들은 조금 남겨 두자."

그날은 온종일 우울했다. 내가 늙었다는 사실을 인정해야만 할 것 같아서 심란했다. 집에 돌아온 나는 무심코 리빙룸의 쓰레기통을 들여다보다가 경악하고 말았다. 슬픔이 덮쳐 온몸에 소름이 끼쳤다. 아내가 그렇게도 귀하게 생각해 왔던 꽃씨들이 컵째 몽땅 버려져 있었다. 색깔별로 종류별로 철저하고 엄격하게 구분하여 챙겨 두던 가지각색 꽃씨의 컵들이 엎어지고 쓰러지고 뒤섞인 채 버려져 있었다. 하얀 클레오미(cleome) 꽃씨에 분홍색 클레오미 씨앗을 섞었다고 나에게 그렇게도 화를 내던 아내였는데. 클레오미, 홀락스, 락스퍼, 지니아(zinnia), 애스터(aster), 코스모스(cosmos) 씨들을 마구잡이로 뒤섞어 남김없이 쓰레기통에 버렸다. 내가 쓰레기통 앞에 주저앉아 넋이 빠져 버렸는데, 이 꽃씨를 버린 아내의 마음은 얼마나 아팠으랴?

**정종진** 경기도 안성에서 출생 성장했다. 1976년 7월에 결혼하면서 이민을 왔다. 1982년 7월 미국 시민권을 따면서 Official Name을 Eric Jeong으로 바꾸었다. 한국에서는 인하공대 금속공학과를 졸업하고 대한항공에서 근무하면서 틈틈이 특수용접(TIG &MIG Welding)을 익혔다. 이민와서 공부를 해보려고 기웃거려 봤으나 여의치 않아, 돈벌이에 나섰다. 용접공이 되었다가 택시운전사 노릇을 거쳐서 냉난방 기술자가 되었다. 냉난방 사업을 56세까지 22년 동안 했다.

49세가 되던 해, 내 인생을 처음 되돌아보았다. 내년엔 50살이라고 생각하니, 눈물이 나왔다. 일에 밀리고 돈에 멱살 잡혀 끌려갈 수만은 없었다. 무엇인가를 하려면 공부를 해야만 되었다. 처음에는 사업을 하면서 파트타임으로 영어 공부를 시작했다. 다부지게 마음먹은 나는 56세가 되었을 때, 사업을 접고 풀타임 학생이 되었다. 공학박사가 되어 뒷북치고 싶진 않았다. 돈은 삶의 도구일 뿐임을 감 잡은 나는, 여러 사람의 부정적 시선과 비웃음을 뒤통수로 받으며 영문학 공부를 시작했다. North-Eastern Illinois University 영문과를 졸업한 나는, 여기저기 소설

공모에 응모해 봤으나 언급도 되지 않았다. 평론가 명계웅 교수님은, 영감의 색깔과 감성의 방향이 다른 영어권을 떠나, 한국어로 글을 써 보라고 조언했다. 처음 응모한 첫 작품이 '미주중앙일보' 신춘문예 공모에 당선됐다. 김종회 교수님이 해외동포문학상에 뽑아 주시고, 임헌영 교수님이 『한국산문』에 수필을 당선시켜 주셨다. 그후 재외동포문학상, 국제 PEN Club 한국본부의 PEN문학상을 수상했다. 시카고 문인회장을 역임했으며, 현재 한국소설가협회 중앙위원, 시카고 문화회관 문창교실 Instructor로 봉사하고 있다. 수필집으로는 『여름 겨울 없이 추운 사나이』(2012)와 『지구가 자전하는 소리』(2015)가 있으며, 3권의 소설집도 출간했다.

## 00. 수필 두 편에 대해

「샌드위치 세대 쌍스프링 세대」: 2011년 '미주 중앙일보'(시카고), 2012년 수필집『여름 겨울 없이 추운 사나이』에 수록. 독자들에게 미국산 자녀의 장점을 발탁 발표함으로써, 아래위로 손해만 본다고 생각하는 요즘 부모들에게 위안을 주고 싶었음.

「세월은 아픔이야」: 2015년 '미주 중앙일보'(시카고), 2015년 수필집『지구가 자전하는 소리』에 수록. 인생이 즐겁네 고달프네 말들이 많지만, 아무래도 허송하긴 아까운 것이기 쉽다. 선인들이나 선배 문인들이 애통해 했었던 늙음이 나에게도 곧 닥친다는 사실을 기억하며, 이 좋은 인생을 유용하게 써야 할 성싶다. 세월은 빨라서 정신 못 차리든가 우물쭈물하면, 어느덧 눈물 많고 아픈 곳 퉁겨지는 나이가 돼 버린다. 나에게 닥친 늙음은 소화할 수 있겠으나 아내에게 닥치는 늙음은 더욱 안쓰럽다.

수필에 등장하는 할머니, 엄마, 아버지, 모두 돌아가셨음. 필자도 고아된 지 10년이 넘었으며, 아내와 시카고에서 즐거운 말년을 보내고 있음. 무슨 일이 있을 때, 전화 한 통씩만 하면, 10분 내로 들이닥칠 만큼 가까운 거리에 두 아들들이 살고 있음. 큰아들은 39세 총각(외모 번듯하고 돈 있고 성실함. 중매 좀 부탁), 작은아들은 1남1녀의 아버지가 되었음. 꽃밭일은 거의 안 하지만 우리 내외도 아직은 건강하고 신앙심 좋고, 놀러 가는 데는 빠지지 않음. 은퇴하기 전에 RN(Registered Nurse)으로서 24년 동안 병원 근무를 해온 아내는 간호사 합창단, 교회 성가대, 대소 모임에서 애국가와 National Anthem 선창까지 하면서 두루 봉사함.

## 00. 수필과 나

글쟁이는 가난을 벗어나지 못한다는 말이 있어서, 젊었을 때는 의식적으로 글쓰기를 멀리했으며, 내가 글쟁이로 될까 봐 항상 두려웠었다. 글쓰는 끼가 있었던지, 어렸을 때부터 하고 싶었던 일이었던지, 글로 나를 표현하면 언제나 즐거웠다. 학창시절에도 어쩌다 글은 썼지만, 그저 교지에 게재하는 것이 고작이었다.

2000년 새 밀레니엄 시대에 접어들면서, 기회 닿을 때마다 '미주한국일보'에 수필을 게재하기 시작했다. 2007년 초 '미주중앙일보'의 신춘문예에 내 소설이 당선된 후부터, 중앙일보 시카고 판에 나의 수필을 정규적으로 싣게 되었다. 한번 시작하면 최소 6개월간은 매주 1회씩 실어야 했으므로, 안 싣고 지내는 기간에는 몇 달씩 쉬기도 했다. 그러나 중앙일보와는 오늘날까지 게재와 중단을 교대하며 계속 연결되어 관계를 유지해 오고 있다. 2010년『한국산문』에 수필이 당선되어 정식 수필가로 등단한 후, 미주 크리스천 저널, 각종 잡지, 각종 주간지, 여러 동인지 등에 수필을 비정규적으로 실어 왔다.

글쓰기는 억지 거절이나 탈신 도주가 불가능한 하나의 운명(Fate)이라고 생각한다. 이왕 세상에 태어났으니 가난하게 살기 싫다며 막무가내로 글쓰기를 피해 왔던 나였다. 수필가가 되어 글을 쓰니 본향 집에 온 기분이고, 쓸 때마다 굉장한 행복을 느낀다. 하고 싶은 일을 하면서 살아가니 만족스럽다. 건강이 허락하는 한까지는 여행 다니면서 글을 쓰고 싶다. 죽기 전에 맘에 딱 드는 글 몇 개를 꼭 써 놓고 죽고 싶다.

## 00. 나만의 수필창작법

잠을 잘 때나 여행을 할 때, 혹은 산책을 할 때라도, 언뜻 스치는 영감이 있다. 메모해 놓았다가 그 영감을 붙잡고 쓰기 시작한다. 남이 택하지 않을 만한 소재를 택하고, 남이 써먹지 않을 만한 표현을 찾으려 힘쓴다.

## 00. 한국 수필에 바란다

해외 한글작가들은 한글이 그리워서 한글을 지키려고 글을 쓴다고 말하는 한국문인들을 보았다. 어이가 없다. 한글학교 선생님이 되지, 왜 작가가 되어 한글을 지키려고 발버둥치겠는가? 해외작가에게도 한글은 제일 잘 할 수 있는 언어다. 한글을 지키려고 글을 쓴다면, 어떻게 생사를 걸고 쓰는 유수의 국내작가들과 경쟁하며, 나가서 외국 유명작가들과 맞서 겨루겠는가?

　해외작가도 국내작가와 똑같이, 좋은 작품을 쓰기 위해 최선을 다한다
는 사실을 알아줘야 한다. 해외작가 작품으로 확인되면, 일부 평론가는
일단 3류 작품으로 취급하려 든다. 작품을 대충 읽은 후, "그게 그거지
뭘" 하고 엄벙덤벙 평하려 드는 경향이 있으며, 소설에서는 특히 그런
성향이 심하다. 작중인물도 얼토당토않게 틀린 이름으로, 플롯도 작품
속의 내용과 판이하고 엉뚱한 모양새로 얼렁뚱땅 평해 버리고 만다. 글
자마다 신경 쓰고 문장 하나 가지고 밤을 새운 글이 이렇게 평해질 때
작가는 너무 아프다. 해외작가는 신조어나 현재 한국 정취에 취약하다.
그러나 외국물 먹은 만큼, 무궁무진의 소재 속에 다양성과 특이성을 가
지며, 넓은 시야와 더불어 철학적 판단력에도 강하다. 해외작가를 70년
대의 뒤떨어진 이야기나 긁적이는 사람으로 착각하지 말기 바란다.

# 정찬열

**지게 사 오던 날** #지게를 지고 터벅터벅 집으로 혼자 돌아가는 길은 아침보다 훨씬 꽉꽉하고 멀었다. 등에 진 지게가 자꾸⋯⋯. #2005년 3월 2일 자 '광주매일신문'에 게재한 글이다.

**오리 두 마리** #정신을 잃고 누워 있는 오리를 보면서 불법체류자 김 선생 얼굴이 떠올랐다. 오래 전 LA공항을 통해 입국한 후⋯⋯ . #2010년 10월 21일 자 '미주한국일보'에 게재한 글이다.

**정찬열**(Simon Jung) 1999년 '미주중앙일보' 신춘문예에 시 「마중」으로 등단. 산문집 『쌍코뺑이를 아시나요』『내땅, 내발로 걷는다』『아픈 허리, 그 길을 따라』『산티아고 순례길 따라 2,000리』『북녘에서 21일』이 있다.

# 지게 사 오던 날

밤이 이슥하여 뒤뜰에 나갔더니 달빛이 환하다. 마른 가지 끝에 망울을 터뜨리는 매화꽃이 달빛 아래 새침하다. 대보름이 엊그제였다는데 어느새 달이 많이 기울었다. 구름 사이로 흐르는 달을 보면서 까마득한 옛일이 엊그제 일인 양 떠올랐다.

정월 대보름을 쇠고 나면 농촌에선 딸막딸막 농사 준비를 시작했다. 농기구를 꺼내어 고치고 부족한 것이 있으면 미리 장만해 두느라 손길이 바빠졌다.

40여 년 전, 당분간 고향에 들어가 농사를 짓자는 아버지 말씀을 따라 처음 농사를 짓기 시작할 때의 일이다. 농사를 지으려면 농기구부터 장만해야 했다.

바로 요맘때쯤의 어느 영암 장날. 중학교를 갓 졸업한 나는 집안 아재를 따라 영암 장에 지게를 사러 나갔다. 버스 한 대 들어오지 않던 마을인지라 아침 일찍 집을 나와 읍내까지 20리 길을 꼬박 걸었다.

지게 전엔 지게들이 장터를 꽉 메우고 있었지만 키가 작은 내 몸에 딱 맞는 지게는 없었다. "너만 때는 옷이나 지게는 조끔 큰 것이 좋아야" 하는 아재 말씀을 따라 내 몸에 조금 헐렁한 지게를 샀다. 낫과 괭이, 호미 등 농기구 몇 개와 씨감자 한 포대를 사서 지게 위에 얹었다. 제법 묵직했다.

지게를 지고 장터를 빠져 나오는데 아재의 말씀이 머리를 떠나지 않았다. 새 신발이나 새 옷이 닳아지고 낡아지면 비로소 몸에 맞게 되던 일이 생각나면서, 지게질을 하며 살아가야 할 세월이 눈앞에 어른거렸다. 형편을 보아 고등학교 진학을 생각해 보자는 아버지의 말씀이 떠올랐지만, 그때가 언제일지 알 수 없는 노릇이었다. 내 몸이 지게에 맞게 되면 나는 또 어른용 지게를 사야 하는가. 아재의 말씀이 운명처럼 내 가슴을 무겁게 짓눌러 왔다.

침울한 내 기분을 눈치챘는지 아재는 국밥집으로 나를 데리고 들어갔다. 식당은 사람들로 붐볐다. 아재가 어떤 분에게 "몸이 아파 고향에 내려와 있는 정선생 아들인데 지게를 사 주려고 함께 왔다"며 나를 소개했다. 꾸벅 인사를 했다. 나를 바라보는 그분의 눈길이 처연했다. 순대국을 한 그릇 먹는 동안, 아재는 미리 와 있던 동네 어른들과 어울려 막걸리 잔을 기분 좋게 들이켰다. 얼큰해진 그는 나더러 먼저 집에 가라고 했다.

지게를 지고 터벅터벅 집으로 혼자 돌아가는 길은 아침보다 훨씬 팍팍하고 멀었다. 등에 진 지게가 자꾸 뒤뚱거렸다. 지게와 몸이 따로 놀았다. 처음엔 견딜 만했던 물건들이 시간이 갈수록 어깨를 짓눌러왔다. 지게 끈이 어깨를 파고들었다. 길가 짚더미에서 지푸라기를 뽑아 둘둘 말아 어깨와 멜빵 사이에 끼웠더니 조금 나아졌다. 그러나 그도 잠깐, 집은 아직 멀었는데 짐은 무거워 가기만 했다. 등줄기로 땀이 흘러내리고 이마에도 땀이 맺혔다. 조그만 녀석이 큰 지게를 지고 낑낑대며 걸어가는 모습이 우스웠던지 어떤 사람이 가볍게 웃으며 지나쳤다. 오가는 장꾼들도 힐끗힐끗 쳐다보며 지나갔다.

마침 쉴 만한 곳이 보여 지게를 받쳐 놓고 땀을 닦았다. 바로 그때, 친구가 내 앞에 멈추어 섰다. 중학을 함께 졸업한 친구였다. 친구의 아버지도 함께 섰다. 쑥스럽고 난처하고 당황스러웠다. 광주에 있는 고등학교에 진학하게 되어 아버지와 함께 광주로 올라가는 길이라고 했다. 친구와 함께 서 있던 그 잠깐이 몇 시간처럼 길게 느껴졌다.

친구는 아버지를 따라 떠나고, 나는 지게를 짊어지고 타박타박 다시 걷기 시작했다. 서러웠다. 병석에 누워 계신 아버지가 원망스러웠다. 지게를 내팽개치고 도망이라도 가고 싶었다. 그러나 그럴 수는 없었다. 나는 우리 집 장남이었다. 눈물 때문에 눈앞이 뿌옇게 흐려왔다. 길을 걸어가면서도 길이 잘 보이지 않았다. 지는 해가 길게 내 그림자를 만들어 주었다. 그림자를 밟으며 걸었다. 등에 진 짐이 무거운 줄도 몰랐다. 터벅터벅 얼마를 걸었을까. 나는 우리 집 사립문을 들어서고 있었다. 어느새 땅거미가 깔리고 있었다.

집에 들어와 지게를 헛간에 넣어 두고 얼른 세수를 했다. 아무 일도 없었던 것처럼 큰 소리로 "어머니, 수건 좀 주세요" 소리치는데 어머니가 보이지 않았다. 아까 지게에서 짐을 내려놓을 때 거들어 주었는데 어디 가셨을까 하고 부엌에 들어가 보니 아궁이 앞에 쭈그리고 앉아 울고 계셨다.

지게를 사 짊어지고 들어서는 나를 보고 설움이 복받쳐 올랐던 것이다. 어머니의 손을 꼭 잡았다. 어머니의 고왔던 손은 어느새 거칠 대로 거칠어져 나무껍질이 되어 있었다. 교육자의 부인으로 살아오면서 농사가 무엇인지도 모르던 어머니. 공부 대신 아들에게 지게질을 시켜야 하는 어머니의 마음은 또 얼마나 쓰리고 아팠을 것인가. 눈물이 핑 돌았다.

뒤뜰 우물로 나와 대야에 물을 가득 퍼 담아 다시 세수를 했다. 그리고 큰 소리로 "어머니, 아들 배고파요, 어서 밥 주세요" 소리쳤다. 밥상

위에 고봉밥이 담겨 왔다. 내 밥 먹는 모습을 물끄러미 바라보던 어머니가 지나가는 말로 한마디 하셨다. "하따, 달이 참 징허게도 밝다, 잉. 저 달도 찼다가 찌울었다 하지 안티야 안." 그날도 오늘밤처럼 둥근 달이 우리 집 초가지붕을 환하게 비추고 있었다.

# 오리 두 마리

　아침에 출근을 하려는데 어디선가 푸드득거리는 소리가 들렸다. 집안을 둘러보니 벽난로 안에 청둥오리 한 마리가 들어 있다. 잔뜩 겁에 질린 눈빛으로 나를 바라본다. 벽난로 안을 왔다갔다 안절부절 어쩔 줄 모른다. 굴뚝에 들어와 허둥대다가 지쳐서 밑으로 떨어진 모양이다. 집 뒤에 산타아나 강이 흐르고 있어 이따금 오리들이 뒤뜰에 날아오는 일은 있었지만 이런 경우는 처음이다.

　꺼내어 날려 주려고 벽난로 문을 여는데 그 새를 못 참아 녀석이 문틈으로 후르르 날아오른다. 잿가루가 함께 날려 방이 먼지투성이가 된다. 방안을 이리저리 날아 헤매더니, 아니나 다를까 유리창에 머리를 부딪쳐 기절을 하고 만다. 탕, 소리가 날만큼 세게 부딪쳤으니 죽었는지도 모르겠다 싶어 주의 깊게 살펴보았지만 다행히 죽지는 않았다.

　정신을 잃고 누워 있는 오리를 보면서 불법체류자 김 선생 얼굴이 떠올랐다. 오래 전 LA공항을 통해 입국한 후 체류기한을 넘겨 불법체류자가 되어 버린 그 사람. 맘대로 들어는 왔지만 이리 밀리고 저리 채이며 출구를 찾지 못해 기진맥진 상태가 된 그의 모습을 닮았다는 생각이 들었다.

오리 우는 소리가 들려온다. 유리창을 열어 보니 오리 한 마리가 꽥 꽥-액 소리를 지르며 지붕 위를 날아다닌다. 쓰러져 있는 오리의 짝인 모양이다.

쓰러진 오리를 품에 안고 깨어나길 기다렸지만 한참이 지나도 녀석이 정신을 차리지 못한다. 30여 분 지났을까. 몸을 부르르 떨더니 눈을 가만히 뜨고 두리번거리며 주위를 살핀다. 깨어난 오리를 붙들고 뒤뜰에 나왔다. 기다리던 녀석의 목소리가 높아진다. 반갑다는 듯, 빨리 놓아 주라는 듯, 내 머리 바로 위를 날아다니며 설쳐대는 모습이 금방이라도 나를 덮칠 기세다. 죽음을 불사하고 덤벼들 태세다. 잡고 있던 녀석도 손을 빠져나오려고 꾹 꾸욱거리며 발버둥친다. 오냐, 오냐, 알았다. 후르르 날려 주었다. 오리 두 마리가 푸른 하늘로 나란히 날아간다. 눈이 부시게 아름답다.

퇴근 후, 강가로 산책을 나갔다. 강둑을 걷는데 몇 걸음 앞에서 오리 두 마리가 서성거린다. 가까이 가도 날아가지 않고 꼬리를 흔들거나 주둥이를 앞으로 내밀며 아는 체를 한다. 내가 걸어가는 방향으로 뒤뚱거리며 따라오라는 듯 앞장서 걷는다. 오리들이 이따금 길에 나와 있기도 했지만 오늘처럼 한동안 앞서 걸었던 적은 없었다. 그래서 혹시 아침에 날려 준 두 마리 오리가 나를 알아보고 고맙다는 인사를 하러 온 게 아닌가 하는 생각이 드는 것이었다.

집에 돌아와 차 한 잔을 앞에 놓고 오리 두 마리를 다시 떠올린다. 굴뚝에 들어왔던 오리는 왜 들어왔던 구멍으로 되돌아 나가지 못했을까. 너무 당황하여 허둥댄 탓이 아니었을까. 좀 더 차분하고 침착하게 출구를 찾았더라면 벽난로에 떨어지는 최악의 상황까지는 가지 않았을 게 아닌가.

　지붕 위를 맴돌며 사라진 짝을 애타게 기다리던 한 마리 오리, 그 녀석의 모습이 눈에 생생하다. 비록 미물이지만 덜된 사람보다 훨씬 낫다는 생각이 든다. 아침 내내 애타게 기다렸을 녀석의 심정을 헤아려 본다. 함께 마실을 왔다가 혹은 먹이를 구하기 위해 나왔다가 짝이 갑자기 굴뚝에 빠져 허위적거렸을 때 얼마나 놀랐을까. 죽음에 처한 모습을 빤히 보면서도 구해내지 못한 그 마음은 또 얼마나 아프고 쓰렸을까.

　불법체류자 김 선생. 그리고 한국에서 아이를 기르며 오 년이 넘게 기다리고 있다는 그의 아내를 함께 떠올린다. 달면 삼키고 쓰면 뱉는 현상이 부부 사이까지 만연되고 있다는 보도가 때로 우리를 우울하게 하고, 기러기 부부로 사는 어려움을 극복하지 못해 가정이 깨졌다는 이야기가 들리기도 한다.

　오랜 세월 떨어져 있지만 만날 날을 꿈꾸며 꿋꿋하게 살아가는 우리 김 선생 부부. 지금은 비록 힘들지만, 벽난로에 빠졌다가도 기다리던 짝과 함께 푸른 하늘을 날던 청둥오리처럼, 그들에게도 머잖아 좋은 날이 오리라 믿는다. 푸르게 날아가던 오리 두 마리가 눈에 선하다.

**정찬열**(Simon Jung)  1948년 전남 영암 출생. 한국방송통신대학, 성균관 대학교, 전남대학교 대학원을 졸업했다. 중등학교 교사로 재직 중 1984 년 미국 이주. 1999년 '미주중앙일보' 신춘문예에 시 「마중」으로 등단. 2002년부터 4년여 동안 한국의 '광주매일신문'에 격주로 칼럼을 연재했 고 그 글을 모아 2006년 산문집 『쌍코뺑이를 아시나요』을 발간했다. 그 과정에서 자연스레 수필을 쓰게 되었다.

조국 통일에 관심이 많다. 2005년 LA 평통위원 방문단으로 북한을 방 문했다. 2009년 통일을 기원하며 걸어서 국토를 종단했고 그 체험을 『내땅, 내발로 걷는다』라는 책으로 냈다. 2011년 국토 횡단. 그 이야기를 『아픈 허리, 그 길을 따라』라는 책에 담았다. 2013년 아내와 함께 스페 인 '산티아고 순례길'을 걸었다. 그 내용을 『산티아고 순례길 따라 2,000 리』라는 책으로 펴냈다. 2014년 다시 북한을 21일간 답사하고 돌아와 『북녘에서 21일』을 책으로 출간했다.

## 00. 수필 두 편에 대해

「지게 사 오던 날」은 2005년 3월 2일 자 '광주매일신문'에 게재된 글이다.

영암장에 나가 지게를 사 오던 날. 오래 전 일이지만 가만히 생각해 보니 그날의 풍경이 하나하나씩 떠올랐다. 지게를 지고 터벅터벅 땅바닥을 내려다보며 집을 향해 걸어가는 소년, 책가방 대신 지게를 사 지고 울면서 걸어가던 그 어린 녀석이 짠하고 안쓰러워 눈물이 났다. 눈물을 훔쳐 가며 글을 마쳤다. 울고 난 다음 가슴에 맺혀 있던 덩어리 하나가 쑥 내려가 버린 느낌이 들었다. 그때의 일이 나도 모르게 내 안에 오래 맺혀 상처로 남아 있었던 모양이다. 문학이 인간의 영혼을 쓰다듬어 치유해 주고, 위로와 위안을 준다는 사실을 체험하게 된 순간이었다.

「오리 두 마리」는 2010년 10월 21일 자 '미주한국일보'에 발표한 글이다. 벽난로에 빠진 오리에 관한 이야기다. 좀처럼 일어나기 어려운 일이 실제 우리 집에서 일어난 것이다.

절체절명의 위기에 처한 한 마리 오리의 모습을 통해 살아 있는 것들의 생존 본능에 관해 생각해 보게 되었다. 무엇보다 벽난로에 빠져 사라진 짝을 찾아 애타게 소리 지르며 지붕 위를 날아다니던 오리 한 마리, 녀석이 보여준 모습은 감동적이었다. 한갓 미물이 인간에게 사랑이란 게 무엇인가를 몸소 가르쳐 주는 성싶었다.

출구를 찾지 못해 허우적거리다 기절한 오리를 보며 불법체류자 김 선생이 떠올랐다. 일단 미국에 들어왔지만 여러 가지 이유로 불법체류자가 되어 버린 그 사람. 추방될까 불안에 떨며 살고 있는 한인이 미국 안에 10만이 넘는다고 한다. 출구를 찾지 못해 방황하는 한 불법체류자의 아픔을, 이민사회에서 어렵지 않게 만날 수 있는 동포의 이야기를 나누고 싶었다.

## 00. 체험과 글쓰기

수필은 체험의 문학이다. 시나 소설, 희곡은 허구적으로 구성되며, 작가는 뒤에 숨고 화자(話者)를 대리인으로 내세워 말을 하게 한다. 그러나 수필에서는 '몸소 겪은' 일을 작가 자신이 전면에 나서서 독자에게 직접 이야기를 들려준다.

수필 쓰기는 역사와 문학 사이에서 이루어진다. 있었던 사실에 근거한다는 점에서 수필은 역사와 동류항이다(신재기, 「이메시스와 상상」, 『형상과 교술 사이』, 26쪽). 수필의 중요한 특징은 '사실 기록'이다. 물론 그 기록이 역사와 같이 정확성을 요구하지는 않지만, 기본적으로 역사의 방법과 크게 다를 바 없다. 역사는 있었던 사실을 그대로 기록한 것이 아니라, 역사가에 의해 해석되고 구성된 것이다. 수필 또한 역사처럼 사실의 기록과 함께 의미화 작업이 수반된다. 그렇지만 사실에 충실해야 한다는 점에서 역사 쓰기의 방법과 다를 바 없다. 다만, 수필은 주체의 주관적인 해석과 정서의 개입이 역사보다 더 두드러질 뿐이다.

한 나라의 흥망성쇠를 역사의 기록을 통해 꿰뚫어볼 수 있듯이, 한 생을 살아온 개인의 삶의 궤적은 수필이라는 기록물을 통해 알아볼 수가 있다. 수필 한 편 한 편을 어릴 때부터 시간 순서로 이어 놓으면 한 권의 훌륭한 자서전, 즉 개인의 역사가 된다.

우리가 역사를 배우는 까닭은 과거를 되돌아보고 그 속에서 반성과 교훈을 찾아 현실의 모순과 과제를 올바로 인식하고 해결함으로써 바람직한 미래를 건설하고자 하는 데 있다. 수필은 작가에게, 그리고 작품을 통하여 독자에게, 같은 기능을 제공한다.

개인의 체험을 기록한 문학은 그 시대 사람들의 생활상이나 역사적 사건을 증거하는 생생한 사료(史料)가 된다. 중국 최고(最古)의 고전으로 꼽히는 『시경(詩經)』, 그 책에 실린 〈척호(陟岵)〉장은 만리장성 축조에 강제 징집된 젊은이가 고향에 계신 보모님과 형제들을 그리워하면서 읊은 시이다. "높은 산에 올라가서 아버님 계신 곳을 바라보니 아버님의 목소리가 들리는 것 같다. 또 어머님 계신 곳을 바라보니 '이 어미 저버리지 말고 반드시 살아서 돌아오너라'는 목소리가 들리는 듯하다"는 내용이다. 이처럼 문학을 통해 전쟁터에 끌려가고 노역에 동원된 그 당시 민초들의 고달픈 삶을 읽을 수 있다.

이민자가 기록한 문학작품은 그 시대 이민사회를 증언하는 자료로서 소중한 가치를 지닌다. 이민문학이 문단은 물론, 사회 정치적으로 주목을 받게 되는 이유 중의 하나다.

## 00. 미국에서 수필을 쓴다는 것은

사람이 살아가는 곳에 이야기가 있다. 이민자들이 살아가는 곳에 이민

문학이 꽃핀다. 미주의 한인문학은 고향을 떠나온 사람들의 문학, 디아스포라 문학이다. 혹자는 미주문학을 변방문학이라고 폄하한다. 그렇다. 미주문학은 변방문학이다. 그러나 변방문학이기에 무한한 가능성을 내포한다. 당대의 역사는 늘 주류의 역사처럼 보이지만 조용한 반란의 시작은 변방에서 일어난다. 디아스포라 문학이야말로 한국문학이 세계문학으로 통하는 지름길이 될 수 있다.

이민문학은 자연스럽게 떠나온 고향에 대한 그리움이나 상실감, 이민생활의 고된 노동 등이 문학의 소재가 된다. 연륜이 깊어갈수록 이민생활에서 겪게 되는 다양한 이야기가 소재로 등장하고, 본국과는 확연히 대비되는 독특한 문학이 나타나게 된다.

디아스포라 문학으로서의 수필은 이민사회를 건설해온 피땀 어린 삶의 증언이며, 이민 역사의 소중한 기록이다. 이민 봇짐을 싸들고 고국을 떠나온 사람들이 낯선 땅에서 어떻게 역경을 이겨내고 살아왔는지, 삶의 굽이굽이에서 쓰러지지 않고 어떻게 오뚝이처럼 일어섰는지를 감동적으로 후대에 전해 준다.

수필은 이민 역사의 생생한 기록이다. 낯선 땅 낯선 하늘 아래 문패를 달고 살아가는 이민자 개개인의 이야기를 합해 놓은 게 이민 역사다. 이민 역사는 우리 민족사의 한 부분이다. 4·29폭동 같은 큰 사건도 한인 이민자가 쓴 당시의 수필을 통해 있는 그대로 후대에 전해질 수 있다. 그런 의미에서 이민사회의 수필가는 '사초(史草)'를 기록하는 '사관(史官)'이라 할 수 있다.

## 00. 한국 수필에 바란다

　일본의 한국 침략으로부터 시작된 한국인 이민자는 전 세계에 걸쳐 700만이 넘는다고 한다. 백 년이 넘은 이민 역사를 가진 이곳 미국에는 200만이 넘는 한국인이 이민사회를 이루고 있다. 이민문학이 한국문학에 포함되느냐 않느냐 하는 논란은 부질없다. 이민 작가가 생산해낸 작품들이 한국문학을 풍성하게 하고 지평을 넓혀 주리라 믿어 의심치 않는다.

　오래 전, 미국에 온 한 평론가도 "재외 한국어문학도 이제는 과감히 '한국문학'의 영역 안으로 수렴하여 평가할 계제가 되었다"고 말했다. 모국어 작품은 말할 필요도 없고, 현지어로 된 작품도 한국문학으로 끌어안아야 한다고 주장했다. 그것은 민족문학을 풍요롭게 할 것이며, 재외동포 역시 우리 민족이기 때문이고, 21세기 노마드 문학관으로 보면 더더욱 이를 수렴할 절실성을 갖게 된다, 고 덧붙였다(임헌영, 「한국문학과 해외동포문학의 만남」, 2008년 8월 '미주문학캠프' 강연 내용).

　세계 각국에 흩어져 살아가는 이민자들의 작품을 체계적으로 소개하는 일이 필요한 때다. 이 책의 출간이 그 일을 위한 첫걸음이 아닌가 싶다.

# 지희선

**기억의 저편에서** #식구 네 명이 갑자기 두 명으로 줄어드는 아픔을 겪으면서도 나 혼자만 겪는 아픔이 아니라 자위하면서……. #『재미수필』 15집에 실린 작품이다.

**아몬드꽃 피고 지고** #이별의 슬픔이 새로운 사랑으로 치유될 수 있다는 말은 퍽이나 희망적이다. 하지만, 그건 슬픔이나 아픔을 희석시켜 주는 위안에 불과할 뿐……. #2017년 2월에 쓴 수필이다.

**지희선**(Heesun Chi)  1995년 『문학세계』를 거쳐 『수필과 비평』을 통해 등단했으며, 더 심도 깊은 수필 공부를 위해 2007년 『에세이 문학』 천료를 했다.

# 기억의 저편에서

딸과 함께 저녁을 먹었다. 거의 한 달 만이다. 손녀 학군 때문에 LA카운티에서 오렌지 카운티로 이사를 한 뒤로는 만나 보기 힘들어졌다. 그러다 오늘 모처럼 시간을 내어 만나니 여간 반가운 게 아니었다. 손녀도 안 보는 사이에 부쩍 의젓해진 듯하다.

우리는 음식 나오기를 기다리면서 이런저런 이야기를 나누고 있었다. 무슨 말끝에 "나는 선 셋이고, 너는 선 라이즈야! 이제까지 그렇게 해왔듯이 앞으로도 엄마는 너를 받쳐 주는 꽃받침이 될 거야!"라고 말했다.

그 말은 진심이었다. 내 나름대로 그동안 열심히 살아왔지만, 이제 육십 줄에 든 나로서는 나 자신보다는 더욱더 딸아이를 위해서 헌신하고 싶었다. 그것만이 내 남은 삶에 할 일이고 나의 최대 행복이란 생각이 들었다. 나는 손자 손녀 보는 일에 손사래를 치는 '신식 할머니'보다는 '구식 할머니'가 되기를 진즉에 자청한 사람이다.

딸은 미국 캐릭터 패션 회사에서 전문직 여성으로 성장하며 승승장구하고 있다. 나와 달라서 독립심이 강하고, 야망도 큰 아이다. 여기서 공부했겠다, 젊겠다, 마음만 먹으면 얼마든지 꿈을 키우며 거침없이 나갈 수 있다. 게다가 어릴 때부터 손재주가 뛰어나고 무엇이든지 만들기를 좋아해서 언제나 '핸드 메이드' 선물을 하던 아이라 제 갈길을 잘 선택했다는 생각을 하고 있던 터였다. 우리는 평소에도 대화를 많이 나누며 공감대를 형성해 오고 있는 편이다. 오늘도 즐거운 마음으로 많은 담소를 나누며 식사를 끝내고 돌아왔다.

다음날, 자기 블로그에 엄마를 위해 글을 하나 올려놓았으니 읽어 보라며 전화가 왔다. 나를 위해서 쓴 글이라니? 좀 의아했지만 흥미를 느끼고 얼른 들어가 보았다. When I was로 시작되는 글은 기억의 저편으로 나를 돌려세우며 어느새 내 눈가를 촉촉이 적셔 주었다.

나이 서른둘에 세 살짜리 딸아이 손을 잡고 단둘이 태평양을 건너왔다. 그 순간부터 지금까지 살아오면서 겪은 갖가지 일들이 주마등처럼 스쳐 지나갔다.

식구 네 명이 갑자기 두 명으로 줄어드는 아픔을 겪으면서도 나 혼자만 겪는 아픔이 아니라 자위하면서 마음을 재무장했다. 싱글 엄마로 살아온 지 십칠 년. 내 살아온 날들은 계절로 치면 겨울이라기보다 여름에 가까웠다. 그리고 내 딸은 그 뜨거운 뙤약볕을 걷는 나에게 '플라타너스' 같은 존재였다. 김현승의 시처럼 '호올로 되어 외로울 제' 그 애는 나의 동행자가 되어 주었고 그늘이 되어 주었다. 그 외롭고도 먼 길을 그 애가 함께해 주지 않았더라면 혼자서 헤쳐 나오기 힘들었으리라.

토막토막 나이별로 끊어서 쓴 딸의 글은 이민을 온 세 살 때부터 시작되었다. 그리고 다음으로 네 살 때의 글은 내가 미국에 와서 처음으로 섧게 운 날을 기억하며 쓴 것이었다. 그날은 나도 선명히 기억하는 날이다.

일요일 아침이었다. 형부랑 앞으로 살아갈 문제에 대해서 이런저런 이야기를 나누던 중 그동안 참아 왔던 설움이 왈칵 쏟아졌다. 모든 게 섭섭하고 서러웠다. 나를 사랑하는 엄마가 계시고, 내가 못 견뎌 하는 추위가 없는 곳이라 마냥 좋기만 할 줄 알았는데.

나는 아이 손을 잡고 그대로 뛰쳐나와 차를 몰았다. 나는 눈물을 줄줄 흘리며 동네 제일 가까이 있던 라브레아(La Brea) 공원으로 핸들을 꺾었다. 그런데 어느 한순간, 나는 걱정스레 엄마를 쳐다보고 있는 딸아이의 눈망울과 시선이 딱 마주쳤다. 정신이 번쩍 들었다.

아, 저 순진한 아이의 눈망울에 이토록 쉽게 우는 엄마의 모습을 각인시키다니. 나는 얼른 눈물을 닦았다. 그리고 짐짓 공원으로 새벽 산책이라도 가는 즐거운 표정으로 딸애의 기분을 맞추어 주었다. 우리는 공원의 야트막한 언덕에 나란히 앉았다.

마침 여기저기 토끼풀이 나 있었다. 어릴 때 풀 반지를 만들며 놀던 이야기를 해주며 토끼풀을 뜯어 반지를 만들어 주었다. 줄기를 좀 길게 끊어 팔찌도 만들어 주었다. 팬티가 보여도 창피한 줄 모르고 언덕 아래로 막 구르며 즐겁게 놀았다는 얘기도 들려주었다.

그때였다. 이때까지 계속 조심스러운 표정으로 내 눈치만 보던 아이가 활짝 웃으며 "엄마! 나도 한 번 굴러볼까? 엄마 웃게!"하며 일어섰다. 딸아이는 언덕을 뒹굴며 철조망까지 굴러 내려갔다. 그런 뒤에는 힘겹게 걸어 올라와 다시 뒹굴뒹굴 굴러 내려갔다. 됐다고 해도 자꾸만 자꾸만 굴렀다. 그 모습이 눈물겹도록 애처로웠다.

어느새 해가 돋고 아이의 이마에는 땀이 송송 맺혔다. 저 어린 것이 무엇을 안다고 이리도 엄마 마음을 돌려 주려고 애쓰나 싶어 눈물이 절로 났다. 미안하고 불쌍했다. 나에 대한 그때의 아이 마음을 나는 평생 잊지 못하리라. 훗날, 그 애가 사춘기를 심하게 겪으며 흔들릴 때도 나는 깊은 사랑으로 감내할 수 있었다. 어린 시절 나를 기쁘게 해주려던 그 마음 그대로 나는 되갚아 주고 싶었다. 이제는 모두가 지나간 일, 그리고 함께 했던 우리의 시간만이 소중한 기억으로 남아 있을 뿐이다.

내 딸 동미, 하나밖에 없는 소중한 딸. 내 염원을 담아 지어 준 이름 그대로 몸도 마음도 동방에서 가장 아름다운 여인이 되기를 마음속으로 빌고 또 빈다. 딸아, 너로 인해 다시 한 번 아름다운 눈물을 흘릴 수 있게 해주어서 고맙다.

# 아몬드 꽃 피고 지고

절묘한 타이밍이다. 그로부터 결별 권유를 받은 날, 하필이면 '세상의 모든 명언'이 '사랑'이란 키워드를 들고 나를 찾아왔다.

'사랑은 변하는 것'이 아니라, 물처럼 흐르는 거'란다.
'사랑에 실패하는 이유는 그 사람의 실체를 보고 사랑한 것이 아니라 그림자를 보고 사랑한 것이다.'
'이별의 슬픔은 다른 사랑으로 치유가 가능하다.'

이별의 슬픔이 새로운 사랑으로 치유될 수 있다는 말은 퍽이나 희망적이다. 하지만, 그건 슬픔이나 아픔을 희석시켜 주는 위안에 불과할 뿐, 시간에 기대를 걸어 볼 수밖에 없다. 모든 문제는 어떤 형태로든 시간이 지나면 해결되어 있으니까.

절반의 희망과 절반의 절망이 공유하는 하루. 혹시나 하고 기웃대다, 역시나 하고 돌아설지라도 사람들은 끊임없이 희망에 승부수를 둔다. 20년간의 서툰 사랑은 연습 게임이라 생각하고, 처음부터 다시 시작해

보자고 권유했다. 그런 나의 권유는 민들레 홀씨처럼 가볍게 그의 귓등을 스쳐 갔다.

　잘 살아 보자고 만난 두 사람이 서로를 외롭게 만든 건 절반의 책임이다. 난 늦게나마 그 절반의 책임을 지고 싶었다. 하지만, 기울어 버린 사랑의 저울. 몸도, 마음도, 하나뿐인 심장까지도 강 건너갔다. 이제 만난 지 겨우 2개월 남짓, 그들에겐 바로 허니문 시즌이다.

　사실, 연애란 감정은 아몬드 꽃처럼 언제나 피고 지다 바람이 불면 꽃잎처럼 날아가 버리는 것이라 믿었다. 대신, 가정이란 뿌리는 늘 푸른 소나무처럼 거기 있는 '존재의 믿음' 그 자체라 생각했다. 가정이란 중심축을 두고 함께 타던 시소. 삐걱거릴 때가 왜 없겠는가. 올라갈 때도 있고 내려갈 때도 있지만, 늘 같이 타던 시소 놀이터였다. 그러다, 해질 무렵이면, 함께 들어서던 '우리 집'이었다. 어둠이 오고, 이 집 저 집 전등불이 켜지면 어둔 맘에도 촛불 하나 밝혀져 또 하루가 평화로이 지나가곤 했다.

　그런데 이제는 시소 놀이도 그만 하잔다. 절망을 느낄 때면, 내가 먼저 그런 말을 꺼낸 적도 있었다. 그러나 그럴 때마다 '화가 많이 났나 보다!' 하고 넘어가던 사람이었다.

　처음 만났을 때, 그는 내게 당부했었다. 살다가 다툴 일이 생겨도 '헤어지자'는 말은 하지 말자고. 늘 낭만적 사랑의 환상에 잡혀 있던 내겐 좀 뜨악하게 들렸다. '좋아서 살자고 만났는데 싸울 일이 뭐가 있담! 이해하면 되지!' 하고 속으로 생각하면서 난 고개를 끄덕였다. 이제는 역전된 상황.

　상황은 이해가 갔다. 직장 거리 관계로 집을 떠나 있었던 게 잘못이라면 잘못일까. 그는 넓은 땅이 로망이었기에, 도심에서 멀리 떨어진 농장을 은퇴 이후의 터전으로 잡았다. 한편, 난 은퇴를 10년이나 멀리 둔 처지이고 내 직장은 특성상 고급 도심에 있었다.

　25년간 다니던 직장 터전을 하루아침에 바꿀 수는 없는 터. 아침저녁

4시간의 운전 거리도 마다하지 않고 다녔다. 그 즈음, 가스비는 갤런 당 4불 50센트를 오르내리고 시외 기차 삯은 한 달에 400불을 육박하기 시작했다. 기차 출근으로 바꾸어 새벽 6시 30분에 나가 밤 11시에 오는 생활이 몇 달간 계속되었다.

그때 마침, 동갑내기 성당 친구가 여분의 방이 있다며 룸메이트를 하지 않겠느냐고 제의해 왔다. 렌트 비도 기차 삯 정도만 받겠단다. 위치도 직장 20분 거리에, 우리 성당 바로 옆이다. 그는 주일마다 성당에 오니, 얼굴은 매주 보게 되는 셈이다. 미사 끝나고, 밥 먹고, 마켓 보고 집에 들어가면 된다. 별로 마다할 이유가 없는 조건으로 서로 합의하에 주말 부부가 되었다. 이렇듯, 상황의 시작은 별 거 아니었다.

2년이란 생활이 흘렀다. 그 사이, 주말이 아니라 2주 부부가 되기도 하고 가끔 이벤트가 있을 때면 주일까지 반납하고 3주 혹은 한 달 부부가 돼야 할 때도 있었다. 불만이라면 그것이 불만이었을까. 하지만, 우리 나이쯤 되면 부부란 꽃의 열기가 아니라 잎의 온기로 살아가는 거 아닌가. 강 하류에 이른 부부라 '믿거니' 하고 사는 거지, 뭐 그리 원초적 본능에 매달려 사나 싶어 불편함을 느끼지 못했다. 이제 와 생각하면 그건 나만의 소녀적 감상이요, 낭만적 믿음이었나 보다.

1차 열애 사건은 작년에 터졌다. 이중 국적 문제를 핑계 삼아 한국에 두 달간 나가 있는 사이, 첫사랑을 다시 만나면서 일어난 일이다. 그를 50년간 해바라기해 온 순정파 여자다. 만나서 놀고 온 것도 모자라, 하루가 멀다 하고 카톡 사랑을 해온 둘은 매년 5월의 만남까지 예약해 둔 상태였다. 1차 열애 사건은 한국 나가는 걸 포기하는 조건으로 넘어가기로 했다. 그러나 그는 이중 국적 서류 문제로 계속 비밀 전화를 이어 갔다. 믿음이 깨진 부부 사이엔 점차 틈이 벌어졌다. 악재는 단체 입장이라던가.

2차 열애 사건은, 올 초에 일어난 일이다. 옛날에 같이 살자고 그에게 목숨 걸었던 여자를 35년 만에 뜻밖의 모임에서 만나게 되면서부터였다. 그들은 하느님께서 주신 인생 마지막 선물이라는 환상에 사로잡혀 급속도로 가까워졌다. 유부남이면 어떻고, 유부녀면 어때랴, '운명적 사랑'이라며 살갑게 다가오는 여자. 게다가, 식당을 운영할 정도로 음식솜씨가 뛰어나다. 바둑으로 쳐도, 그녀의 완벽한 불계승이다.

　그런데 1차 사건이 있은 지 불과 몇 개월 사이에 다시 2차 열애 사건이 일어나니, 심경에 변화가 왔다. 마귀의 현혹함인지, 아니면 신의 선함인지 알 수가 없다. 웬지, 상황에 대한 정상 참작이 되는 거였다. '외로웠나 보다!' 하는 측은지심이 생겼다, 한편으론, '그가 연애를 통해 자기 존재를 확인하고 싶은 건가' 하는 생각도 들었다. 그리고 그런 행위에 빠진 것에 나도 일말의 책임이 있다는 자책감이 생겼다. 문득, 이준관의 「나비」라는 동시가 떠올랐다.

　　들길 위에/혼자 앉은 민들레/그 옆에/또 혼자 앉은 제비꽃/그것은 디딤돌/나비 혼자 딛고 가는/봄의 디딤돌

　아름다운 꽃도 나비에게 있어 한갓 디딤돌이라는 자해석이 들었다. 짧은 동시에 세 번이나 들어간 '혼자'라는 단어도 퍽 쓸쓸히 들렸다. 그래, 어쩌면 이런 일련의 사건들도 삶을 건너가는 디딤돌에 불과한지도 모른다. 이런 생각이 들자, 웬지 모든 게 사소하게 여겨졌다.

　삶은 참 유쾌한 코미디다. 심각한 히치콕 영화에 드문드문 나타나는 그런 카메오 같은 코미디. 1차 열애 사건 때도 남편의 넉살에 폭소를 터뜨렸다. '내 심장은 그대 곁에 있는 거 알지?' 하고 카톡에 속삭인 그의 고백을 가지고 놀리자, "아, 소설도 못 써?" 하고 냅다 일격을 가했다.

사랑의 위대함이여! 무딘 사람이 순발력도 고수요, 소설가가 되는 것도 한순간이다. 첫사랑에게 심장까지 소포로 부쳐 버린 남자. 심장 없는 남자가 옆에서 코 고는 소리 요란하니, 판타지도 이런 판타지가 없다. 이런 남자에게 가정의 중요성을 일러준들 무엇하며, 두 가정을 깨는 건 악이라고 도덕군자 같은 말을 한들 무엇하랴. 다만, 외롭게 만든 건 미안한 일이니 마지막 노력이라도 한 번 해보자 싶었다. 하지만, 사랑에 눈먼 맹인에겐 지팡이도 필요 없나 보다.

"한 번 생각해 볼게!" 영혼 없는 말 한마디 남기고 그는 일터로 갔다. 멀리 있는 한국 민들레는 물 건너가고, 이제 이 '흰나비'는 미국 제비꽃으로 옮겨 앉았다. 다음엔 어느 꽃에 가 앉으려나.

첫사랑을 잃고 다시는 사랑하지 않으리라던 결심은 봄눈 녹듯 녹아 버리고 새순처럼 돋던 새로운 사랑. 누군들 경험하지 않았으랴. 잊을 만하면 봄풀처럼 돋아나는 싱그러운 단어, 사랑. 70 중반의 나이에도 유효하니 그저 신기하기만 하다

이 봄날, 꽃들은 계절을 앓고 사람들은 사랑을 앓고 있다. 아몬드 꽃 흐드러지게 피고 지고, 소나무는 푸르른 채 사시장철 제 자리다. 사랑도 이와 같으리. 누구는 아몬드 꽃잎 같은 사랑을 바람에 날리고, 또 어떤 이는 늘 푸른 소나무 사랑을 묵묵히 지켜 가겠지.

주인 속내를 아는 듯 모르는 듯, 무연히 푸른 하늘을 이고 선 우리 집 아몬드 꽃과 소나무. 이젠 이들에게도 안녕을 고해야 할 시간이 왔나 보다. 하필이면, 아몬드 꽃말이 '기대, 희망, 진실한 사랑'이라니! 이것도 코미디다.

"눈송이처럼 날리는 아몬드 꽃을 나는 참 사랑했느니라. 늘 푸른 소나무야, 너도 퍽 사랑했느니라.'

왠지 사랑을 고백하고 싶은 봄날이다.

**지희선**(Heesun Chi)  1951년에 마산에서 태어나 성장하고 부산으로 와 중, 고, 대학 시절을 보냈다. 잠시 교사 생활을 거쳐 25세 되던 해에 결혼, 전업 주부가 됐다. 결혼 6년 만에 네 살짜리 아들을 백혈병으로 잃고, 그것이 인생의 전환점이 되어 다시 직장 여성으로 돌아갔다. 부산근로청소년센터에서 교육부장 직을 맡아 미국 메리놀회 신부님과 일하던 중, 부모님 초청으로 미국으로 이민 오게 되었다. 때는 1983년 8월 13일로, 부모 형제가 살고 있는 캘리포니아 주 로스앤젤레스에 첫 이민 짐을 풀었다. LA 하이스쿨 어덜트스쿨에 등록하여 영어회화 공부에 몰입하는 한편, 현지 일간지 최초 신문인 나성일보 문화부 기자로 취직을 하여 '올림픽 에세이' 섹션을 담당하였다. 한편, 1983년 12월 24일 성탄 전야, LA 성그레고리 한인 천주교회에서 모 안토니오 신부에게 요안나라는 세례명을 받고 천주교 신자가 된다. 이듬해, 성당 문화부장이 되어 성당의 주보, 월보, 연간지 편집을 맡았으며 2000년도에는 '미주 가톨릭다이제스트'와 '남가주 연합월보' 편집국장으로 봉사했다. 이민 온 지 2년이 되어도 영어가 늘거나 미국 사람을 접할 기회가 없어 슬슬 이민 생활에 대한 권태증이 밀려왔다. 그때, 토탈 비유티 살롱을 경영하고 있던 동생이 함께 사업을 운영하자며 비유티칼리지에 갈 것을 권유했다. 다양한 인종을 만날 수 있고, 서로의 삶을 나눌 수 있는 현장이란 점에서 나는 흔쾌히 수락했다. 1985년 야마노비유티칼리지를 졸업하고 라이센스를 획득, 베벌리 힐스와 플라야 비스타 토탈 살롱에서 30년간 비유티 계통의 일을 해오고 있다. 수필 입문은 동아서점에서 읽게 된 명수필 한 편에 매료되어 본격적으로 매달리게 되었다. 1995년 『문학세계』를 거쳐 『수필과 비평』을 통해 등단했으며, 더 심도 깊은 수필 공부를 위해 2007년 『에세이 문학』 천료를 했다.

## 00. 수필 두 편에 대해

「기억의 저편에서」는 재미수필 15집에 실린 작품이다. 이 작품은 딸과 저녁을 먹으며 나눈 이민 추억담으로 슬프고도 아름다운 이야기다. 이 글을 쓰게 된 직접적 동기는, 딸아이의 블로거에 올린 나에 대한 이야기 때문이다. '나는 지는 해요, 너는 뜨는 해니 앞으로도 엄마는 너의 꽃받침이 되어 주마!'란 말이 그 애를 울렸던 모양이다. 딸아이와 나에게는 남다른 이야기가 있었다. 딸아이는 틴에이저 미혼모의 몸으로 공부와 직장을 병행하며 힘들게 아이를 키워낸 지난 세월이 있었고, 나는 오직 사랑하는 어미의 마음으로 그들을 뒷바라지해 온 뜨거운 이야기가 있었다. 남다른 경험이었기에, 독자랑 함께 나누고 싶어 이 작품을 썼다. 실수에도 불구하고 수용해 준 엄마의 마음과 그 고마움을 알고 20대 청춘을 반납하며 제 삶을 '책임 있게' 끌어온 딸의 이민 보고서라고나 할까. 수필은 삶이 녹아 있는 '정의 문학'이다. 내 수필의 주제는 언제나 '사랑'이다. 자연과 사람과 사물에 대한, 더 나아가서는 신에 대한 사랑을 증거하고 노래하고 싶다.

「아몬드꽃 피고 지고」는 실지로 겪은 황혼 부부 에피소드다. 대체로 부끄러운 이야기는 수필 소재로 선택하지 않는 걸 안다. 때문에, 나는 역으로 이 글을 꼭 쓰고 싶었다. 인간적으로 생각하면 나도, 남편도, 엮인 그 여인들도 다 부끄러운 일이다. 하지만, 크게 보면, 이해 못할 일도 아니다. 황혼의 사랑 그리고 별리. 그 나이에도 사랑이 되나, 하고 갸우뚱거릴 일은 더더욱 아니다. 감정도 살아 있고 육체의 세포도 비늘같이 일어선다. 외로움의 발로인지 사랑을 갈구하는 원초적 본능인지는 모르겠으나 남편을 보고 알게 됐다. 이 글은 파탄 초입에 들어서며 쓴 이야기로 일반화시켜 가며 유쾌하게 썼다. 강 하류에 다다른 나이쯤 되니, 배반

감보다는 모든 걸 수용할 수 있는 너그러움이 생긴다. 바람을 피우다 들킨 남편의 넉살에 파안대소하고, 일흔 중반의 나이도 무색하게 성적인 능력을 재확인하려는 무모함과 유아적 행동에 대해서도 수긍이 간다. 황혼 사랑도 존중되어야만 한다. 다만, 단순한 성적 놀음이 아닌 순정적 사랑이라면 좋겠다. 목숨이 붙어 있는 한, 사랑은 늘 현재진행형이다.

### 00. 수필 속 그 사람들

「기억의 저편에서」를 쓴 지 3년이 지났다. 이제 손녀는 대학생이 되어, 글로벌 스터디를 전공하고 있으며 졸업 후엔 유엔이나 세계기구 쪽에서 일을 하게 된다고 한다. 딸은 명문 패션 칼리지를 나와, 캐릭터 전문 패션 컴퍼니에서 바이어로 커리어를 쌓아 가고 있다. 돌아보면, 모두가 주님의 은총이다. 인생이란 풍경화는 산이 있고 강이 있어야 더욱 아름다운 그림이 된다. 함께 걸어 나온 추억의 통로. 다시 한 번 주어진 우리의 삶에 충실해야겠다는 다짐을 해본다. 많은 독자들이 뜨거운 응원과 격려를 보내 주셨다. 필력이 딸려도 소재가 공감을 불러일으키면 그 나름대로 좋은 반응을 얻는다는 경험을 하였다.

「아몬드꽃 피고 지고」는 올 2월에 썼다. 지금은 5월 1일. 채 석 달이 되지 않는다. 20년간 차지했던 아내라는 자리를 물려주고 나오겠다는 참한 생각을 하고 있는데, 갑자기 남편의 태도가 바뀌었다. 도리가 아닌 것 같다며 굽히고 들어온다. 그녀에게 건 내 전화 한 통이 효력을 발생했나 보다. 이왕 사랑을 하려면, 불륜에 빠지지 말고 본인도 이혼하고 당당한 사랑을 구가해 보라고 했다. 덜렁, 겁이 났던 것일까. 자기 남편과는 헤어질 의사가 없다며 새 사랑에게 절교를 선언해 버렸다. 남편은 사랑 구걸자가 되었다. 하지만, 그녀는 요지부동. 그들이 믿었던 '운명적 사랑'이 두 달 만에 완전 삼류 소설로 끝나 버렸다. 그녀에게 보낸 남편의 마지막 카톡 내용이 눈물겹다. "우리 사랑은 운명적 사랑이 아니라, 하느님의 장난이었나 보오." 허, 참! 하느님이 자기들 사랑을 위해 장난칠 시간이 어디 있담! 내 남편은 끝까지 나를 실소하게 했다. 나의 거취문제? 마릴린 먼로가 희부연 눈빛으로 부르던 '돌아오지 않는 강'이다. 'No Return, No Return……."

## 00. 뜻하지 않은 미국 이민

과목 중에서도 영어를 제일 못 하고, 나라 사랑이 유난히 강한 내가 우리 조국을 떠나 미국으로 이민 오리라고는 상상하지 못했다. 그러나 운명의 장난인지, 주님의 선한 계획하심인지 나는 거의 타의에 의해 미국 이민 길에 오르게 되었다. 1983년 8월 13일의 일이었다. 그때 당시, 만약 내 인생의 최대 터닝 포인트가 된 일만 벌어지지 않았던들, 난 아직도 한국에서 아들딸 키우며 평범한 소시민의 삶을 영위하고 있었을 게다. 멀쩡하던 네 살박이 아들이 백혈병이란 이름으로 한 달 만에 갔다. 그리고 결혼 6년차였던 나를 끊임없이 괴롭혔던 큰시누이는 이때다 하고 "받을 복이 없어서 애까지 죽었다"며 심장에 비수를 꽂았다.

아이 죽은 지 사흘째 되던 날, 멀건 대낮에 주님의 음성이 들려왔다. 가정 평화를 위해 교회도 못 가고 있던 나에게 직접 찾아오신 주님. 설움과 슬픔으로 꼬박 곡기를 끊고 울기만 하고 있던 나는 또 다른 의미의 기쁜 눈물을 흘렸다. 내 나이 서른. 나는 내 인생을 재편성해야만 했다. 결혼 후 잃은 게 너무 많았다. 이혼을 했다. 그 이후, 기적 같은 일이 계속 일어났다. 아들 녀석의 유품을 정리하던 중, 오래 된 수첩에서 후배 전화를 발견하게 되고, 놀러 오라는 성화에 갔다가 직장까지 얻게 되었다. 외국 신부님이 원장으로 있는 '근로청소년센터'에서 교육부장으로 일을 시작했다. 아들 하나 데려가시고, 학교 대신 공장에 다녀야 하는 불쌍한 아이들 180명을 내게 맡겨 주셨다. 내적 기쁨이 충만한 가운데 내 모든 사랑과 능력을 동원하여 일을 했다.

한편, 큰일이 있기 6개월 전에 이민 가신 어머님은 피눈물을 흘리며 이민을 종용하셨다. 그땐, 이혼 자녀를 부모가 초청할 수 있었다. 이틀이 멀다 하고 국제전화가 왔다. 6개월 전, 네 명이던 식구가 두 명으로 줄어 버렸으니 그 심정이 오죽했겠는가. 행복하다는 내 말을 어머닌 믿을 수 없었나 보다. 난 이민 초청 서류를 서랍 속에 넣어 둔 채, 오랫동안 접수하지 않았다. 2년 뒤, 우리 근로청소년들을 위한 모든 프로그램과 교재를 만들고 시스템화한 후에야 이민 길에 올랐다. 어머님의 사랑과, 사시장철 기후 좋다는 캘리포니아 날씨에 솔깃해진 것이다. 선택은 탁월했다. 이미, 모든 가족이 와 있는 가운데 마지막으로 합류한 나는 이민의 '처절한' 어려움 없이 새 생활을 시작할 수 있었다. 몇 번의 고비가 있었지만, 여전히 내적 기쁨 충만한 가운데 기회의 나라 미국에서 행복한 나날을 보내고 있다.

### 00. 수필을 처음 만나다

밀란 쿤데라는 『참을 수 없는 존재의 가벼움』에서 '필연은 우연의 연속'이라고 말했다. 만남도 이와 같지 않을까 싶다. 수필과의 만남도 그러했다. 1992년 초, 서탐이 심한 나는 쥐방울처럼 LA 동아서점을 드나들고 있었다. 그러던 어느 날, 여느 때와 같이 이 책 저 책을 뒤적이던 중 수필 한 편을 보게 되었다. 아니 '만나게' 되었다. 온몸에 전류가 흘렀다. '아니 수필 한 편이 이토록 감동을 줄 수 있는가?' 싶었다. 감동을 넘어 그것은 하나의 '경이'였다. 그때부터 나는 수필과 사랑에 빠졌다. 사랑한다는 것은 안다는 것이다.

한국의 문화부에 등록된 모든 수필 전문지를 정기구독해서 보기 시작했다. 그것도 모자라, 고원 교수가 운영하는 글마루에 가입하여 본격적인 수필 공부에 진입했다. 사랑은 늘 갈증을 부른다. 짧은 시간에 시, 소설, 수필 공부를 다 해야 하는 글마루는 순수 수필문학에 대한 내 갈증을 충분히 채워 주지 못했다. 여러 수필집을 탐독한 끝에, 작품과 인품으로 내 마음을 잡고 있던 김태길 교수에게 국제전화를 올렸다. 수필 통신 강좌를 해주십사하는 청원을 드렸다. 『계간 수필』발간 준비로 바쁜 것도 있지만, 더 훌륭한 분이 많다며 윤모촌 선생과 김시헌 선생을 추천해 주셨다. 나는 수필 이론서로 만난 윤모촌 선생께 먼저 전화를 올렸다. 칠십 초로의 연로한 연세에 안질까지 앓고 계시는 선생은 흔쾌히 허락해 주셨다. 네 명의 벗들 원고를 함께 모아 한국으로 보내면 윤모촌 선생은 11 바이 14 사이즈로 확대하시어 붉은 줄을 북북 그으시고 옆에다 촘촘하게 설명을 적어 보내 주셨다. 2주 간격으로 주고받던 수필 통신 공부는 선생의 건강 문제로 일 년 가까이 이어진 후 끝났다.

수필에 매료되어 수필 공부는 열심히 했지만, 수필가가 되려는 욕심도 등단에 대한 욕망도 없었다. 정작 등단은 타의에 의해 이루어졌다. 고원 교수와 공부한 지 6개월 만에 첫 숙제로 낸 작품「빈 방 있습니까」가 『문학세계』에 신인상으로 추천되고, 한국에서 온 친구가 내 작품「겨울 바다」를 『수필과 비평』에 투고하여 졸지에 등단을 하게 되었다. 수필가란 이름표를 달고 수필초등학교에 입학한 것이다. 1995년과 1997년의 일이다. 그래도 뭔가 미흡한 거 같아, 십 년 뒤인 2007년 『에세이 문학』에 「새벽 전람회」를 투고하여 천료를 받았다. 필력은 딸리나, 수필 사랑에 대한 티 없는 순정은 여전히 현재 진행형이다.

모든 사물이나 현상, 사람에 대해 눈여겨보게 되고 관심을 가지게 되었다. 한마디로 'with love'라고 할 수 있다. 삶이 사랑으로 가득 채워졌다. 그리고 그 사랑을 나누고 싶다는 열망으로 수필을 쓰고 있다.

### 00. 미국에서 수필을 쓴다는 것은

자기 나라를 일컬어 '모국'이라고도 부르고 '조국'이라고도 부른다. 하지만, 언어는 늘 "조국어'라 하지 않고 '모국어'라고 한다. 말은 어머니로부터 배우기 때문이다. 어머니께 하루의 일상을 조잘대듯, '모국어'로 이국땅에서 글을 쓴다는 것은 우리 미주 수필가의 청복(淸福)이라 생각한다. 하느님께서 주신 특별한 선물이라 여기고, 나의 이 작은 탤런트가 '평화의 도구'로 쓰임 받도록 기도 드리고 있다. 여일이 얼마 없는 듯하여 마음이 조급해지는 것도 사실이다.

### 00. 나만의 수필창작법

대체로 이 형태로 이루어진다. 소재와의 특별한 만남이 어떤 느낌표를 찍으면 계속 '앉으나 서나' 당신 생각에 잠긴다. 머릿속에서 스케치하는 시간이 짧을 때도 있지만, 거의 십 년이 걸려 첫 줄이 나올 때도 있다. 그렇게 곰삭한 생각 뒤엔 무슨 예로, 어떻게 전개하나 고민한다. 마무리는 수미상관법으로 다시 한 번 매듭을 지어 준다. 제목은 때때로 본문 속의 중심 낱말로 대체하기도 한다. 크리스털로 팔찌를 만들 때 쓰는 수법을 나 개인적으로 즐겨 사용한다. 재료를 고르고, 패턴을 생각하고, 매듭을 잘 지어 주는 것. 그러다, 패턴이 마음에 들지 않으면 다시 풀어 패턴이나 색상과 모양을 달리하며 밤새 가지고 노는 것. 내게 있어 쓰필 쓰기는 노동이 아니라, 놀이요 쾌락이다. 배반하지 않는 사랑이요, 벗이다.

## 00. 한국 수필에 바란다

수필 이론서가 요구하는 명수필의 조건이나 제약에서 무장해제하고 '편안하게' 작품을 쓰면 좋겠다. 격을 높이기 위해 어려운 말을 쓰거나, 묘사를 멋있게 하기 위해 용을 쓰다 보면 몸살이 난다. 4번 타자가 홈런 한 방 치려다 스윙 아웃당하는 꼴이다. 또한, 자랑거리나 좋은 이야기만 쓰지 말자. 실수나 부끄러운 이야기면 어떠랴. 수필을 통해 굳이 자기 화장을 할 필요가 있을까. 문학단체에 바라는 건, 작품성을 고려하여 상을 주지, 알음이나 공로를 따져 문학상을 남발하지 않았으면 한다. 덧붙여, 여기 수필 강사로 오려면 제대로 준비해서 와 줬으면 한다. 질문할 게 없다. "Where's the beef(알맹이는 대체 어디 있는가)?"라고 되묻고 싶을 때가 많다. 연인을 기다리듯 '설레며' 기다리고 있는 우리의 순정을 기억해 주길 바란다.

## 나는 이렇게 간호사가 되었다 #나는 간호학 공부를 늦은 나이에
시작했다. 미국에 와서 간호사가 되리라고는 꿈에도 생각하지 않았다……
#2014년『그린에세이』11/12월호 특집 '시험, 인생의 디딤돌'이라는 테
마 아래 게재된 글이다.

## 롱비치 마라톤에서 했던 생각 #출발선 앞에 서니 팽팽한 긴장감
이 온몸을 감쌌다. 구름떼같이 모인 사람들을 바라보자니 내부에서 알지
못할 힘이……. #2012년『현대수필』봄호에 발표했고 수필선집『사막을
지나며』(2012)에도 수록되었다.

**하정아** 1989년『미주 크리스천 문학』신인상과 1994년 한국의『문학세계』의 추천 완
료로 등단. 수필집『행복은 손해 볼 수 없잖아요』『물빛 사랑이 좋다』『나는 낯선 곳이 그
립다』등이 있다.

# 이렇게 나는 간호사가 되었다

컴퓨터 화면을 뚫어지게 응시했다. 기싸움이라도 벌이듯. 총 275문제라 했다. 4시간이 주어졌으니 한 문제당 일분이 조금 모자라는 시간이 배당된 셈이다.

간호사 자격시험. 컴퓨터 시험에 대한 공포스런 루머가 대단했다. 첫 75문제가 리트머스 시약이다, 최고난도 문제들인데 잘하면 컴이 저절로 꺼진다, 실력을 인정받았다는 청신호다, 너무 못해도 75문제에서 꺼진다, 가망이 없다는 심판이다, 수험자의 실력이 어중간해서 판단이 유보되면 100문제까지 간다, 그 뒤에는 275문제를 다 풀어야 한다…….

75문항에서 끝장을 보아야 했다. 시력이 약한 나는 4시간 동안 컴퓨터 모니터에 집중할 자신이 없었다. 조금만 오래 화면을 들여다보면 글자가 흐려지고 깨지면서 판독이 어려운 상태가 되곤 했다.

긴 숨을 내리쉬고 클릭을 시작했다. 시험 치르는 요령을 자세히 읽었다. 질문 방식과 경향을 파악하기 위하여 연습문제와 예상문제에도 충분히 시간을 투자했다. 이미 30분이 지나가고 있었지만 담담했다. 괜찮아, 75문제에서 끝을 낼 테니까. 시간은 충분해.

실전 문제를 시작하는 단추를 클릭했다. 문항마다 함정이 깔려 있었다. 집중하지 않으면 속을 수밖에 없도록 꼬이고 꼬여 있었다. 75번 문제에 답을 하는 손가락이 떨렸다. 컴아, 제발 꺼져다오. 내 눈은 이미 지쳤단다. 웬걸, 76번 문제가 화면에 팍, 떠올랐다. 바짝 긴장이 되었다. 100번 문항에 희망을 걸었건만 답을 클릭하자마자 맙소사, 101번 문제가 화면에 나타났다. 이를 어쩐담. 입술이 마르고 심장이 쿵쾅거리기 시작했다. 이제 모든 시험문제를 꼼짝없이 치러야 한다.

눈길 손길을 바삐 움직였다. 생각할 시간이 더 이상 없었다. 1분 안에 세 문제를 풀어야 하는 것이다. 재빨리 읽고 느낌이 오는 답을 찍었다. 시간 부족으로 문제를 읽지도 못하여 빈 답을 제출함으로 낙방하는 것은 얼마나 억울한 일이냐.

112번 문제에 답을 한 직후였다. 컴 화면이 픽! 꺼져 버렸다. 마치 고장 난 것처럼 캄캄한 화면. 이리저리 마우스를 움직여도 스크린은 꿈쩍도 하지 않았다. 황당했다. 75번도 100번도 아니다. 75번 이후부터는 어느 문제 하나 자신 있게 맞는 답을 했다고 장담할 수 없는 처지였다. 이 시험이 얼마나 지속될지 모른다는 불안감과 중압감에 휩싸여 즉흥적인 답을 했기 때문이다. 냉담한 화면을 멍하니 바라보는 동안 생각 하나가 머리를 세차게 때렸다. I am failed! 나는 망했다!

파킹랏에는 햇살이 눈부셨다. 자동차 안에 들어서니 눈물이 거침없이 쏟아졌다.


나는 간호학 공부를 늦은 나이에 시작했다. 미국에 와서 간호사가 되리라고는 꿈에도 생각하지 않았다. 한인 신문사와 잡지사에서 편집과 번역을 하는 동안 불현듯 공부가 하고 싶었다. 사표를 내고 대학에 들어가 ESL을 공부했다. 끝을 알 수 없는 공부가 답답했고 나의 영어 수준이 어느 정도인지 얼마만큼 더 해야 하는지 짐작할 수 없어 막막했다. 슬럼프에 빠진 내게 친구가 조언을 해주었다. 전문 자격증을 딸 수 있는 과목을 전공하면 라이선스도 따고 영어를 저절로 습득할 수 있어 일거양득이란다. 한 줄기 구원의 빛이었다. 간호학을 택하는 일은 어렵지 않았다. 한국에서 생물학을 공부하면서 행복했던 기억이 났다. 매사를 감성적으로 받아들이는 내게도 과학적인 사고를 할 수 있는 머리가 있다는 가능성으로 받아들였는지는 확실히 모르겠다.

필수교양과목을 마치는 데 꼬박 2년 반이 걸렸다. 한국에서 전공한 생물학은 이곳에서는 아무 소용이 없는 그림의 떡이었다. 기초 과학부터 다시 해야 했다. 철학, 심리학, 영양학은 그나마 흥미로웠다. 생리학, 미생물학, 약학, 대학 영어는 책장마다 한숨으로 얼룩졌다.

간호학 본과에 들어가 2년을 더 공부했다. 간호학과는 지옥의 불꽃이라는 정평이 나 있었다. 50여 년 학과 전통과 프라이드를 망칠 수 없다는 사명감으로 가득 찬 교수들은 어떻게 하면 학생들을 낙제시킬까, 연구에 주력한 사람들 같았다. 필수교양과목에 A학점을 맞고 선발된 50명은 무척 고전했다. 격주로 치르는 시험 날짜가 다가오면 학생들은 두통과 복통을 앓았다. 낙제한 학생들이 하나둘 사라지더니 일 년 후에는 절반이 떨어져나가고 직업간호사들 10여 명이 편입해 들어와서 자리를 채우는 듯하더니 졸업 즈음에는 교실이 썰렁했다. 강의실 복도에 걸려 있는 선배들의 졸업사진 중 어느 해에는 단 11명만이 서 있기도 했다.

숙제가 엄청났다. 학과 공부 이외에 실험, 리서치 페이퍼 작성, 세미나 연구 발표, 실습 비디오 제작은 시간을 거침없이 먹어치우는 주범들이었다. 일주일에 세 번 있는 환자 간호실습 준비를 철저히 해야 했다. 병동에서 무작위로 쏟아대는 교수의 질문에 조금만 어물거려도 당장 집으로 쫓겨가야 했다. 모든 제출물은 조금만 타이핑 규격에 어긋나도 영점

처리가 되고 두 번 다시 만회할 기회가 주어지지 않았다.

나중에 병동에 섰을 때 교수님들이 그렇게 까탈을 부린 이유를 알게되었다. 사람의 몸을 만지는 것은 하늘을 만지는 것이라는 진리를 깨닫게 하기 위한 훈련이었음을. 시간 관리를 통해 책임감 있는 지도자를 길러내기 위한 필수 교육과정이었음을. 지식이 아니라 인내와 사명의식을 시험하신 것임을.

스터디 그룹에서 함께 공부했던 마리아는 남편과 이혼을 했다. 학교를 마칠 즈음에는 동기 중에 3명이 이혼을 하고 2명이 별거에 들어갔다. 가족의 이해와 협조가 없으면 도무지 해낼 수 있는 공부가 아니었다.

질리게 공부했다. 주중에는 학교 일정을 마치고 도서관에 가서 밤 9시 반에 문 닫을 때까지 책을 읽었다. 주말에는 Jack in the Box, 잭 인 더 박스 햄버거 숍에서 밤 11시까지 공부했다. Jane in the Box, 제인 인 더 박스였다. 인생의 모든 재미는 유보되었다. 꼭 필요한 일만 했다.

그중 포기할 수 없는 것이 글쓰기였다. 일간지에 격주로 칼럼을 쓰고 본국과 로컬 문예지에 열심히 글을 발표했다. 공부하는 동안 수필집 두 권을 출간했다. 오직 공부와 글쓰기만 했다. 그렇게 공부한 간호학이었다.

고등학교 3학년 때 육군간호장교사관학교에 응시했다. 필기시험에는 합격했는데 면접과 보안검사에서 낙방했다. 면접을 마친 면접관은 내게 군인의 소양이 부족해 보인다고 했다. 보안 검사에서는 오래 전 정계에서 활동하시던 친척이 납북당한 이력이 문제가 되었다. 18세에 깊은 상처를 입고 포기해야 했던 간호사의 꿈이 20여 년의 세월이 흐른 후에도 무참히 무너지고 있었다.

자격시험에서 떨어지면 3개월에 한 번씩 두 차례 재시험 기회가 주어진다. 그도 낙방하면 학교에 들어가 다시 공부해야 한다. 기가 막혔다. 자동차 안에서 2시간 동안 실컷 울었더니 그나마 속이 후련했다. 다음번에는 철저히 준비하자. 생명을 다루는 직업인데 당연히 더 공부해야지. 홀홀 털고 집으로 돌아왔다.

3일 동안 잠만 잤다. 결과는 사흘 후에 발표된다 했다. 합격하면 캘리포니아 등록간호사 라이선스 번호가 이름과 함께 컴퓨터 화면에 뜬다 했다. 결과를 알아볼 필요조차 없었다. 떨어진 게 분명하니까. 그래도 사흘째 되는 날 인터넷에 들어가 내 수험번호를 찍어 보았다. 허사였다. 6일째 인터넷을 열어 보아도 허탕. 나는 밤마다 악몽을 꾸었다.

8일째 되는 날 새벽, 컴퓨터를 열었다. 당락은 5일 전에 이미 결정이 되었는데. 공부한 것이 아까웠던 것일까. 허망했나. 미련이 남았던가. 그런데 오 마이, 내 이름이 라이선스 번호와 함께 말갛고 선명하게 찍혀 있었다. 캘리포니아 간호협회에 전화를 하니 사무실 이전으로 그 기간 동안 시험을 치른 사람들의 결과발표가 늦어졌단다.

이렇게 나는 간호사가 되었다.

# 롱비치 마라톤에서 했던 생각

롱비치 하프 마라톤을 완주했다. 메달을 목에 거는 순간 만감이 교차했다. 몸을 움직이는 것을 끔찍이도 싫어하는 내가 13.1마일을 쉬지 않고 뛰다니, 삶이 이렇게도 전환될 수 있구나 싶어 감격스럽기까지 했다.

마라톤 전날 저녁, 데니스 식당에 갔다. 탄수화물을 양껏 섭취해야 한단다. 집 근처에 마땅한 이탈리안 식당이 없었다. 요리하는 데 에너지를 낭비하면 안 되었다. 나초 큰 접시를 주문하여 열심히 먹었다. 집에 돌아와서는 라면을 끓여 먹었다. 국수류를 먹어야 한다 했다. 알고 있는 원칙은 모두 시행하고 싶었다. 심리적인 만족과 안정이 필요했다.

새벽 3시, 얼굴이 보름달처럼 둥글게 부어올라 눈뜨기조차 힘들었다. 염분을 많이 섭취한 탓이다. 롱비치로 달려가는 동안 현미 가래떡을 커피에 적셔 먹었다. 롱비치 파킹랏에 도착하니 사방이 아직도 캄캄했다. 새벽안개를 헤치며 대회장소를 향해 걷노라니 예전에 알지 못했던 행복감이 가슴으로 흘러들었다. 미지의 여행을 떠난 듯 마음이 설레었다.

남편이 페이스메이커가 되어 주었다. 몇 달 전에 LA와 샌프란시스코 풀 마라톤을 완주했던 그는 나를 위해 시간 단축에 대한 열망을 접었다.

보스턴 마라톤 티켓을 따고자 하는 열망으로 온 여름 내내 고통했던 그였다. 햇볕이 작열하는 거리를 하루가 멀다 하고 10~20여 마일을 뛰느라 발톱 두 개가 빠지고 젖꼭지에서는 피와 진물이 흘렀다. 엉덩이의 패인 골은 땀에서 배어난 소금기에 갈라지고 헐어 몹시 쓰리고 아프다고 밤마다 울상을 짓곤 했다. 그렇게 집념을 불태우던 그가 대회 이틀 전, 풀 마라톤을 포기하고 하프로 바꾸었다. 자기가 옆에 있어 주지 않으면 내가 완주하지 못할 것 같다며, 이 황량한 세상에 혼자 외롭게 달리게 할 수 없다며, 맨 처음이 중요하다며, 이번에 완주해야 다음을 기약할 힘이 생긴다며, 같이 뛰어야 할 이유를 대었다.

연습하지 못할 핑계가 많았다. 남편은 내 스케줄을 벽에 붙여 놓고 연습량을 점검하는 것을 잊지 않았다. 일을 마치고 저녁 늦게 돌아온 그는 나를 밖으로 끌어내었다. 동네에는 마침 마라톤 연습에 좋은 산책로가 있었다. 그는 자기 속도로 뛰다가 내가 보이지 않을 때쯤이면 되돌아와서 다시 달려가기를 반복했다.

출발선 앞에 서니 팽팽한 긴장감이 온몸을 감쌌다. 구름떼같이 모인 사람들을 바라보자니 내부에서 알지 못할 힘이 솟았다. 입술을 앙 다물었다. 그래, 해보는 거야. 서슬 푸르게 두 눈을 들어 보이지 않는 먼 길 끝을 바라보았다.

쓰러진다 해도 끝까지 달려야 할 명목이 있었다. 사랑하고 존경하는 두 어른이 있었다. T는 말기 암으로 투병 중에 있었다. 롱비치 마라톤에 같이 뛰자 했던 J는 여름에 무릎을 다쳐 회복 중에 있었다. 나는 J의 이름으로 T를 위해 뛰겠노라, 두 사람에게 이메일을 보냈다. 그들을 위해 달린다 생각하니 연습할 때도 힘을 낼 수 있었다. 내가 완주해야만 T의 병이 나을 것 같았다. 나의 완주는 J의 몫이기도 했다.

남편의 격려와 농담이 긴장을 풀어 주었다. 잔소리가 많았다. 이제 걸을 시간이다, 복식 호흡을 해라, 팔을 조금 더 높이 흔들어라, 이제 5마일 남았으니 힘내라…… 문득 지난 25년 동안 그가 내 인생을 이렇게 지켜 주었다는 생각이 들었다. 내가 의기소침하여 구부리고 앉아 있을 때 나를 일으켜 세워 주고 다독여 주었다. 알아도 모른 척, 보아도 못 본 척, 용납해 주고 눈감아 주었다. 그는 내가 그를 만나기 전 20여 년 동안 받았던 모든 세상의 상처를 지난 25년 동안 씻어 주고 꿰매 주고 감싸안아 주었다.

그와 맨 처음 만났을 때, 내 얼굴은 콩알만 한 화농성 여드름으로 온통 덮여 있었다. 그는 몹시 아프겠다며, 자신의 혀로 깨끗이 핥아 주고 싶다 했다. 자기가 다 가져와서 대신 아프고 싶다 했다. 그 마음이 오늘까지 변함없이 지속되고 있다는 갑작스런 발견, 오히려 더 강해지고 깊어졌다는 새삼스런 자각, 그 마음 때문에 내가 이 메마른 사막 땅에서 이제껏 버틸 수 있었다는 인과(因果)와 연계(連繫)의 총체의식이 출렁, 나의 내부를 온통 물기로 채웠다.

오르막길. 그가 등을 밀어 주었다. 나는 멈출 수가 없었다. 그를 위하여 애써 힘을 내었다. 물리적인 마라톤에 있어서만큼은 그에게 짐이 되고 싶지 않았다. 처지거나 기권함으로 그를 곤혹스럽게 만들고 싶지 않았다. 자신도 지친 터에 이중으로 힘들 것이다.

인생의 마라톤. 그는 유난히 무거운 나의 인생 짐을 기꺼이 자신의 어깨에 짊어졌다. 공평한 분배가 아니었다. 어느 땐 나를 통째로 업고 뛰었다. 나는 등에 업혀서도 온순하거나 나긋하지 않았다. 내리겠노라 발버둥을 치고 앙탈을 부려 그로 진땀나게 했다. 이인삼각으로 나서야 할 때 나는 안 한다 투정 부려 그를 넘어지게 했다.

얼마나 답답하고 팍팍했을까. 나는 설명이 불가능한 감정에 사로잡혀 구석에 웅크리고 앉아 눈물을 흘리는 때가 많았다. 그가 결근하고 하루

종일 나를 달래 주었던 날이 있었다. 그는 사랑하는 사람을 행복하게 해 주지 못하고 밖에 나가 돈을 버는 일이 무슨 의미가 있느냐고 했다. 우스갯소리로 내 생각을 돌리려 노력하다가 아무 말 없이 오랫동안 내 얼굴을 쳐다보기도 했다. 저녁 무렵에 그가 부탁했다. "내게 아무것도 기대하지 말아 줘. 기대한 만큼 실망하게 될 거야. 아무리 노력해도 나는 더 이상 바뀌지 않아. 그러니까 나를 이 모습 이대로 그냥 받아 줘. 그렇지 않으면 네가 불행해지니까."

시야가 확 열리는 것 같았다. 눈앞을 가로막고 있던 어둡고 두텁던 안개가 일시에 걷히는 기분이었다. 정말 그랬다. 고개를 끄덕여 자신을 다독였다. '그래, 그로 하여금 그 자신의 인생을 살게 하자. 내 생각과 방식대로 그가 살아야 하는 것은 공평하지 않다. 사랑이라는 이름으로 그에게 올가미를 씌우지 말자.' 그때부터이지 않나 싶다. 나는 조금씩 밝아지고 행복해졌다. 나 혼자 할 수 있는 일들이 눈앞에 보이고 할 수 있겠다는 용기가 났다.

해변도로에 들어섰다. 툭 트인 바다가 나타났다. 건조한 피부에 물기 머금은 바닷바람이 다가와 어루만져 주었다. 풍광 좋은 해변 경치가 마음을 시원하게 해주었다. 독립기념일에 폭죽을 터트렸던 파티선박은 제자리에서 뱅글뱅글 돌면서 바닷물을 분수처럼 높이 품어 올려 용기를 북돋아 주었다. 종종 뱃고동을 울려 지친 우리를 격려해 주었다. 눈앞에 위풍당당한 퀸 메리호가 떠 있었다. 언덕 위에는 예쁜 등대가 서 있었다. 빨간색과 흰색의 조화가 환상적이었다. 모든 풍경이 그림 같았다. 보도블록이 예술작품처럼 깔려 있는 노천카페들을 지날 때는 당장 멈추고 싶었다. 비치 췌어에 아픈 다리를 내려놓고 바다를 바라보며 그리운 사람들과 차를 마시고 싶었다. 언젠가는 이곳에 다시 오리라, 낭만적인 거리를 마음속에 사진을 찍어 저장했다.

곳곳에 설치된 부스에서 각종 음료를 제공해 주었다. 드럼과 기타를 곁들인 락 뮤직이 군데군데 자리 잡고 앉아 기운을 북돋아 주었다. 멀리서 들려오는 꽹과리와 북소리가 경쾌하고 흥겨웠다.

마라토너들의 다양한 패션이 눈길을 끌었다. 백댄서 차림의 여인을 만났다. 팔꿈치까지 닿는 길고 흰 장갑을 끼고 보헤미안 구두를 신었다. 싱코 데 마요 연미복 차림으로 기타까지 멘 사람이 있었다. 할로윈 복장인 듯 머리부터 발끝까지 거북이패션을 하고 느릿느릿 걷는 사람이 있었다. 머리에 수박을 이고 친구와 히히덕 장난을 치며 뛰는 사람이 있었다. 정박아 아들을 휠체어에 태우고 달리는 아버지, 애완견을 유모차에 싣고 달리는 남성도 보았다.

모두, 제멋에 달리고 있었다. 모두, 제 인생을 살고 있었다. 이들 각자에게는 그들만의 특별한 인생사가 있다. 각별하고 독특한 인생사를 품은 사람들이, 다양한 얼굴빛과 다양한 언어를 구사하는 사람들이 이렇게 한 자리에 모여 한 방향으로 달리는 일이 보통 일인가. 같은 장소를 함께 바라본다는 것, 목표가 같다는 것은 얼마나 아름다운 일이냐. 이토록 순수한 열정과 공동의식을 지닌 일이 또 있으랴. 무려 2만 5,000명이다.

달리는 어느 누구라도 친구 같았다. 달리는 모든 사람들이 사랑스러웠다. 지쳐서 천천히 걷는 사람들에게는 힘내라, 박수를 쳐 주었다. 나를 앞지르는 사람들에게는 정말 잘한다, 칭찬해 주었다. 동네 사람들이 길가에 나와 박수를 치며 응원해 주었다. 온갖 문구들이 용기를 주었다. "당신들은 미쳤다!" "당신들 모두 정말 멋있다!" 기분이 좋았다. "그렇다, 우리는 미쳤다." 나만 미친 것이 아니라 많은 사람들과 함께 동시에 미쳤다는 그 공감대로 인하여 행복했다.

출렁이는 거대한 인간 물결이 거리마다 장관을 이루었다. 따뜻한 인간애가 마구 가슴을 휘저었다. 이들은 모두 마라톤 참가를 위해 일정 수준의 자기 훈련을 거친 사람들이었다. 동료의식이 사람들의 움직임과 함께 흘렀다. '우리는 같은 목표를 지닌 사람들이다. 그러므로 우리는 하나다. 나는 너를 알고 너는 나를 안다'는 의식은 몸속의 피톨을 뛰게 했다. 동기유발을 부추기는 아드레날린과 유포리아 감정을 샘솟게 하는 엔돌핀이 한껏 활성화되고 있었다.

이제 신나는 내리막길. 인생의 내리막길이 이렇게 신날 수 있다면 얼마나 좋을까. 사는 일이 이토록 가볍고 가뿐하다면 얼마나 즐거울까. 앞에 닥친 어려움을 노래 부르듯 시원시원 풀어갈 텐데. 아니다. 오르막길이어서 힘들어도 기쁘게 힘을 내야 할 것이다. 고통과 막막함이 삶의 대가라 할지라도 선택은 없다. 기쁨과 감사로 받아들일 수밖에 없는 것이다.

시시각각 달라지는 마라톤 구간이 인생을 닮았다. 거리 환경과 풍광에 따라, 컨디션과 분위기에 따라, 속도가 달라지듯, 삶의 길목마다 있었던 만남과 부딪친 사건에 따라 희비가 엇갈리는 것이 그대로 닮았다. 마라톤을 치르는 동안 음악과 바람과 음료가 힘과 용기를 주었던 것처럼 좋은 만남과 관계가 내 삶의 윤활유와 동기가 되어 주었다. 그렇지 않다 한들 어쩌랴. 시냇물과 강물은 바다로 흘러가는 동안 더러운 물일지라도 받아들여야 하고 온갖 고초도 만나지만 하늘의 별을 수천수만 개를 품는다 했거늘, 살아온 세월이 의미 자체인 것이다.

마침내 골인 점을 통과했다. 달리기를 마친 후 찾아오는 느낌이 각별했다. 죄와 허물을 제거하는 씻김굿을 치렀거나 제련소의 용광로를 거쳐 순수해진 의식을 소유한 느낌이다. 인생도 힘든 고비를 지나고 나면 시야가 넓고 깊어지지 않는가. 강한 순수로 넉넉해지지 않는가. 수용과 용납의 폭은 인생의 고난을 회피하지 않고 정면 돌파하는 용기와 비례한다.

석 달 후에 열리는 헌팅턴 마라톤에 등록했다. 완주 경험이 가져다 준

자긍심 때문인가, 달리기 연습이 즐겁다. 달릴 때마다 내 인생이 단순명료해지는 것 같다. 아, 달리기 인생이 내 앞에 펼쳐져 있다. 어느새 뛰는 인생이 되어 가고 있다.

마라톤을 시작한 동기는 단순했다. 남편이 아무리 부추겨도 마음이 조금도 움직이지 않던 참에 무라카미 하루키의 책『달리기를 말할 때 내가 하고 싶은 이야기』를 읽게 되었다. 고무적이었다. 내가 좋아하는 작가가 마라톤을 한다면 나도 할 수 있겠다는 생각이 문득 들었다. 특별한 기술이 없어도 기본기만 갖추면 얼마든지 즐길 수 있는 운동, 철저히 나 혼자만의 운동이라는 매력도 크게 작용했다.

나는 어느 날 홀연히 내게 다가온 마라톤 인생을 즐기려 한다. 주변의 해변 도시에서 열리는 마라톤에는 가능한 한 참가할 것이다. 언젠가는 그리스 아테네 광장이랑 영국의 템즈 강변을 달리고, 파리의 개선문도 달리면서 통과하고 싶다. 네덜란드의 풍차마을과 스위스의 가파른 산길도 달리고 싶다.

즐겁고 유쾌하게 살고 싶다. 깊고 넓게 살고 싶다. 모서리가 있으되 그 날카로운 형상이 드러나지 않을 만큼 품이 커서 둥그런 모습으로 살고 싶다. 마라톤 구간마다 달려온 길과 달려갈 길의 이정표를 바라보며 새 힘을 추스르듯 인생의 긴 여정도 여러 개로 나누어 그 구간마다 의미를 부여하면서 살고 싶다.

**하정아** 본명 이정아. 전북 정읍 출생으로 전주에서 대학을 마치고 1986년에 도미하여 남편 성을 따라 하정아가 되고 Jane Ha라는 영어 이름도 얻었다. LA에서 한인 신문사, 잡지사 등에서 일하다 간호대학에 들어가 공부하여 간호사로 산 지 10여 년이 되었다. 1989년『미주 크리스천 문학』신인상과 1994년 한국의『문학세계』의 추천 완료로 등단한 뒤 지금까지 수필을 발표하고 있다. 수필집『행복은 손해 볼 수 없잖아요』(2002)『물빛 사랑이 좋다』(2005)『나는 낯선 곳이 그립다』(2011), 간호 에세이집『코드 블루』(2011), 수필선집『사막을 지나며』(2012) 등을 냈다. 구름카페문학상(2012), 고원문학상(2012), 미주펜문학상(2009), 해외수필문학상(2005)을 수상했다.

## 00. 수필 두 편에 대해

「나는 이렇게 간호사가 되었다」는 2014년『그린에세이』11/12월호 특집 '시험, 인생의 디딤돌'이라는 테마 아래 게재된 글이다. 목표를 정하고 꾸준히 노력하면 언젠가는 이룬다는 것을 말하고 싶었다. 이 글을 탈고한 뒤에 힘들게 공부했던 설움이 가시는 것 같았다. 이제 수술방 회복실에서 일하면서 13년차 간호사의 삶을 즐긴다. 간호 에세이집『코드 블루』도 출간했다. 인생을 만나고 죽음을 만나는 간호사의 일상은 아릿한 아픔과 특별한 보람이 교차한다. 언젠가는 영어로 번역 출판하리라, 꿈꾼다.

「롱비치 마라톤에서 했던 생각」은 2012년『현대수필』봄호에 발표했고『비평가가 뽑은 2013년 한국의 좋은 수필』(서정시학 간)에 실린 글이다. 수필선집『사막을 지나며』(2012)에도 수록되었다. 물리적인 달리기보다는 인생의 마라톤을 얘기하고 싶었다. 삶과 마라톤은 여러 면에서 엇박자이고 상반적이다. 삶의 오르막길은 신난다. 내려간다는 의미는 직장을 잃고 사람을 잃고 이전에 누렸던 권리와 소유를 잃거나 내려놓는 함의가 있다. 겸손해지고 낮아지는 경험이다. 마라톤에서는 오르막길이 팍팍하고 힘들다. 내리막길은 신이 난다. 인생에서는 가능한 한 다른 사람보다 빨리 걸으라 한다. 있는 힘을 다해 뛰라 한다. 마라톤에서는 보폭을 작게 하고 뒤꿈치부터 땅에 딛는다. 빨리 뛰고 싶다는 욕심을 버리고 먼안목으로 체력을 안배해야 한다. 그래야 몸이 상하지 않는다. 마라톤은 철저히 자기의 능력을 알고 자제와 절제를 통해 자신을 성장시키고 중용과 관용과 성실과 끈기를 배우는 수행 도구이다. 「롱비치 마라톤에서 했던 생각」을 탈고하고 나서 인생마라톤을 깊이 생각하게 되었다. 그 뒤하프마라톤을 네 차례 뛰고 나서 달리기를 멈추었다. 글에 썼던 T는 간암으로 잠이 들고 J는 멀리 이사하여 지금껏 단 한 번도 만나지 못했다. 이 글을 다시 꺼내어 읽다가 충동적으로 올 10월에 개최되는 롱비치 마라톤에 등록을 했다. 미국의 해변도시와 세계 유적지를 달리고 싶다는 희망이 다시 샘솟았다. 마라톤 연습에 돌입한 지 한 달째이다. 삶이 수필을 만들고 수필이 삶을 인도한다는 느낌을 받았다.


## 00. 어떻게 수필을 쓰게 됐나?

한국에서 만 24년을 살았다. 늘 춥고 외로웠다. 시골 사립고등학교에서 공부하고 지방의 국립대에 들어갔지만 춥고 외롭기는 마찬가지였다. 최루탄과 화염병과 불온서적 속에서 지냈다. 어느 날 데모대와 함께 전주역까지 나갔다가 스크럼을 짠 채로 땅바닥에 드러눕게 되었다. 최루탄 연기를 맞고 구둣발로 차이는 중에 하늘을 보았다. 하늘은 맑고 평온하고 막막하고 무심했다. 아침에 어용이라고 외쳐대는 데모대의 악다구니 속에 캠퍼스 잔디밭으로 끌려나온 나의 지도교수님도 이 하늘을 보셨을 거라는 생각을 하니 무지 슬펐다. 눈을 감았다 떠 보니 내 양옆에는 내가 전혀 알지 못하는 남학생들이 드러누운 채 땀과 눈물에 젖어 '진달래'를 목청껏 부르고 있었다. 곧 계엄령이 발동되어 학교에 갈 수 없었다. 함께 공부했던 선배들 몇몇이 미문화원 방화사건으로 감옥에 들어갔고 영영 나오지 못했다. 이념의 부조리와 독성을 깨닫고 그 공간을 죄의식 없이 빠져나올 수 있었다.

한 남자를 만나고 그를 따라 태평양을 건넜다. 미련이 없었다. 조금 남은 미련과 치유받지 못한 상처들을 깊고 넓은 바닷속에 통째로 풍덩 빠뜨려 버렸다. 지친 몸과 마음을 그렇게 낯선 사막에 내려놓았다. 미국의 3월은 꽃이 화려하고 나무가 푸르렀다. 무채색의 의식 속에 컬러풀한 세상이 들어와 자리를 잡았다.

한국에서 대학을 다닐 때 대학신문에 글을 썼다. 내 글을 포켓에 넣고 낯선 사람들이 찾아왔다. 그들의 열정과 순수가 고마웠다. 나를 그대로 드러내는 힘을 그때 알게 되었다. 대학을 졸업하고 잡지사와 김 공장에서 잠깐 일을 했다. 이민한 후에는 '미주동아일보'에서 편집을 하면서 주말 칼럼을 쓰고 신문사가 문을 닫은 후에는 잡지사에 들어가 편집과 번역을 했다. 석 달에 한 번씩 출장을 나가 많은 사람들을 인터뷰하고 그 내용을 책자로 만들었다.

낯선 땅으로의 이주로 많은 것을 잃었지만 문학을 얻었다. 1989년, 미국에 온 지 3년 만에 미주 문단에 수필로 등단하고 5년 후에 한국문단에 이름을 올린 이후, 본격적으로 수필을 썼다. 슬프든 기쁘든 멈추지 않고 썼다. 끊임없이 수필을 쓰게 한 동력은 환경이 마련해 준 원천적인 고독과 그리움일 것이다. 그렇게 아리고 먹먹한 감성과 눈물을 다섯 권의 수필집으로 묶었다. '미주중앙일보'에 십수 년 간 1,500자 칼럼을 쓰고 있다. 한국의 각종 문예지와 월간지에서 청탁이 오면 거절하지 않고 밤을 새워서라도 글을 써서 보낸다.

### 00. 미국에서 수필을 쓴다는 것은

미국에서의 수필 쓰기는 단순한 감정 배출이나 유희가 아니다. 눈물이 나고 가슴이 부서지는 작업이다. 낯선 이국땅에서 그 나라 말로 일상을 보내고 한글이라는 모국어로 글을 쓰는 것은 과거의 상처를 치유하고 미래를 꿈꾸게 하는 등대 같은 역할을 한다. 민족의 정체성을 재점검하는 일이며 한국인으로의 민족성을 재발견하는 일이라고 거창하게 말하지 않으련다. 한국 수필도 마찬가지이겠지만 힐링을 체험하고 그리움과 고독을 승화시키는 작업이라고 생각한다. 주부이고 직장인이고 여러 크고 작은 사회적 책임이 있지만 모두 부수적인 것이고 나의 진정한 직업은 수필가라고 생각한다.

### 00. 나만의 수필창작법

퇴고에 가장 큰 비중을 둔다. 암탉이 알을 품듯 마감 직전까지 글을 끌어안고 산다. 읽고 또 읽어 거친 가시와 뉘를 골라낸다. 간결체에 대한 갈증과 집착이 유난하다. 형용사가 없어도 건조하지 않은 글, 오히려 간결하여 힘과 감동을 주는 글을 쓰고 싶다.

## 00. 한국 수필에 바란다

재외동포문학이 표현과 테크닉에서 유연하지 못한 면이 있다는 것을 부인하지 않는다. 고국을 떠난 이후 한글이라는 유기체가 성장, 발전, 변화한 것에 대하여 그다지 민감하지 않을 수 있다는 점도 인정한다. 그러나 이것은 시간적 공간적 문화적 차이로 빚어진 어찌할 수 없는 성향이라고 보아야 한다.

우리는 지구촌 한 가족 시대에 살고 있다. 인터넷 세상이다. 한국과 미국은 이제 더 이상 이역만리가 아니다. 한국과 미국에서 한글로 글을 쓰는 사람들은 공동의 목표를 수립해야 한다. 한국문학의 세계 선양. 한국에서 글을 쓰는 사람들의 유연함과 해외에서 글을 쓰는 사람들의 독특한 문화체험이 결속하면, 지금껏 이루지 못했던 국제적인 문학의 성과를 폭발적으로 얻을 수 있다고 생각한다. 우수한 한국문학을 각 나라의 언어로 소개하는 번역 작업에는 현지에서 사는 문학인들의 현장의식과 참여가 필수적이다. 한국 문단에 해외문학인들이 동참할 수 있는 장치를 마련해야 한다. 해외에 번역 사업을 진작시키는 시스템을 구축해야 한다. 각 문학단체 홈페이지에 해외 지부를 위한 공간을 마련하고 함께 활동하고 나눌 수 있는 아이템을 개발한다면 상생의 길이 열리리라 믿는다. 소통과 결속이 이루어질 때 한글문학의 우수성을 세계에 알리는 미션 성취는 그리 요원한 꿈이 아니라 현실이 된다.

제4장

새로운 가능성으로서의 '수필폭풍'을 기대하며

# 새로운 가능성으로서의 '수필폭풍'을 기대하며

## '문단문학'의 성립과 그 한계

문학은 원래 인간의 내면에서 자연발생적으로 표출되는 정서적 움직임이 문자로 표현돼 의미화된 형태다. 모국을 떠나 사는 이민자들의 문학적 표출 또한 그 시발에서는 마찬가지다. 문제는 모국에서의 문학 행위와 달리 한국문학의 전통과 현장에서 멀리 벗어난 상태로 진행되기 때문에 창작과 독서에서 모두 가치 기준을 세우기 어렵다는 점이다. 자기 성찰로 비롯된 이들의 문학은 따라서 목표도 제한도 없는 유목의 글쓰기로 이어지게 된다. 그 결과 이 외로운 작업은 마치 황야에 피어났다 사라지는 풀꽃처럼 나 홀로 창작에서 나 홀로 독서로 마감되는 경로를 밟기 십상이다. 지금 우리는 미국이라는 나라에서 우리 모국어로 창작되는 작품을 주목하고 있지만 실은 세계 곳곳에 흩어져 사는 한인들의 문학, 현지의 사회로 편입되지 않은 언어 기록들이 그렇게 씌어졌다 그렇게 사라지고 있는지도 모른다. 이주문학의 유목적 글쓰기는 그러나 이민사회에 내재되는 문화적 자산으로부터 지속과 충전의 동력을 얻으면서 생명력을 유지하기도 한다. 예를 들어 경제적 역량, 모국과의 인적 교류량, 모국 문화의 확장성, 동포들의 친연성, 선각자의 역할 등은 이민 문학의 형성에 직간접적인 영향을 미치는 요소가 된다. 미주 한인사회는 이런 면에서는 다른 해외 지역에 비해 모국과 지역적인 거리가 멀다는 것을 제외하면 모든 면에서 유리하다고 할 수 있다.

미국의 한인문학의 내재적인 동력에는 모국과의 교역량의 증가로 이전에 국내에서 전문적인 문학 활동을 한 유경험자들이 이민자로서 함께 자리해 있었다는 사실도 자리한다. 이들 전문 문학인들은 이민자들과 함께 생활하면서 선도적으로 글쓰기를 실천함으로써 이민사회에 모국 문학의 현장을 경험하게 해주었다. 이민지에서 그들의 글쓰기는 모국 문학의 표본이자 잣대가 되기도 했다. 박남수, 최태응, 김용팔, 고원, 최백산, 김송희, 최연홍, 송상옥, 신예선, 전달문, 명계웅 등은 앞에서 본 위진록, 이계향, 주평 등과 함께 모국에서 등단한 작가로서 미주사회에서 모국에서와 같은 일정한 수준의 작품을 선보임으로써 이민문학에 생명을 불어넣었다(명계웅, 「재미동포문학의 민족정체성」, 『교포정책자료』 65집, 2003, 참조). 앞에서 이들을 일컬어 '모국 문학 배달 작가'라 했다. 미주 전 지역 중에서 미국 외에는 토론토(캐나다), 부에노스아이레스(아르헨티나), 리오데자네이루(브라질) 등 일부 지역에서만 한인문단이 형성된 것도 그 지역으로 이주한 '배달 작가'의 역할이 컸던 덕이라 할 수 있다.

이민문학은 모국에서와 같은 문학 시장을 기대하기 어렵기 때문에 그만큼 사기 진작이나 자기 확인이라는 점에서도 열악한 환경에 놓이게 된다. 이때 이들은 그 자구책으로써 자기와 뜻을 함께 하는 동포를 찾게 되고 그로부터 자기 정체성을 확인하려고 한다. 이렇게 모인 문학인 동포들이 점점 늘어나면서 거기서 하나의 조직집단이 생겨난다. 문학 시장은 말할 것도 없고 문학 독자층도 형성돼 있지 않은 이민사회에서의 문학 활동은 결국 이런 조직집단을 통한 창작과 독서의 장려로 진행될 수밖에 없다. 미주 한인문학이 문단 조직의 배경 아래 교감되고 평가되는 '문단문학'으로 그 존재를 뚜렷이 하게 된 것은 이런 연유다. 이때 이민사회에 모국 문학을 배달해 준 '배달 작가'들은 이런 문단을 이끄는 이민문학의 인도자로서도 자리매김하게 된다.

이 책에 작품이 수록된 작가 중 몇도 이런 '모국 문학 배달 작가'로서 조직집단을 결성해 그 지역의 이민문단을 이끈 바 있다.

2007년 2월에 한국문인협회 워싱턴 주 지부를 발족하는 데 한 몫을 했다. 설립 목적은 한글의 올바른 사용과 문학으로 이민의 삶을 위로하기 위해서였다. 시애틀문학상 제정과『시애틀문학』발간으로 시애틀 지역에 한국문학을 뿌리내렸다는 자긍심을 갖고 있다.

— 김윤선의 인터뷰에서

위 인터뷰에서 작가는 국내에서 이미 수필가로 활동하다 워싱턴 주로 이주해 시애틀 지역에서 글을 쓰고 발표해 한국문학을 그 지역에서 배달해 주었고, 나아가 그곳에서 단체를 만들어 이민문학인들의 글쓰기를 인도했다. 이런 사례는 1980년대부터 두드러지기 시작했지만 이민사회가 지역적으로 광범위해지면서 지금도 미국 여러 지역에서 이런 '모국 문학 배달 작가'들이 활동하고 있는 것으로 확인되고 있다. 또한 이렇게 확장된 이민문학은 필연적으로 '문단문학'의 성격을 드러내게 된다는 특징도 그대로 유지된다.

한편 미주 한인문학이 이렇게 '문단문학'을 중심으로 활동하게 되면서 그 폐해도 적지 않다는 지적이 있다. 앞에서 설명했듯이 문학인의 개별적인 문학 활동 자체가 중심이 돼 있는 국내 사정과는 달리 미주 한인

문학은 개별로는 존재하기 어려운 구조적인 한계가 있다. 그러다 보니 문학을 시작하게 되면 곧바로 문단조직에 가담해야 이후 작품 활동이 원활해진다. 이주문학인들에게 문단활동은 지면이 확보되고 이로부터 문학적 지위 상승이 이루어지는 거의 유일한 창구로 인식돼 있다. 이런 과정에서 결국 등단이나 청탁, 작품 평가와 문학상 수상자 결정 등에서 열쇠를 쥐게 되는 '문단권력'이 탄생된다. 그리고 이 권력은 발표지면이나 출판, 홍보 등에서 유리한 환경에 놓인 국내 문단과 연계함으로써 그 힘을 더욱 확대해 간다.

한인들이 많이 사는 로스앤젤레스를 비롯한 미국의 큰 도시에는 한국의 각계 저명인사들의 발길이 끊이지 않는다. 물론 친지를 만나고 동포들의 사는 모습을 돌아보며 격려를 아끼지 않는 등 선의의 방문객들이 대부분이겠지만, 그 가운데에는 처음부터 어떤 선입견을 갖고 한 수 접어 깔보고 합당치 못한 소리를 해대며 상처를 주는가 하면, 온갖 편의를 제공받으며 여기저기 얼굴을 내밀고, 서울에 돌아가면 어찌어찌해 주겠다는 따위 공허하기 짝이 없는 선심성 발언을 쏟아놓는 사람들이 있음을 흔히 본다.

선입견을 갖고 무조건 깔보기로 작정한 사람들에 대해서는 적절히 응수를 하든가, 아예 무시해버리면 그만이다. 그런데 보기에 민망하고 뒷맛이 개운치 않은 것은 후자의 경우이다. 그들을 극진히 대접해서 보내놓고는, '약속'을 지키지 않고 소식조차 보내지 않는다고 서운함을 넘어 분노까지 터뜨리는 것이다.

그러나 뒤집어 생각해보면 그들에게만 화살을 돌리는 건 우스운 일이다. 오히려 그들에게 너무 기대를 하는 이쪽에 문제가 있다. 그들을 맞는 데에 있어 정성을 들였으면 그것으로 끝내야지, 어떤 대가를 기대하거나 그 쪽을 향해 지나친 해바라기를 하는 것은 올바른 자세가 아니라는 뜻이다.

이러한 일은 불행하게도 우리 문학인 사회에도 해당된다. 1990년대에 들어

두드러진 현상 중의 하나는, 미국으로의 이민 행렬이 주춤해지면서 내국인들의 미국 왕래가 크게 늘어난 것과 함께 문학인들의 왕래 또한 빈번해진 점이다. 개인적인 짧은 방문은 물론, 교직에 몸담고 있는 작가·평론가들이 미국 내 대학의 교환교수나 연구교수 명목으로 1~2년 머물다 가는 경우도 많다.

이들 문학인들 또한 대체로 앞에서 언급한 일반적인 성향을 나타낸다. 먼 이역, 변방이나 다름없는 후진 곳에서 문학을 하면 얼마나 하겠으며, 작품을 쓰면 얼마나 쓰겠나…… 그 선에서 벗어나지 않고, 또 그러한 선입견 속에서 작품들을 대하고 있으니, 그 뒤의 일들은 능히 짐작할 만하다.

미주 지역에서 생산되는 작품들을 이해하려고 애쓰며 격려를 아끼지 않는 이들이 차츰 늘어나고 있는 건 사실이나, 이들도 근본적으로 그러한 관점에서 출발한다는 점에서는 마찬가지다. 그들이 그렇게 보고, 또 그렇게 보기로 작정하고 있는 건 어쩔 수 없다 해도, 그런 그들에게 매달리고 의지하는 일은 없어져야 하는데, 현실은 그렇지 않다. 시간이 지나도 오는 사람들이나 그들을 맞는 이들의 행태가 달라지지 않고, 오는 사람들이나 맞는 이들의 면면은 달라져도 같은 일이 매양 되풀이되고 있는 것이다.

고국에서 멀리 떨어져 있는 문학인들에게 있어 한국문단에 얼굴을 들이밀어 국내 지면에 작품을 발표하려는 열망은 대단하다. 모국어로 글을 쓰는 이들로서는 너무나 당연하고 자연스러운 일이긴 하나, 그 열망이 아무리 크다 해도 작품으로, 당당한 실력으로 이루어지지 않는 한 그것은 아무 값어치가 없는 허접 쓰레기에 지나지 않는다.

그리고 그들에게 매달린다고, 그들이 이쪽에서 바라는 대로 해주리라는 헛된 기대는 더욱 말아야 한다. 그렇게 해서 요행히 국내 지면에 설익은 작품을 싣게 된다고 하자. 대체 그것이 무슨 의미가 있는가. 심하게 말하면 '내 실력은 그저 이 정도'임을 널리 알리는 데 일조할 뿐이다.

문학은 한 개인에게 있어 인생의 큰 성취이다. 문학은 그렇게 해서 되는 게 아님은 모두 다 아는 일이 아닌가. 문학을 그렇게 하려면 차라리 하지 않는 게 낫다. 문학을 하는 일의 숭고함을 손상시키는 일은 '문학' 자체가 용허하지 않는다.

문학인은 고도의 정신작업을 하는 전문 예술인이다. 자신만의 독창성을 갖고 자기의 문학 세계를 구축하는 것을 지상(至上)의 일로 삼는다. 그야말로 자기의 일에 대한 자부와 함께 그에 손색없는 품격을 지녀야 함은 두말할 나위가 없다.

― 송상옥, 「문학의 숭고함을 손상시키지 말라」 전문

위 글을 쓴 송상옥은 1938년생으로 1959년 '동아일보' 신춘문예와 『사상계』 신인상을 통해 소설가로 등단해 1981년 도미하기 전까지 『흑색 그리스도』 등 여러 권의 소설집을 낸 작가이다. 주로 로스앤젤레스 지역에 살면서 언론 활동을 했고 1982년 미주한국문인협회를 조직해 『미주문학』를 발간하는 등 미주 한인문단의 구심점이 되었다. 스스로의 문학도 한국문학의 한 페이지를 장식하는 위치에 닿았지만 미주 한인사회에 모국 문학을 누구보다 열심히 퍼나른 '배달 문학자'로서도 역할이 컸다.

위 글은 작고(2010)하기 5년 전인 2005년 『미주문학』 여름호 권두언으로 발표한 것으로 오늘날 미주 한인문단의 세태를 질타하고 있는 일종의 논설문이라 할 수 있다. 글에서처럼 2000년 전후로 한국과 미국 이민사회 간의 직접적인 교류가 늘어나면서 국내의 저명인사가 이민사회에 초청되는 사례 또한 잦아져 있다. 이런 상황에서 초청된 인사들의 잘못된 선입견이나 거만함도 문제지만 그런 인사들을 연줄삼아 제 실력도 모르고 자신의 문학을 국내 지면에 널리 알리려고 애쓰는 한인문학인들이 많아진 것이다. 이런 유의 일은 실은 국내 문학계에서도 심심찮게 일어나는 일인데, 대개는 문단활동으로써 문학을 대체해 온 집단에서 자주 발생되는 꼴사나운 관습이라 할 수 있다. 미주 한인문단은 형성 초기에 개인으로서 외롭게 문학 활동하는 데 대해 동지애로써 서로 격려하고 비평해 주면서 각자의 정체성을 찾아가는 과정에서 조직집단의 결성이 이루어지고 이로부터 '문단문학'의 성격이 나타나게 되었다. 그 덕분에 한인 문학인들은 그들 문단 동료들과 함께 이민문학자로서의 자기 정체성을 확보해 나갈 수 있었다. 그러나 그와 동시에 문단 활동을 앞세운 문학 외적 역할이 커지면서 문학이 문단정치에 예속되는 아쉬운 상황도 아울러 벌어져 있다. 송상옥의 지적이 유효한 것은 바로 이런 점 때문이다.

이에 대해 이 책에 작품을 수록한 한 작가도 한인 문학인이 가장 많이 모여 있는 로스엔젤레스에서 처음 접한 문단 풍조에 대한 당혹감을 다음과 같이 설명하고 있다.

LA 지역에 온 후, 한 가지 놀라운 현상을 알게 되었다. 워싱턴 주와는 달리 LA에는 미등단자를 무시하는 경향이 심했다. 당연한 이야기다. 하지만 그 당시 불쾌했던 기억이 새삼 떠오른다. 그러다 보니 당장 한국문단 상황을 모르는 미등단자는 기성문인의 협조(?)로 등단할 수밖에 없다. 이후 '이게 아니다'면서 본인이 원하는 문단지에 재등단하는 일이 왕왕 발생한다. 지금도 자신의 의지보다는 기성문인이 선호하는 문학지에 등단하는 일이 발생하고 있다. (……) 한국에는 수필을 다루고 있는 문학지가 많다. 이중 어떤 문학지에서는 아예 미등단자를 찾고 있다. 운영을 위해서라지만 이건 아니다 싶다. 다는 아니지만, 이런 장사(?) 탓에 준비가 안 된 자가 신인상을 받고 문인으로 활동하는 일이 발생한다.

—강정실의 인터뷰에서

로스앤젤레스 지역은 한인들이 많이 살기도 하거니와 문인들도 잘 모이고 문인단체, 문학잡지 등도 많다. 이들 단체와 문학지는 새로운 문학인을 연이어 등단시킴으로써 명맥을 유지하는 사례가 적지 않다. 이 연장선에서 '문단권력'들이 자신의 권력 유지를 위해 준비가 부족한 문학도들을 쉽게 등단시키는 폐해가 생겨난다. 이러다 보니 실력 없는 문학인이 양산돼 문학의 질이 떨어질 수밖에 없고 그 과정에서 위 글에서의 지적처럼 미등단자들의 '문단권력'에 줄대기 현상이 나타나며 그 사이 '문단권력'들은 끊임없이 모국 문단에 줄을 대 자신의 권력을 키워 간다. 위 인터뷰는 바로 그런 '문단문학'의 맹점을 통렬하게 짚어냈다.

## 다양한 이민 체험 내용

이 책에는 모두 13인 작가의 작품 각 2편씩, 총 26편의 수필이 수록돼 있다. 이들 작가들은 50대에서 70대에 이르는 이민 1세대 한인으로서 짧게는 14년 길게는 40년 이상 미국에서 거주해 왔다. 이민 과정은 대부분은 가족이민이고 몇은 가족 초청, 유학 등으로 가서 정착했다. 이민해서는 생활전선에서 호된 현지 적응 기간을 거치거나 그렇지 않은 경우도 이민자로서 적지 않은 갈등과 불편을 겪었음은 말할 것도 없다.

이들 중에는 국내에 있을 때 문인으로 등단한 한 수필가를 제외하면 모두 미국에서 이민생활을 하면서 작가가 되었다. 전체의 절반 정도는 한국에서 있을 때 교사, 출판사, 잡지사 등 비교적 글쓰기와 인접한 직업에 종사한 경력이 있고, 남은 절반은 성장과정에서 문학에 꿈을 품고 있다가 이민 후에 본격적으로 글쓰기를 한 경우인데 작가가 되는 과정에서는 대부분 미주 지역의 공모전에서 입상한 이후 국내 문예지를 통해 등단하는 절차를 밟았다. 또는 별도의 등단 제도를 거치지 않고 먼저 공식 지면에 에세이 등을 발표하다가 나중에 등단한 작가도 있고 또 수필로 등단하지 않고 시나 소설로 등단한 이후 에세이 형식의 글을 지면에 발표하면서 수필가를 겸하게 된 작가도 있다.

　어느 편이든 이들 작품은 모두 미국으로 이민 가서 살고 있는 한인으로서의 체험과 정서를 반영하고 있다는 점에서 공통점을 지니고 있다. 그러니까 이 책의 작가와 작품은 미국 사는 한인 이민자들의 삶과 정서를 반영함으로써 미주 한인 수필의 전반적인 흐름을 가늠할 수 있게 해준다. 나아가 미주 한인들이 살아가는 다양한 모습을 보여주는 이민생활 풍속도의 기능도 한다. 모르긴 해도 이들 작품에 담긴 이민 체험의 내용만으로도 한인 이민자들의 역사와 현재를 두루 이해할 수 있을 것이라 생각된다.

　이런 여러 가지 점을 고려해 ①이 책의 작품에 나타난 이민 체험의 내용을 중심으로 그 의미를 분석하고 ②서술 방법의 유사성과 차별성의 확인을 통해 한인 수필의 새로운 가능성을 타진해 보려 한다.

　우선, 이 책의 작품에는 참으로 다양한 이민 체험이 녹아 있다. 그 내용을 다음 네 가지 정도로 설명할 수 있겠다.

　첫째, 이민지에서 겪는 불편을 다루고 있다. 이 불편은 더 이상 이민생활을 이어가지 못할 정도의 내적, 외적 갈등을 비롯해서 일상생활에서 부딪치는 사소한 충돌까지 다양하게 나타난다.

　칠십대 중반인 한인 남성은 영주권자임에도 불구하고 자진해서 한국으로의 추방을 요청했다. 소규모 회사를 운영하며 윤택하게 살던 그는 이웃 남성과 쓰레기통 배치 문제로 싸우다가 화를 주체하지 못하고 상대방의 손가락을 문 혐의로 구속되었다. 남자는 경찰의 조회 결과 음주운전, 가정폭력 등의 전과가 드러나 징역형을 선고 받았다. 노년의 몸으로 타인종 범죄자들과 함께 복역할 자신이 없어서 스스로 영주권을 반납하고 귀국을 결정한 것이다. 비록 미국에서의 편안한 삶은 모두 접었지만 어려움을 피해 돌아갈 조국이 있음에 그는 안도했다.

— 성민희, 「그대 있음에」에서

위 작품은 이민지에서 겪은 불편이 쌓여 결국 자진 추방으로써 고국으로 돌아가게 된 한 칠십대 사내의 사연을 담고 있다. 한인 이민자로서의 미국은 '살아도 살아도' 고국이 되기 어려운 나라다. 자신의 고국은 미국이라고 아무리 강변해도 피부색이 달라지지 않는 한 언제 어디서나 'Where are you from?'이라는 질문을 받곤 한다.

오전에 미스 정이 앤터니 엄마와 대판 싸움을 벌였다. 생판 처음 보는 사람들처럼. 앤터니 엄마는 성정이 급한 여자였다. 그녀는 물건들을 집어던지듯 후다닥 계산대에 쌓아 올려놓았다. 그 중엔 어린 앤터니가 뜯어 먹고 올려놓은 도넛도 한 통 있었다. 미스 정은 그걸 미처 보지 못하고 다른 물건과 함께 끌어당기다 그만 바닥에 쏟고 말았다. 그러자 앤터니 엄마는 조심스럽게 물건을 다루라고 신경질을 부렸다. 그게 못마땅했던지 미스 정은, 지불 전엔 물건을 개봉하는 것이 아니라고 맞섰다. 두 사람의 싸움은 주저없이 타오르는 불처럼 급속하게 전개되었다.

"손님에 대한 예의도 모르는 넌 동물이야. 동물은 동물의 나라로 돌아가!"

"잘못의 시작은 너야! 상식에 어긋나는 짓을 먼저 해놓고, 오히려 윽박지르며 명령하니, 그런 몰상식한 사람이 동물이지 누가 더 동물이냐?"

— 공순해, 「낙원 부근」에서

위 작품에서 보듯이 대놓고 유색인종을 무시하려 드는 백인들의 행태는 어제오늘의 일이 아니다. 미국은 이민자의 나라이고 또한 20세기 이후 해스패닉을 포함한 무수한 유색인종들이 들어와 사는 곳이지만 백인들은 스스로 주인의식을 가지고 실제로 주류사회를 유지하고 살면서 자신만을 중심에 둔 삶을 영위하고자 한다. 이로써 흑인에 대한 차별을 포함에 미국 곳곳에서 인종차별로 빚어지는 크고작은 사건들이 끊이지 않는다. 보도된 사건뿐 아니라 일상적인 삶에서도 그런 일이 다반사로 일어나고 있는 나라가 미국이다. 이 문제는 앞으로 미국이 국제사회의 주요국가로서 반드시 해결해 가야 할 과제다. 바로 이런 곳에서 한인들은 "차이니스는 차이니스 나라로 돌아가라는 말"(공순해, 「그림」)을 듣고 살아왔다. 이런 사연은 집안에 뛰어든 오리가 출구를 찾지 못해 갈팡질팡하다 기절한 것을 보고 떠올린 불법체류자 김선생(정찬열, 「오리 두 마리」)의 모습으로도 만난다.

둘째, 모국을 떠나와 가족끼리 이민을 오거나 아니면 가족을 두고 오거나 하면서 생겨나는 갈등이나 그리움, 애증 등은 이민문학의 중요한 소재의 하나다. 이 책 다수의 작품이 이와 관련한 내용을 담고 있다.

이 봄날, 꽃들은 계절을 앓고 사람들은 사랑을 앓고 있다. 아몬드 꽃 흐드러지게 피고 지고, 소나무는 푸르른 채 사시장철 제 자리다. 사랑도 이와 같으리. 누구는 아몬드 꽃잎 같은 사랑을 바람에 날리고, 또 어떤 이는 늘 푸른 소나무 사랑을 묵묵히 지켜가겠지.
주인 속내를 아는 듯 모르는 듯, 무연히 푸른 하늘을 이고 선 우리 집 아몬드 꽃과 소나무. 이젠 이들에게도 안녕을 고해야 할 시간이 왔나 보다. 하필이면, 아몬드 꽃말이 '기대, 희망, 진실한 사랑'이라니! 이것도 코미디다.

"눈송이처럼 날리는 아몬드 꽃을 나는 참 사랑했느니라. 늘 푸른 소나무야,
너도 퍽 사랑했느니라.'

왠지 사랑을 고백하고 싶은 봄날이다.

— 지희선, 「아몬드 꽃 피고 지고」에서

위 작품은 신뢰를 저버린 남편과 결별한 상실감에서 빠져나오는 심리
적 추이를 드러낸 글이다. 누군가의 사랑은 아몬드 꽃처럼 사라지고 누
군가의 사랑은 늘 푸른 소나무처럼 지속되는 것이라는 깨달음으로부터
지은이의 마음에 어느덧 다시 사랑의 감정이 솟고 있다. 이주 한인들은
대개 이런 상실의 아픔을 품고 살면서 스스로 치유의 힘을 찾아낸다.

손바닥에 연고를 바른 후 면장갑을 끼고 잠자리에 드는 오리를 보게 될 때
마다 나는 아련히 목구멍이 따갑게 메어오는 기억을 되살리곤 한다. 요새 이
민 오는 사람들은 지참 한도금도 많고 또 먼저 온 사람들이 곳곳에 터를 잡고
있어서 많은 선택의 생활정보로 곧잘 정착을 하고 있다. 그러나 지참금 한도
액이 천불이었던 그때의 우리는 이민(移民) 아닌 기민(棄民)으로 회자됐듯이
여건이 지금 같지는 않았다. 의사나 간호사 같은 전문 직종도 아니고 그렇다
고 많은 달러를 '꼬불쳐온' 도피성 이민자도 아닐 바에야 몸으로 뛰는 일밖에
다른 방도가 있었겠는가. 남청여바(남자는 청소 여자는 바느질)란 유행어가 우
리의 선택폭을 정해 놓고 있었던 것이다. 오리는 만리타향에서 기왕 막일을
할 바에야 따로 일을 다니는 것보다는 함께 다니면서 일을 하자고 우겼다. 우
리는 아이들을 지네들끼리 아파트 방안에서 놀게 놔두고 고물차 안에 청소도
구를 싣고 아파트 청소를 다녔다. 그때 오리는 덕지덕지 기름덩이가 타서
붙은 오븐 청소를 하면서 독한 약품을 겁 없이 만져서 손바닥의 피질이 한층
깎였다고 한다. 전능자께서 우리의 생애를 그때로 되돌려 준다 해도 지금 생

각으론 감당해낼 것 같지 않다.

— 박봉진, 「오리농장」에서

위 작품은 한국에서와는 달리 오리라는 동물과 친숙한 미국에서 이름 탓으로 별명이 '오리'가 된 아내와 살아가는 이야기다. 생계를 유지하며 사는 이민생활도 경황이 없고 힘겨운데 지은이는 아내 이름 덕에 아예 자신의 집마저 '오리농장'이라 이름 붙이고 집안일까지 열심히 하며 지낸다. 이런 모습처럼 부부 예외 없이 일을 놓지 않고 살아가는 한인 이민자들의 전반적인 삶의 양식을 반영한다.

미국에 와서 아빠가 되니까 세상이 바뀌었다. 아이들이 자긍심도 갖고 키도 콩나물처럼 잘 자라게 만들려면, 맛있는 것을 아이들에게 먹여야 되는 세상이 왔다. 아이들이 먹다 남긴 음식이 아까우면 내가 먹는 수밖에 더 있겠는가? 음식 풍부한 세상, 맛있는 음식투성이인 미국땅에서, 내가 지질해서 먹는 찌꺼기 음식이니, 세태나 타인을 불평할 수는 없다. 먹는 것이 전혀 중요하지 않은 세상이 왔으니, 스테이크를 우아하게 먹건 슬라피죠(Sloppy Joe) 찌꺼기를 긁어 먹건 신경 쓰지 않게 되었다.

— 정종진 「샌드위치 세대 쌍스피링 세대」에서

위 작품은 한국에서 살 때 소중하고 귀한 것은 집안 어른한테 먼저 드리는 것을 절대 예의로 알고 살아온 지은이가 이민 와서 뒤바뀐 풍속에 적응해 가는 과정을 담았다. 이민 1세대 한인이라면 누구나 스스로를 아버지 세대에 눌리고 자식 세대로부터 치받히는 샌드위치 세대라 생각한다. 그러나 어른에 대한 예의를 모를 줄 알았던 자식들은 미국식 교육을 받고 '남을 배려하는 예절'이 몸에 배 다시금 부모에게까지 예절바른 태도를 취할 줄 안다. 이민으로 겪은 자식에 대한 섭섭함은 새로운 세대의 풍속이 이해되면서 조금씩 풀어지고 마는 것이다.

또한 「아버지의 유산」(김동찬)은 돌아가신 아버지의 유품을 만지면서 이민 와서도 절약정신을 잊지 않았던 그 아버지를 생각하는 마음을 그려냈다. 「오리농장」 「날개」(박봉진), 「세월은 아픔이야」(정종진)는 이민 와서 함께 나이 들어가는 부부의 사연을, 「기억의 저편에서」(지희선)는 어려운 일을 겪으며 더욱 깊어진 모녀간의 사랑을 담고 있다. 또는 이민 와서 이혼 후에 재혼한 외국 남편의 '소맥 토네이도'로써 삶의 새로운 생기를 확인하고 있는 「남편의 토네이도」(이현숙)도 생생하게 다가온다. 이처럼 한인 작가들의 많은 수필들은 이민 가족의 사연으로 그려낸 '이민 사회 풍속도'가 된다.

셋째, 이민지에서 적응하고 살기 위해 애쓰는 내용이 펼쳐진다. 이민자들은 불편하고 어려운 이민생활이지만 그곳이 바로 생존의 터전이기 때문에 어떻게든 그곳에서 살아내야 한다.

이민생활이 30년을 넘는다. 셀 수 없이 4가 다리를 건너며 시간은 줄달음쳐 가버렸다. 그 세월 속에서 다리는 이어준다는 것을 배웠다. 건너려고만 했기에 겪은 시행착오 덕분이다. 내 몸 안에 한국인의 정서가 녹아 있고, 머리는 미국식 사고방식을 따르는 Korean - American으로 절충하며 산다.

4가 다리는 여전히 그곳에 있다. 난간의 낙서는 지워졌는가 하면 다시 써지고, 걸인의 텐트는 허물어도 어느새 또 세워진다. 나는 어제도 그 다리를 건넜다.

— 이현숙, 「그 다리를 건넌다」에서

위 작품은 이민 온 첫날부터 건너다닌 다리를 보면서 새삼 깨우침을 받는 과정을 담았다. 다리는 흔히 이쪽에서 저쪽으로 건너가는 도구로 이해되지만 다시 생각하면 그것은 그보다 이쪽과 저쪽을 이어줌으로써 양쪽을 서로 어울리게 하는 가치를 상징하는 것일 수 있다. 이것을 깨닫기까지 어쩌면 30년 세월이나 걸렸는지도 모른다. 한인 이민자들은 이렇게 그 사회에 적응하며 서서히 한국과 미국을 한몸에 둔 'Korean-American'이 되어 갔다.

　나는 간호학 공부를 늦은 나이에 시작했다. 미국에 와서 간호사가 되리라고는 꿈에도 생각하지 않았다. 한인 신문사와 잡지사에서 편집과 번역을 하는 동안 불현듯 공부가 하고 싶었다. 사표를 내고 대학에 들어가 ESL을 공부했다. 끝을 알 수 없는 공부가 답답했고 나의 영어 수준이 어느 정도인지 얼마만큼 더 해야 하는지 짐작할 수 없어 막막했다. 슬럼프에 빠진 내게 친구가 조언을 해주었다. 전문 자격증을 딸 수 있는 과목을 전공하면 라이선스도 따고 영어를 저절로 습득할 수 있어 일거양득이란다. 한줄기 구원의 빛이었다. 간호학을 택하는 일은 어렵지 않았다. 한국에서 생물학을 공부하면서 행복했던 기억이 났다. 매사를 감성적으로 받아들이는 내게도 과학적인 사고를 할 수 있는 머리가 있다는 가능성으로 받아들였는지는 확실히 모르겠다.

—하정아, 「이렇게 나는 간호사가 되었다」에서

위 작품은 미국에서 기자나 번역가로 살다가 어느날 간호사가 되기 위해 애쓰는 과정을 담았다. 먹고사는 문제도 간단치 않은 것이 이민생활이지만 그런 것만을 목적으로 사는 삶 자체가 가지는 한계도 만만치 않다. 그러나 한인 이민자로서는 직업 선택의 범위가 좁다. 이민자로서 제대로 그 나라 삶에 적응하자면 새로운 도전을 감행할 수밖에 없다. 그래서 간호사라는 낯선 직업을 택하고 자격증을 따기 위해 혼신의 힘을 기울인 얘기다. 결과 발표가 지연되면서 점점 초조해진 심리적 정황이 '합격'으로 결론나는 순간의 카타르시스가 새로운 삶의 원동력이 되었음은 말할 것도 없다. 이민생활을 하면서 전에 없던 극기의 길을 스스로 택한 것도 같은 이유일 것이다(하정아, 「롱비치 마라톤에서 했던 생각」).

이들이 이민생활에 적응해 가는 과정에서 그동안 도무지 와닿지 않던 미국문화가 서서히 몸에 배어든다는 사실에 대한 자각도 이들 수필의 한 특징이 되고 있다.

> 이를 미국 건국에 대입해보면 어떨까? '대륙구취(大陸九鷲)가 나라샤 일마다 대박이시니, 고제(古帝)가 부동부(不同符)하시니.' 조지 워싱턴이 대통령으로 취임하기 이전에 있던 7명의 대통령과 토머스 제퍼슨까지 9명의 백두독수리가 날아오르며 옛 대영제국의 제왕과는 결연하고 새로운 체제의 국가로 나래를 펼치었으니 그 칭송의 노래 '취비통천가(鷲飛統天歌)' 제1장인 셈이다.
>
> —김학천, 「미국 판 용비어천가」에서

위 작품은 같은 작가의 「워싱턴 Dot Com」과 더불어 한인 이민자들에게 자신들이 거주하고 있는 미국이라는 나라를 제대로 이해시켜 주자는 취지에서 집필한 '미국 이야기'의 한 편이다. 떠나지 않고 그곳에 살아남으려면 이 나라에 대한 이해가 선결조건이다. 그런데 미국에 대한 정보는 어느 곳에서나 널려 있으니까 자칫 평범하게 받아들여질 수 있기 때문에 그것을 한국 역사와 비교하면서 설명해 한인들이 누구나 쉽게 읽고 공부할 수 있게 했다. 이 작품은 그런 의미의 목적을 뚜렷이 내세운 글이다.

외국 사람과 함께 어울리다 보면 가끔 가슴 찡한 부부애를 만날 때가 있다.

사랑하지 않는 사람과는 절대로 살 수 없어 이혼을 해야 하는 문화를 이해하지 않을 수가 없다. 그들은 모든 모임이 부부동반이고 철저히 부부 중심으로 움직이는 문화이기 때문이다. 무늬만 부부, 쇼윈도 부부라는 단어는 있을 수가 없다. 생활 자체가 사랑의 표현이다. 아니, 정말 사랑하며 살고 있다.

— 성민희, 「내가 가꾼 정원」에서

위 작품에서는 미국인의 부부관이 잘 설명되고 있다. 이는 이민자로서 미국문화를 있는 대로 받아들이려는 태도에서 기인된 지식일 것이다. 사랑하지 않으면 언제라도 이혼하는 미국의 흔한 관습은 '사랑 자체가 생활'인 미국 가정을 이해할 때라야 제대로 이해될 수 있다. 그런 점에서 이 작품은 한인 이주자들이 미국문화를 받아들이는 태도가 어떠해야 하는지 설명해 주려는 취지도 담고 있는 셈이다.

넷째, 고향을 그리워하는 이민자의 마음에 대한 서술도 이들 작품 곳곳에서 드러난다.

그새 비는 멎었다. 어둠은 구릉이 겹치는 곳을 심하게 에워싸고 있다. 안개까지 끼어 있었다. 맞은편에서 달려오는 차의 헤드라이트는 눈과 머릿속의 현실감을 잃게 했다. 아니나 다를까, 10년 전에 잃어버린 다솜(강아지)이가 잿빛 커튼 뒤에서 뛰어오는 것처럼 보였다. 나에게 달려오는가 싶더니 언제 그랬냐는 듯 구릉 아랫길로 꼬리를 남기고 사라졌다. 그 뒤를 이어 크고 작은 다솜이의 친구들도 일정한 간격으로 뛰어왔다가 휙휙 사라졌다. 차가 떠난 아스팔트 위에는 외가 뒷마당 굴뚝 틈새로 빠져나온 장작개비의 매캐한 연기 속에서 하롱하롱 춤추는 어린 내가 보였다.

— 강정실, 「봄비」에서

위 작품은 비에 익숙한 나라에 살다가 비가 오지 않는 로스앤젤레스 지역에 와서 느끼는 상실의 비애를 그리고 있다. 불면의 밤을 견디다 새벽 세 시에 봄비를 만끽하러 차를 몰고 길을 나서는 이민자의 모습이 눈앞에 있는 듯 그려진다. 이내 비는 멎었지만 그 길 위에서 떠오르는 환각은 그대로 고향 풍경으로 살아난다.

그런 주인은 고향이 도봉산 무수골이라 합니다. 도봉산 기슭 태생이기에 세상과의 불화를 산행으로 이겨냈나 봅니다. 그랬기에 이역 생활을 하면서도 낯익은 것이 사무칠 때, 머리 파묻고 울고 싶을 때, 두고 온 땅이 그리울 때, 무엇보다도 도봉산에 오르고 싶을 때, 주인은 머릿속에 기억으로 남아 있는 저를 불러냈겠죠. 그러니까 말하자면 저도 주인도 함께 이민을 온 겁니다.

— 공순해, 「그림」에서

위 작품은 서울 근교의 도봉산 출신으로 이민 와 사는 지은이의 향수를 마음에 새긴 '별꽃' 그림을 화자로 내세워 표현하고 있다. 이민생활 27년 이역이 낯설 때, 이민자로서 무시당할 때, 고향이 그리울 때, 그럴 때마다 지은이는 이 그림을 마음속에서 꺼내 보면서 향수를 달래고 있다.

이제 이민자에게 실제 고향은 방문지 이상이 되지 않는다. 그들의 고향은 마음속에 있다. 내리는 비를 고향처럼 여기며 살거나(김윤선, 「시애틀의 비」), 그 밖에 반려견(박인애, 「만월에 기대어」), 꽃밭(정종진, 「세월은 아픔이야」), 새(박봉진, 「날개」)를 고향을 대신하는 대상으로 여기며 산다. 향수는 어쩌면 이민자의 내면에 치명적으로 내재된 정서일지 모른다. 그래서 이민문학은 향수를 근저로 하는 '리리시즘' 경향이 두드러질 수밖에 없다는 설명도 가능해진다.

## 서술 방법과 장르적 범주

다음, 이 책의 작품들을 통해 서술 방법을 중심으로 그것이 작품에 미치는 영향에 대해 생각해 보았다.

첫째, 이 책의 작품 여러 편은 수필이 시와 소설 같은 픽션 장르와 더불어 문학작품의 지위에서 운위될 수 있는 특징을 보여준다. 수필은 체험과 사실에 대한 직접적인 진술을 기반으로 하는 장르다. 이때 지은이는 언제나 진술의 중심에 있게 된다. 지은이는 자신의 생각과 느낌을 숨기거나 다르게 밝힐 수는 없다. 정확하게 말하면 수필은 있는 일에 대한 작가 자신의 생각과 느낌을 정직하게 전달해야 성립되는 문학이다. 시나 소설에서처럼 비유, 은폐, 과장, 지연의 방법으로 실제 사실과 자기 정서를 다른 것으로 대체할 수 없다. 그런데 수필이 가진 이런 특징을 넘어설 수 없는 제한으로만 받아들일 때 그것은 말 그대로 신변에서 일어난 여러 일들을 알기 쉽게 기술한 것, 즉 '신변잡기'라는 오해를 받기 십상이다.

마루 끝에 앉아서 하릴없이 잠자리를 눈으로 좇고 있으려니 나도 모르게 팔이 들썩인다. 처음엔 손이 움찔거리더니 팔꿈치가 올라가고 어깨마저 들썩이고, 어느 새 너울너울 춤을 추고 있다. 살짝 무릎을 굽히고 한 바퀴 빙 돌기도 하고, 제법 추임새까지 넣는다. 겨드랑이에 날개가 돋친 듯 몸동작이 가볍다. 설상가상, 홀쩍 공중으로 날아올라 날갯짓을 하고 있다. 길게 팔을 내뻗기도 하고 살짝 오그리기도 하는 게 꽤 기품 있다. 내친김에 두 팔을 활짝 벌려서 한 바퀴를 더 돌았다.

그때였다. 어딘가에 설핏 팔 닿는 느낌이 들었다. 화들짝 눈을 떴다. 문 언저리에 팔이 닿아 있다. 아, 그새 깜박 졸았던 모양이다. 햇빛이 놀리듯 내 눈을 쏘고 있다. 고추잠자리도 춤사위가 끝났는지 숨고르기를 하고 있다. 멋쩍은 마음에 두 팔을 등 뒤에 감춘다.

— 김윤선, 「날개」에서

위 작품은 마당에 날아든 고추잠자리를 보며 추억에 잠겼다가 자신도 모르게 살짝 잠에 빠졌다 깬 경험을 '현재진행형' 문체로 그려냈다. 고향 생각에 빠진 상황을 '너울너울 춤을 추는 모양'으로 묘사함으로써 극대화된 실감을 맛보게 해준다. 물론 현실의 경험에서는 고향 생각을 하다 존 것이지 춤을 춘 게 아니다. 그 춤 장면은 고추잠자리를 매개로 고향을 그리워하는 간절한 마음이 불러온 상상으로서의 형상이다. '고추잠자리→고향 생각→춤'으로 이어가는 자연스러운 연계, 그리고 그 과정에 실재감을 더하는 묘사 등이 빛나고 있다. 수필의 이런 상상력을 통해 국내외의 많은 수필들이 '사실'이라는 장르적 특징에 갇혀 더 이상의 상상력을 발휘하지 못하고 있는 '안타까운 수필문학의 현실'을 돌아보았으면 싶다.

해변도로에 들어섰다. 툭 트인 바다가 나타났다. 건조한 피부에 물기 머금은 바닷바람이 다가와 어루만져 주었다. 풍광 좋은 해변 경치가 마음을 시원하게 해주었다. 독립기념일에 폭죽을 터트렸던 파티선박은 제자리에서 뱅글뱅글 돌면서 바닷물을 분수처럼 높이 품어 올려 용기를 북돋아 주었다. 종종 뱃고동을 울려 지친 우리를 격려해 주었다. 눈앞에 위풍당당한 퀸 메리호가 떠 있었다. 언덕 위에는 예쁜 등대가 서 있었다. 빨간색과 흰색의 조화가 환상적이었다. 모든 풍경이 그림 같았다. 보도블록이 예술작품처럼 깔려 있는 노천카페들을 지날 때는 당장 멈추고 싶었다. 비치 췌어에 아픈 다리를 내려놓고 바다를 바라보며 그리운 사람들과 차를 마시고 싶었다. 언젠가는 이곳에 다시 오리라, 낭만적인 거리를 마음속에 사진을 찍어 저장했다.

—하정아, 「롱비치 마라톤에서 했던 생각」에서

이 작품은 지은이가 롱비치에서 열린 마라톤 대회의 하프 코스에 출전해 완주한 날의 체험을 담고 있다. 마라톤 완주는 육체적으로 결코 쉬운 일이 아니다. 도전을 성취로 잇는 과정에 갈등과 번민이 없을 수 없다. 오만가지 생각이 끼어든다. 남편과 함께 해온 25년 세월이 스쳐 간다. 도움을 주고 희망을 주었던 이웃들도 생각한다. 그로부터 자신의 이 무모한 도전이 결코 무모한 것이 아니라는 의미를 찾아낸다. 위 장면의 묘사는 그저 마라톤 코스에서 만나는 풍경 묘사가 아니라 이러한 마음의 움직임에서 얻은 새로운 경지로서의 묘사다. 이런 묘사가 간결체의 적절한 구사, 이야기의 집중화 등의 서술 방법 등과 어우러져 글읽기의 카타르시스를 제공한다. 이 점 기존 수필들이 '있었던 사실을 평범하게 설명하는 전개 방식으로 긴장감을 얻지 못하고 있는 것'과 대비되고 남음이 있다.

어느 날 몇몇 친구를 만나기 위해 외출했다가 난화(蘭花)를 파는 꽃집 앞을 지나갔다. 순간 요강이 생각났다. 요강에 난초를 앉혀도 괜찮겠다 싶었다. 여러 종류의 난을 대충 훑어보다가 자주색 꽃망울과 꽃송이가 다닥다닥 달린 게발선인장에 시선이 꽂혔다. 아, 저 꽃. 어머니가 좋아하시던 꽃. 젊은 어머니의 모습이 겹쳐 보였다.

어머니는 유독 이 선인장에만큼은 햇빛과 온도에 신경을 쓰셨다. 아버지가 술주정이 심한 날, 어머니는 선인장 잎 하나하나를 물걸레로 천천히 닦으며 화를 삭이는 듯했다. 철없는 어린 자식들과 아낙의 속마음을 나누기는 불가능하니, 아버지의 술버릇에 대한 원망을 이 선인장과 침묵의 대화로 나누셨을 것이다. 화를 삭이는 인내심도 닦으며 이 꽃들에서 위로를 받으셨을 것이다. 어머니의 정성만큼 꽃이 환하게 피어나곤 했다. 까마득하게 잊고 있던 유년의 기억이 허물 벗어지듯 하나씩 되살아났다. 그리운 어머니를 대한 듯, 게발선인장 화분을 덥석 움켜잡았다.

— 강정실, 「요강 화분」에서

위 작품은 우연한 기회에 요강을 사고 또 그것에 어울릴 게발선인장을 사서 '요강 화분'을 만든 일에 대해 밝히고 있다. 밤중에 멀리 있는 화장실에 갈 수 없었던 상황에서 긴요했던 요강에 얽힌 추억, 그런 요강을 사용했던 어머니에 대한 그리움 등이 그려졌다. 고향을 생각하고 부모를 생각하는 마음은 이민자로서는 누구에게나 지속적이고 유별나다 할 것이다. 그렇기 때문에 많은 작품에 그런 소재와 주제가 녹아들게 마련이다. 그러나 그것이 대개는 엇비슷한 것이어서 새로운 느낌을 안겨 주기 어렵다. 이럴 때 오늘의 시간과 과거의 시간을 잇고, 나와 부모를 잇는 의미 있는 매개를 생각하면 효과적이다. 그 매개가 지니는 상징적 의미, 그것에 대한 구체적인 설정 등에서 작품을 가치 있게 하는 능력이 부가될 수 있기 때문이다. 위 작품의 '요강 화분'은 이야기의 매개적 효과를 지니는 도구로 구체성을 지니는 동시에 사라져 가는 풍속에 대한 가치를 생각해 가는 상징물로 자리한다. 일일이 언급하지 못하지만 이 책에는 기존 국내외 수필의 한계를 벗어날 수 있는 다양한 체험 내용과 서술 방법을 가진 작품들이 많이 실려 있다.

둘째, 이 책의 작품들을 통해 수필이라는 장르의 범주에 대해 재고할 기회를 주고 있다. 앞에서 말했듯이 이 책의 작품은 대개 서정수필들이다.

시애틀의 비는 변덕이 심하다. 그쳤는가 싶으면 어느새 돌아와 흩뿌리고, 오고 있나 싶으면 저쯤에선 벌써 돌아갈 채비를 하고 있다. 그 바람에 어렵사리 따온 고사리를 비 맞힌 게 한두 번이 아니다. 따는 일보다 말리는 일에 더 발목이 잡힌다. 방금 헹궈낸 손빨래를 들고 집안에 널어야 할지, 바깥바람에 말려야 할지 머뭇거리고 있다. 부화뇌동하는 게 저들이라고 달라 보이지 않는다.

— 김윤선, 「시애틀의 비」에서

밤이 이슥하여 뒤뜰에 나갔더니 달빛이 환하다. 마른 가지 끝에 망울을 터뜨리는 매화꽃이 달빛 아래 새침하다. 대보름이 엊그제였다는데 어느새 달이 많이 기울었다. 구름 사이로 흐르는 달을 보면서 까마득한 옛일이 엊그제 일인 양 떠올랐다.

정월 대보름을 쇠고 나면 농촌에선 딸막딸막 농사 준비를 시작했다. 농기구를 꺼내어 고치고 부족한 것이 있으면 미리 장만해 두느라 손길이 바빠졌다.

40여 년 전, 당분간 고향에 들어가 농사를 짓자는 아버지 말씀을 따라 처음 농사를 짓기 시작할 때의 일이다. 농사를 지으려면 농기구부터 장만해야 했다.

— 정찬열, 「지게 사 오던 날」에서

위 작품들은 무엇보다 자기 체험에 대한 심사를 표출하면서 그것에 대한 정서적 감응을 유도한다. 「시애틀의 비」는 변화가 많고 겨울에 의외로 비가 많이 오는 시애틀의 날씨에 맞춰 살아가는 이민자의 감회를 담았다. 다른 나라에서 살면서 지금까지 살던 곳과 다른 날씨를 받아들이면서 '다름'의 의미를 이해하게 된 지은이의 마음에 흐르는 특별한 온기는 지금까지와는 다른 정서적 질감으로 다가온다. 「지게 사 오던 날」은 달빛 환한 날 어린 날 고향에서 있었던 특별한 체험을 떠올린다. 가난 때문에 고등학교에 진학을 포기하고 지게를 사 와야 했던 그날에 대한 기억이 '달빛 아래 망울을 터뜨리는' 슬프고 아련한 분위기로 휩싸여 있다. 독자들은 지은이의 진솔한 체험 고백에서 비롯되는 마음의 변화에 이끌리면서 그것이 환기시키는 새로운 정서에 감응함으로써 독서를 완성한다.

그런데 넓은 의미의 수필의 범주에는 이와는 상대적으로 사적인 사건이 아니라 다수가 다 아는 어떤 사실을 주관적인 관점에서 논리적으로 설명하는 형식의 글도 여러 편 있다.

나에게 한동안 무력감과 절망감을 안겨 준 4·29폭동은 누구나 알고 있듯이 로드니킹을 무차별 구타한 백인 경관들이 무죄 평결을 받았기 때문에 흑인들이 묵은 분노를 터뜨린 것이었다. 그러나 미국의 주류 언론은 연일 한인 상인들과 흑인 고객들 간의 불화가 폭동의 주된 요인 중 하나인 것처럼 보도했다. 그것은 미국의 주류사회가 얼마나 비겁했는지 반증하는 사례. 흑인들의 분노를 희석할 희생양으로 한인이 선택되었다는 사실을 나는 폭동 피해자로서 증언할 수 있다.

— 김동찬, 「10년의 세월이 지우지 못한 기억」에서

일월 셋째 주 월요일은 'Martin Luther King Jr. Day'였다. 그날을 기해 대부분의 극장에서는 〈SELMA〉라는 영화를 상영했다. 1965년, 마틴 루터 킹 목사를 비롯한 인권운동가들이 시민들과 함께 흑인의 참정권을 요구하며 셀마에서 몽고메리까지 행진하던 중 경찰들의 과잉진압으로 많은 사람이 다치고 피를 흘린 사건을 조명한 영화였다. 이즈음 공권력의 정의 실현을 요구하는 시위가 이어지고 있는 민감한 이 시기에 50년 전 사건을 세상 밖으로 내놓는 것이 괜찮을지 염려가 되었다. 곪은 것을 짜내는 것은 옳은 일이고 불편한 역사적 진실이라 해도 후세가 알아야 하는 것은 당연한 일이나, 이것이 도화선이 되어 자칫 로스앤젤레스 폭동과 같은 사건으로 번지면 어쩌나 하는 염려가 고개를 들었다. 당시 미국의 주요 미디어들이 흑백 갈등을 교묘하게 한흑 대결 구도로 몰아가면서 제삼자인 한인 가게들이 억울하게 방화와 약탈의 표적이 되어 버렸다. 자라보고 놀란 가슴 솥뚜껑 보고 놀란다고 그 상처가 지워지지 않은 한인들은 흑백갈등이 생길 때마다 긴장하게 된다.

— 박인애, 「I have a dream」에서


「10년의 세월이 지우지 못한 기억」은 1992년 로스엔젤레스 한인타운에서 일어난 4·29폭동의 진정한 발생 원인을 한인들의 흑인에 대한 홀대에 두고 있는데 이는 미국 백인 위정자들의 책임회피를 위한 교묘한 여론조작임을 구체적인 체험 사실을 들어 역설하는 글이다. 「I have a dream」 역시 미국사회 내에서 일어난 백인 경찰의 과잉진압에 따른 흑인청년 사망사건을 예로 들면서 이전에 이런 차별의 극복을 위해 애쓰다 피살당한 킹 목사의 연설에 빗대 인종차별 없는 사회를 희원하는 글이다.

이 두 편은 개인적인 체험과 그것에 따른 느낌과 감상을 위주로 전개되는 경수필 또는 서정수필 양식과는 얼마간 동떨어진 산문으로 이해된다. 집단이 함께 해결해 나갈 문젯거리를 제공하고 그것에 대한 자신의 분명한 주장을 담고 있다는 뜻에서 보면 논설문에 가깝다. 김학천의 「미국 판 용비어천가」도 앞에 예로 든 「워싱턴 Dot Com」과 더불어 공적인 정보를 논리적으로 접근해 진실을 해명하는 글인데 논리적 추론 과정에 개인적인 상상력과 유머감각을 동원해 무거운 주제를 쉽게 재미있게 풀어주었다는 점이 이색적이다. 이런 산문을 칼럼, 논설문, 설명문 등 기왕 있어 온 용어를 바탕으로 '공론수필(公論隨筆)'로 명명하면 어떨까 제안한다. 수필의 범주와 관련해 앞으로 용어 설정에도 공공의 논의가 더 필요하리라 본다.

## 이주 역사로서의 미주 수필문학

한국인의 미국 이민사 100년을 넘긴 지도 벌써 수십 년이 흘렀다. 어떤 이는 미주 한인문학의 역사가 1909년 샌프란스시코의 미주 한인단체가 창간한 기관지 '신한민보' 등에 발표된 한인들의 시편들을 예로 들어 한국 현대문학사와 맞먹는다고 주장하기도 한다. 실제로 미주 한인역사가 상실된 조국을 되찾으려는 이주 한인들의 노력을 중심으로 다져진 것이듯이 미주 한인문학사 또한 그런 역사로서의 문학사라는 의미도있다.

일제 강점기 때 미주는 한인 선각자들의 주요 방문지였다. 광복을 위한 이들 선각자들의 외침은 재미동포 사회를 결집시키는 힘이 되었다. 미주로 중국으로 동포를 찾아다니며 조국의 광복을 위해 도와달라고 외치던 선각자들의 말은 민족정신의 표현이자 곧 그 자체로 문학이기도했다. 이를테면 도산 안창호(島山 安昌浩, 1878~1938) 같은 선각자는 그런 말로써 곧 문학적 행위를 실천한 사람이라 할 수 있다. 도산은 나라의진정한 독립을 위해서 새로운 학문을 받아들여야 한다는 신념으로 1902년 미국으로 건너가 샌프란시스코에서 노동을 하면서 초등과정부터 다시 공부를 시작했다. 이듬해에 한인 동포들의 권익보호와 생활향상을 위해 한인공동협회(韓人共同協會)를 조직했고 '공립신보(共立新報)'라는 소식지를 발간했다. 그 무렵 로스앤젤레스 동쪽 리버사이드에 미국내 최초의 한인촌 '파차카 캠프'를 건설했다. 하와이 농장 출신을 비롯해서 샌프란시스코 등에 거주하던 한인들이 이곳에 와서 살았다. 오늘날 로스앤젤레스에 한인타운이 생기고 100만 넘는 한인들이 살게 된 것에는 이런 역사가 배경에 놓여 있다. 캘리포니아 중동부 지역 도시 리들리에는 일제 강점기 도산에게 엄청난 액수의 독립자금을 전한 '김씨 가게'의 흔적이 남아 있다. 미국의 한인동포 문학은 이런 역사적 맥락에 대한 자각이 수반될 때 더욱 가치 있는 문학으로 성장할 수 있을 것이다.

도산이 직접 써서 남긴 글은 별로 남아 있지 않다. 그러나 한국을 비롯해 미국, 중국 등에서 동포들의 마음에 동포애와 구국애를 각인시킨 연설은 신문 기사 등에 실려 오늘에 전해지고 있다. 미주에서 동포들을 대상으로 한 연설문도 여러 편 남아 있다. 다음은 1924년 12월 샌프란시스코 한 교회에서 동포들이 마련한 환영회장에서 행한 연설로 「따뜻한 공기」라는 제목으로 정리돼 남아 있는 글의 일부이다.

여기 앉으신 여러분은 이 예배당에 주일마다 모여서 따뜻한 공기를 빚어내는 줄 압니다. 샌프란시스코에 계신 동포의 유일한 책임은 모여서 서로서로 사랑하여 샌프란시스코 한인의 공기를 따뜻하게 하며, 새크라멘토에 계신 동포나 스락톤에 계신 동포나 어디 계신 동포나 다 막론하고 서로서로 사랑하여 우리 전 민족의 공기가 따뜻하게 되면, 이것이 우리 장래 성공에 무엇보다도 절대 필요한 것입니다.

만일 피가 같고 살이 같고 뼈가 같은 우리 동포간에 서로서로의 사랑이 부족하면 우리는 무엇을 준비하든지 또 무슨 활동을 하든지 다 헛것이 되고 말 것입니다. 그러면 오늘 우리가 깊이깊이 생각할 점은 누구나 서늘한 공기를 만드는 자가 되지 않기로 성심껏 노력을 다할 것이며 누구나 추운 공기는 빚어내는 자가 되지 않기로 결심하고 이것이 우리 운동의 앞에 오는 성공에 절대 요구하는 바이며 사람사람이 준비해야만 될 것이라 합니다.

도산은 독립운동에서 관념의 투철 못지않게 '실지'를 위해 조직을 규합하고 그 조직의 철저한 계획을 바탕으로 한 필사의 실행이 중요하다는 점을 역설하고 이를 솔선해서 행한 사람이다. 아시다시피 그 뜻은 무실(務實)·역행(力行)과 충의(忠義)·용감(勇敢)이라는 말에 함축돼 있다. 위 연설에서 도산은 3·1운동이 결과적으로 실패로 돌아간 것에 대해 스스로의 책임을 통감한다고 밝히고 있다. 그러나 국내 전역과 세계 여러 곳에서 일어난 이 운동은 실패로 끝나지 않은 소중한 교훈을 주었다고 했다. 조국의 독립을 위해서는 실력이 중요하고 그 실력 발휘를 위해서는 계획이 치밀해야 한다는 것이다. 또한 그러기 위해서는 해외동포들이 '따뜻한 공기'로 규합되어야 한다는 것이다. 글로 써서 발표한 것이 아니지만 도산의 이런 말은 동포 사회에 상당한 영향을 주었다. 나중에는 신문에 풀어 쓴 글로 남아 사해동포를 결속시키는 메시지로 퍼져 나갔다. 도산의 이런 말(글)은 그냥 편하게는 연설문이라 할 수 있지만 오늘날 넓은 개념의 수필의 범주, 앞에서 말한 '공론수필'에 넣을 수도 있을 것이다. 미주문학은, 적어도 수필문학은 이러한 미주 한인의 역사성을 인식하면서 더욱 깊어지고 높아져야 하지 않을까 생각한다. 미국의 한인동포들과 함께 도산의 정신이 남아 있는 리들리로 답사하면서 한인문학, 한인 수필문학의 역사인식에 대해 논의할 날을 꿈꾸어 본다.